古典文獻研究輯刊

二一編
曾永義 主編

第9冊
譚瑩譚宗浚生平交遊考辨與年譜（上）

徐世中 著

國家圖書館出版品預行編目資料

譚瑩譚宗浚生平交遊考辨與年譜（上）／徐世中 著 — 初版 —
新北市：花木蘭文化事業有限公司，2020〔民 109〕
序 6+ 目 2+158 面：19×26 公分
（古典文學研究輯刊 二一編；第 9 冊）
ISBN 978-986-518-056-0（精裝）
1.（清）譚瑩 2.（清）譚宗浚 3. 文學 4. 學術思想 5. 年譜
820.8   109000517

ISBN-978-986-518-056-0

9 789865 180560

古典文學研究輯刊
二一編 第 九 冊   ISBN：978-986-518-056-0

譚瑩譚宗浚生平交遊考辨與年譜（上）

作　　者　徐世中
主　　編　曾永義
總 編 輯　杜潔祥
副總編輯　楊嘉樂
編　　輯　許郁翎、張雅淋　美術編輯　陳逸婷
出　　版　花木蘭文化事業有限公司
發 行 人　高小娟
聯絡地址　235 新北市中和區中安街七二號十三樓
　　　　　電話：02-2923-1455／傳眞：02-2923-1452
網　　址　http://www.huamulan.tw 信箱 hml810518@gmail.com
印　　刷　普羅文化出版廣告事業
初　　版　2020 年 3 月
全書字數　276974 字
定　　價　二一編 16 冊（精裝）新台幣 35,000 元

譚瑩譚宗浚生平交遊考辨與年譜(上)

徐世中　著

作者簡介

徐世中，男，1969 年出生於安徽宿松，文學博士，現任教於廣東第二師範學院中文系，主要從事中國古典文學的教學與研究，發表學術論文數十篇，完成省部級多項科研專案。現正主持全國高等院校古籍整理研究工作委員會科研專案《樂志堂詩文集》點校整理。

提　　要

　　譚瑩是與陳澧齊名的晚清嶺南著名文史學者。譚宗浚爲譚瑩之子，也是近代著名駢文家、詩人和學者。由於譚瑩一生主要在嶺南活動，而譚宗浚又過早辭世，他們的影響未能遍及全國，故目前國內外學界對他們的研究十分有限，仍有許多尚可開拓深化之處。

　　本書通過採用中國古代文學的傳統研究方法，並以闡釋學、文化學、心理學等研究方法爲輔助手段，從歷史背景和文學演進兩個角度對譚氏父子的家世、生平、交遊等方面進行系統研究，將有利於反映晚清時期的文人特質和心路歷程，從側面展現晚清社會的眞實面貌，推進近代文學及近代文化研究。

　　本書分緒論、上編、下編及附錄四部分，上編爲譚瑩譚宗浚生平交遊詩文考辨，下編爲譚瑩譚宗浚年譜。

　　緒論部分簡要介紹了論文的研究緣起，並對相關研究情況進行概括性回顧。在此基礎上，對本書的研究目標及方法進行扼要闡述。

　　上編共分四章。第一章、第二章主要依據各種材料，首次對譚氏父子之家世、生平及交遊作了詳盡考述，提出了自己的見解。第三章首次集中對譚氏父子的集外詩文進行輯考，豐富了譚氏父子的作品內容，從而爲全面深入研究譚瑩、譚宗浚打下堅實基礎。第四章首次對譚氏父子與嶺南詩派的關係進行了探討，提出了如下見解：譚氏父子一方面受到嶺南詩派的重大影響，另一方面，他們也爲嶺南詩派的發展作出了以下四方面的貢獻：（1）豐富了嶺南詩派的思想內容。（2）保存了嶺南詩派的珍貴資料。（3）充實了嶺南詩派的詩歌理論。（4）培養了嶺南詩派的創作隊伍。

　　下編通過對譚氏父子詩文等作品及其相關文獻的搜輯、研讀、考證，並參考大量史料如傳記、筆記、方志及清人別集、日記、書信等，首次編成一部翔實的年譜，清晰勾勒了譚氏父子一生的活動，還原了他們的生平行誼、思想面貌。

　　附錄部分爲譚氏父子傳記資料彙編。

序

　　馬克思曾說過：「家庭是社會的細胞。」假如覺得這樣的話說得過於抽象、過於理論化的話，那麼我們可以結合自己的教育和成長來思考和體會。我們可以通過反躬自問，從自己教育、成長過程中認識家庭對於每一個人乃至對於整個社會、時代有具有的基礎性作用和可能產生的深刻久遠的影響。很顯然，家庭是社會構成的最基本、最核心的結構，也是每一個人從不自覺到自覺的過程中接受教育、受到薰陶的最原初、也最長久的途徑和環境。雖然一般所說一個人的教育主要來自各級各類學校，來自不同階段、不同學科專業的學校教育，但是必須看到，從個人成長過程、終生學習與教育養成的角度來年看，家庭教育實際上遠比學校教育開始得更早、也延續得更長久，甚至可以說伴隨著人的整個生命過程。

　　在許多情況下，家庭、家族不僅反映著其自身的內涵、結構、特色、功能、價值和影響，而且經常可以反映一個時代、一個地區、甚至一個國家和民族的文明水準、時代風氣與發展前景。假如沒有家庭、家族的延續和傳承，社會就失去了基本結構形態和存在前提，假如沒有家庭、家族教育的延續、傳承和弘揚，也就不可能侈談什麼優良家風的建立和承傳、發揚光大，優良家風、家學淵源的保持和延續、家學傳統、家族文化的弘揚與發展，也就完全徹底地成了一句空話。甚至可以這樣說：家風、家學的承傳狀況和發達程度如何，反映著社會、時代文化與文明的變遷，決定著社會、時代文化與文明水準的高下。因此，完全可以說家庭是每個人整個人生歷程的第一位老師，是個人教育成長的原點，也是教育的重要體現和傳承方式。

　　但是，在某些特殊時期和某些異常環境下，當家庭出身、家族背景在現

實生活中一度成爲一個相當敏感或諱莫如深、甚至帶有相當明顯的思想含義、政治色彩的語詞的時候，一些人似乎被教育培養並逐漸形成了一種以遠離自己的家庭、批判自己的家庭、反叛自己的家庭、甚至背叛自己的家庭爲榮的心態，形成了一種遠離小家庭、小家族，奔向種種在虛幻中構想、由構想而變得更加虛幻的所謂大家庭、大集體的心理習慣，將不講孝心、不敬長輩、痛改前非、重新做人作爲自己對原有家庭與家族進行革命的實際行動，有的人還果眞採取了非常大膽、非常果敢的實際行動，甚至可以採取置基本的人性、人倫於不顧的行動，父母與兒女、丈夫與妻子、兄弟與姐妹等等本來遠比法律所規定的意義與關係更深摯、更溫情的關係，一度完全被一種異己的勢力所左右、所消解，被弄得支離破碎、面目全非，留下了一幕幕令人不堪回首、欲說還休卻又難以釋懷、欲休還說的人倫慘劇。在那種極其特殊甚至極端反常的情況下，家庭、家族這個話題在現實生活中要麼變得非常敏感，要麼變得多所禁忌，已經成爲對人們和事物進行分類、評價、取捨的一個重要條件，成爲一種劃分派別、確定階級、區分敵友的政治標準。這種異常情況的出現和延續，改變了許多家庭和個人的命運，影響所及遠不只一兩代人。

在這種背景下勉強得以生存和延續的中國古代近代文學研究，關於家庭、家族與文學家、文學創作、文學思潮與流派、時代風氣及其轉換的關係，也如同從其他角度、其他方面進行的許多研究一樣，也經歷了許多或意料之中或意料之外、或有跡可尋或莫名其妙的轉折與變遷。本來從家庭和家族角度進行研究探討、並可能產生有價值成果的中國古代近代文學研究曾一度被否定或淡忘，本來豐富多彩、變化多端、魅力無限的文學研究對象被任意宰割和生硬概括爲乾巴巴、冷冰冰的幾個概念、幾條規律、幾點結論，彷彿那些昔賢的來歷都是孫悟空式的，既無家庭又無家族，既不需要家庭也不需要家族，甚至可以不食人間煙火。結果在相當長的時間裏，使本來可以也應該持續建設、不斷進步、發展提升的中國古代近代文學研究出現了僵化、停滯甚至倒退，彷彿死水一潭，了無生氣。

到了 20 世紀 80 年代以來，隨著整個人文學術的逐漸復興和穩步建設與發展，家庭教育、家族傳統這些久違的詞彙、話語方式再度出現，並在中國古代近代文學研究中被愈來愈多地運用。特別是對於傳統家庭、文化家族、官宦士族與文學創作、教育環境、學術傳承、人才培養與成長關係的研究日

益興盛，逐漸成爲一種引人關注、頗有前景的研究角度或學術領域。近年更有從不同角度對於家學、家風與道德傳承、教育方式、人才培養甚至時代風氣、社會文化建構與承傳、轉換與優化、創新與發展等種種關係的角度進行關注和研究，對包括中國古代近代文學研究在內的多個學科領域產生了顯著影響，從這一特殊而有意義的角度促進了對一些基本問題的重新思考、探討和認識，推動了中國古代近代文學研究的進展。而且，從目前的總體情況來看，這種研究角度和方式有持續發展、繼續深化拓展的態勢與可能。比如，將家庭背景、家族文化與不同文體、不同創作、思潮流派、呈現方式聯繫起來，將帝王官宦家族、文化學術家族、新聞出版家族、商業貿易家族等不同家族類型與文人群體或政治集團、文人聚散與交往、文學理論與創作、不同文體的興衰隆替、區域文化的興衰轉換聯繫起來，進行更加深切細緻、更有實證性、開拓性的研究，就是一個值得關注的學術角度，也可能是一種值得嘗試運用的學術方式。

從中華文化整體格局中各主要區域文化分布、文化形態及其相互關係的角度來看，處於中國大陸最南端的嶺南和產生、延續、發展於斯的嶺南文化，作爲中華文化整體格局中一個特色鮮明、價值獨具的組成部分，作爲中國傳統文化傳承與傳播、守護與延續、轉換與生新的最後一個重要區域，其所具有的移民性、聚合性、後發性、邊緣性特點，使家庭傳承和家族聚合成爲嶺南文化一種非常突出、具有多方面意義的現象，賦予家庭教育、家族文化、士人交往、群體遷移以更加突出的義務和更加緊迫的責任，從而使家庭、家族文化的研究在嶺南文學、教育、學術、民俗以及更加廣闊的文化領域中，顯示出特別突出、特別重要的意義和價值。而且，由於特殊的地緣特點與瀕海優勢，嶺南一直處於中國文化與外國文化聯繫交往的前沿，成爲中外文化交流的紐帶和津梁。嶺南文化通過華僑華人往來、中國人士外出、外國人士入粵等多種方式和途徑，使嶺南文化在東南亞、歐美及世界各地產生了廣泛的影響。同時也爲嶺南家族文化、族群文化、移民文化研究，嶺南區域文化與中華整體文化研究，嶺南傳統文化及其海外傳播研究等創造了更加廣闊的研究空間，提供了更多的學術可能。

世中君早年就讀於安慶師範學院（今安慶師範大學），畢業後，考入廣西師範大學攻讀碩士學位，師從李復波教授學習元明清文學，對中國古代戲曲理論尤其是清代戲曲理論進行過頗有心得的專門研究，打下了比較堅實的學

術基礎。後來在廣東第二師範學院（原廣東教育學院）任教。2009 年至 2015
年的六年間，隨我攻讀博士學位。正是在家庭文化、家族文化重新受到關注，
家學、家風再度進入學術視野的學術背景和研究風氣下，世中在進行博士學
位論文選題時，確定了廣東南海譚瑩、譚宗浚及其家族文學創作、學術活動、
交遊往來、文化貢獻、歷史地位與影響這樣一個與家庭教育、家族文化與地
域文化關係密切相關的題目。經過幾年的努力，完成了論文寫作並順利通過
了博士學位論文答辯。本書就是世中的博士學位論文。

　　世中君治學低調質樸、嚴謹紮實，不圖虛名、務求實學，沉得住氣、默
默堅持，一如其秉性與爲人。這在世中攻讀博士學位的六年時間中、在其間
發生的許多事情上一再得到證明和強化。在這篇論文中，世中從基本文獻入
手，對譚瑩、譚宗浚父子的家世、生平、交遊、著述情況進行了比較具體深
入的考察，對相關文獻、史實進行了有根據、有說服力的評述，在此基礎上
爲譚氏父子編寫了年譜。這兩個部分構成了這篇博士學位論文的主體，也顯
示了世中攻讀博士學位其間付出的不懈努力和取得的明顯進步。更值得表揚
的是，通過這種看似很基礎、很慢速甚至顯得有幾分零碎的研究，世中對學
問門徑、治學方法、未來發展方向和學術目標有了更深切的體會和更合理的
規劃，爲未來的學術道路和學術目標，爲繼續提升、取得更豐富、更有價值
的成果打下了比較堅實的基礎，也創造了更多更大的可能性。我以爲，這一
點，是世中君個性表現、自我要求的特別之處，也是他與許多博士研究生的
一個明顯區別，也是最值得嘉許和發揚的一種品質。這對於已經在大學裏教
書多年、頗有一些資歷、又是在職攻讀博士學位的世中君來說，就顯得更加
不容易，因而也更值得欽佩和欣喜。這在今天這樣一片熙熙攘攘、一派緊張
忙碌，許多人都唯恐落伍靠後、生怕自己利益受損，許多人都覺得自己時運
不濟、命途多舛、受了許多委屈、而經常習慣性地豔羨別人總是順風順水、
心想事成、得了太多好處的學術環境、研究風氣、考評體制中，顯得尤爲難
能可貴。

　　此外，世中在攻讀博士學位期間，在專注於本選題、努力寫作博士學位
論文的同時，還勤於相關文獻的發現、閱讀和爬梳，從中發現數位嶺南、湖
南、安徽及其他地區近代文學家的集外詩文多篇，撰寫並發表了多篇考證辨
析性文章。通過具體的考辨分析，澄清了若干史實，從文獻輯佚、史實考辨、
人物交往等角度釐清了相關問題，或提供了新的文獻史實信息。這些年裡，

世中似乎已經形成了一種對於文獻資料的敏感和追究相關史實真相的喜好，具有一雙發現文獻、辨析史實、豐富文學史細節的敏銳的眼睛。我以為，這也是世中從基礎入手、從細節著眼，體悟學問、鍛鍊能力、提升水準的一種有效方式。如今，能像世中這樣認真細緻、紮實讀書並取得如此明顯進步、具有優良水準和能力的博士生，實際上也不太常見了。甚至可以不誇張、不樂觀地說，對於教師而言，得遇這樣的學生，也可能已經是一種可遇不可求的因緣了。

當然，從這一選題的文獻儲備與學術史狀況、學術內涵與研究價值、所提供的研究可能和蘊含的發展潛力來看，這篇博士學位論文的研究還遠沒有結束，可以說仍然僅僅是一個開始，對不少問題的研究才剛剛起步，有的問題還處於醞釀準備階段。從這篇文章的內容設計、結構安排、寫作情況及整體水準來看，從文章所表現出來的研究水準、學術能力和學術價值來看，都可以發現一些有待繼續開拓、繼續深入、深切體悟、發掘提升之處。比如對於譚瑩譚宗浚父子乃至譚氏家族文獻資料的充分發掘和適當運用，譚氏父子的文學觀念和詩文及其他文體創作特色與成就及其在嶺南文學史上的貢獻與價值，譚氏父子在文獻、書籍、事功等方面的作為及其意義，譚氏家族在嶺南、北京及其他地區的繁衍、傳承、流佈與影響，譚瑩、譚宗浚父子行事與交遊及意義價值的系統考察和清晰呈現等，都是有待繼續豐富充實、深化拓展的方面。好在做學問和為人處世一向有章有法、不緊不慢、不圖速效、但求實績的世中博士，對這些都已經有了較相當充分的準備，有的方面已經開始了具體的探討，完成了部分研究並取得了可喜的成果。相信只要假以時日，在不需要多久的將來，世中君一定可以把這項研究做得更好，在這篇博士學位論文的基礎上再上層樓，將這項研究推進到一個新水準。

猶記得 2009 年 5、6 月間，世中在得知考取了當年的博士研究生時那種發自內心、頗感意外的驚喜，也記得世中入學之後一直保有的那種嚴格律己、虛心向學、不斷進步的狀態。算起來這已經是十年以前的事情了。當年還算得上年青的世中，今年已經進入不惑之年了，時間過得真快！世中博士研究生畢業之後，仍回到原工作單位任教。不管是在為人上、教學上還是在科研上，世中仍然保持著謙虛內斂、本分務實、替人著想、與人為善的本色，紮實努力，執著上進，一點一點地積累，一步一步地突破，繼續向著自己的理想目標奮進。我總是相信，像世中博上這樣做學問、為人處世的人，雖然可

能不一定得什麼一時之利益或浮華之虛名，但這種態度、選擇和方式本身，就是一種價值的體現和證明，也是對這項關於家庭與家族、家學與家風的研究的一種體驗和詮釋。只要繼續堅持，繼續努力，就一定會走得更加堅實、更加久遠，也必定會在學術上取得更豐富、更突出的成績。這篇博士學位論文只是世中君在這條已經認定的道路上留下的一個標誌，也是一個有特殊意義、值得紀念的標誌。我希望並相信，世中一定會取得更多更好的成績，獲得更充分更喜人的進步！世中君其勉旃！

左鵬軍
己亥七月廿九日於五羊城

目

次

上　冊

序　左鵬軍

緒　論 …………………………………………… 1

　一、研究緣起及其意義 ………………………… 1

　二、研究現狀綜述 ……………………………… 3

　三、研究目標及研究方法 ……………………… 13

上編　譚瑩譚宗浚生平交遊詩文考辨 ………… 15

第一章　譚氏父子家世與生平考辨 …………… 17

　第一節　譚氏父子家世考辨 …………………… 17

　　一、遷粵遠祖考述 …………………………… 17

　　二、南海譚氏考述 …………………………… 19

　第二節　譚瑩生平考辨 ………………………… 22

　　一、讀書應試時期 …………………………… 22

　　二、任職地方時期 …………………………… 25

　　三、居家養老時期 …………………………… 27

　第三節　譚宗浚生平考辨 ……………………… 29

　　一、讀書應試時期 …………………………… 29

　　二、督學四川時期 …………………………… 32

　　三、任職京城時期 …………………………… 34

　　四、理政雲南時期 …………………………… 37

第四節　晚清《南海縣志》中譚瑩、譚宗浚父子史
　　　　實辨正 ……………………………………… 40
　一、〔同治〕《南海縣志》所載譚瑩史實辨正 ‥ 40
　二、〔宣統〕《南海縣志》所載譚宗浚史實辨正 44
第二章　譚氏父子交遊考辨 ………………………… 49
　第一節　譚瑩交遊考辨 …………………………… 49
　一、師長 ……………………………………… 49
　二、友朋 ……………………………………… 61
　三、官員 ……………………………………… 73
　第二節　譚宗浚交遊考辨 ………………………… 74
　一、師長 ……………………………………… 74
　二、友朋 ……………………………………… 85
　三、弟子 ……………………………………… 96
第三章　譚氏父子集外詩文輯考 …………………… 101
　第一節　譚瑩集外詩文輯考 ……………………… 101
　第二節　譚宗浚集外詩文輯錄 …………………… 119

下　冊

第四章　譚氏父子與嶺南詩派 ……………………… 159
　第一節　嶺南詩派對譚氏父子的影響 …………… 160
　第二節　譚氏父子對嶺南詩派的貢獻 …………… 164

下編　譚瑩譚宗浚年譜 ……………………………… 177

凡　例 ………………………………………………… 179

世　系 ………………………………………………… 181

年　譜 ………………………………………………… 183

參考文獻 ……………………………………………… 327

附錄：譚瑩、譚宗浚傳記資料 ……………………… 339

後　記 ………………………………………………… 351

緒　論

一、研究緣起及其意義

譚瑩（1800～1871），字兆仁，號玉生，又號豫庵，別署席帽山人、小金山漁父。祖籍爲廣東省新會縣天河月窟鄉，始遷祖譚卓昂於清初徙居廣東省南海縣石灣鄉，父親譚見龍再遷至廣東南海捕屬（今屬廣州市）。譚瑩爲近代嶺南駢文大家，同時也是著名的詩人、學者。著有《樂志堂文集》十八卷、《樂志堂文續集》二卷、《樂志堂詩集》十二卷、《樂志堂詩續集》二卷、《樂志堂文略》四卷、《樂志堂詩略》二卷。此外有《豫庵筆談》、《校書箚記》未刊稿。

譚宗浚（1846～1888），原名懋安，字叔裕，爲譚瑩第三子。與其父一樣，譚宗浚也是嶺南著名詩人、學者和辭賦大家。著有《希古堂集甲集》二卷、《希古堂集乙集》六卷、《荔村草堂詩鈔》十卷、《荔村草堂詩續鈔》一卷、《芸潔齋賦草》四卷、《芸潔齋試貼》四卷、《止菴筆語》一卷、《荔村隨筆》一卷，《遼史紀事本末諸論》、《於滇日記》、《旋粵日記》、《皇朝藝文志》。此外，尚有《兩漢引經考》、《晉書注》、《金史紀事本末諸論》、《鉺筆紀聞》、《國朝語林》等未成稿。

（一）研究緣起

本書之所以選定譚氏父子作爲具體研究對象，主要是基於以下三方面的考慮：

首先是對嶺南文化的關注與興趣。作爲中國傳統文化中的分支，嶺南文化的研究又對中國文化的傳播起著積極的推動作用。近年來，地域文化以其獨特的地域特性而倍受各地學人的重視，其研究日益成爲學術界的一個熱

點，研究成果也日益引起人們的矚目。對地域文化的研究越深入，就越能深刻、全面地認識中國傳統文化的總體風貌。嶺南文化的傳統源遠流長，有著鮮明的個性特徵和品格。尤其是在清代，嶺南人才輩出，而以往學術界雖然也作過一些探討，但還有不少課題有待於進一步挖掘。

其次是有感於譚氏父子生前的盛名與身後的寂寞。作為晚清嶺南文化名人，譚氏父子在生前一再被時人所稱許。如道光六年，常熟翁心存督學粵東。在評閱譚瑩該年歲考復試試卷時，翁心存說：「粵東固多雋才，此手合推第一。」〔註1〕繼翁心存任廣東學政者，為平湖徐士芬。在翻閱譚瑩歷年試卷時，徐士芬也認為譚瑩是「騷心選手，獨出冠時。」〔註2〕道光十八年，譚瑩與侯康、熊景星、儀克中、黃子高等同為學海堂學長。「自此文譽日噪。凡海內名流遊粵者，無不慕交。」〔註3〕譚宗浚於17歲時上京師應禮部試，因俯仰時事，憑眺山川，「作《覽海賦》以寄慨，凡數萬言，都人士交口稱頌。」〔註4〕唐文治在《誥授中議大夫雲南糧儲道譚叔裕先生墓表》一文中，對譚宗浚也有如下評價：「迨通籍後，聲譽益大著，碩德名臣，爭以文字相結納。朝廷有大典禮著作之任，必推先生。」〔註5〕而在譚氏父子辭世後，除少數學者對他們有所關注以外，學術界對他們的研究基本上處於沈寂狀態，這種沈寂的研究狀態與譚氏父子在晚清文壇上的地位極不相稱。

再次是因搜集資料方面的便利。要想全面、系統地研究譚氏父子，不僅要搜集他們自身相關資料，而且還要搜集與之相關的其他嶺南文人的資料。因此，選擇研究嶺南籍文人學者，無論是在資料的收集上，還是在實地考查等方面，自然比研究外地文人學者條件更為方便和有利。

儘管譚氏父子並非當時一流的學者或文學家，但由於他們具有獨特的人生經歷、兼容並包的思想以及多方面的貢獻，因此，筆者擬通過本文，對譚氏父子做一個比較系統而全面的研究，以期較為準確地評價譚氏父子的多方面的成就，及其在文壇上的影響。

〔註1〕鄭夢玉等修、梁紹獻等纂：《南海縣志》卷十八，同治十一年刊本。

〔註2〕鄭夢玉等修、梁紹獻等纂：《南海縣志》卷十八，同治十一年刊本。

〔註3〕王鍾翰點校：《清史列傳·卷七十三·文苑傳》，北京：中華書局，1987年版，第6065頁。

〔註4〕唐文治：《誥授中議大夫雲南糧儲道譚叔裕先生墓表》，《遼史紀事本末諸論》卷末，民國二十二年刻本。

〔註5〕唐文治：《誥授中議大夫雲南糧儲道譚叔裕先生墓表》，《遼史紀事本末諸論》卷末，民國二十二年刻本。

（二）研究意義

譚瑩、譚宗浚父子均爲近代著名駢文家、詩人、學者和教育家，由於譚瑩一生主要在嶺南活動，而譚宗浚又過早辭世，他們的影響未能遍及全國，故目前學術界對他們關注不多，有鑑於此，本書的研究具有如下理論和實際應用價值：

首先，有助於近代文學的研究。此前各種中國近代文學史均沒有論及譚瑩、譚宗浚，本選題必將使中國近代文學的研究空間得到非常大的拓展。

其次，有助於近代文化的研究。作爲近代嶺南著名人物，譚瑩、譚宗浚不僅通過整理文獻來傳播傳統文化，而且還通過作品大力反映嶺南的民俗風情。對此展開全面研究，可以拓寬嶺南文化與近代文化的研究空間。

再次，有助於譚瑩、譚宗浚本身的研究。本書不僅研究他們的生平，而且在以往研究的基礎上，對他們的交遊等方面作系統、全面的研究，這對譚瑩、譚宗浚的研究空間會有很大拓展。

二、研究現狀綜述

關於譚瑩、譚宗浚的研究主要分爲以下三個階段：

（一）清末

晚清時期的人對譚瑩、譚宗浚的評價，主要見於序跋、墓誌銘及方志本傳中，有少量見於他人詩文集或詩話詞話中。

1、對譚瑩的評價

最早以整篇文章的形式對譚瑩作出評價的人，是與他交好近四十年的晚清嶺南著名學者陳澧。譚瑩卒後，陳澧應譚瑩之子譚宗浚之請，撰寫了《內閣中書銜韶州府學教授加一級譚君墓誌銘》。在銘文中，陳澧說：「嶺南自昔多詩人少文人，阮文達公開學海堂，雅材好博之士蔚然並起，而南海譚君瑩玉生最善駢文，才名大震。君之字曰兆仁，別字玉生。少時宴集粵秀山寺，爲文懸壁上，阮公見而奇之。時方考縣試，公告縣令曰：『縣有才人，宜得之。』令問姓名，公不答。已而得君所爲賦以告公，公曰：『得之矣。』取第一人入縣學。翁文端公督學政時，回部叛亂，公以克復回城賀表命題，君文千餘言，援筆立就。公評其卷曰：『粵東雋才第一』。後督學徐公士芬以君優行入國子監，未赴，捐納爲教官。學海堂推爲學長。……生平博考粵中文獻，凡粵人

著述，搜羅而盡讀之。其罕見者，告其友伍君崇曜匯刻之，曰《嶺南遺書》五十九種，三百四十三卷；曰《粵十三家集》一百八十二卷；曰《楚庭耆舊遺詩》七十四卷。又博採海內書籍罕見者匯刻之，曰《粵雅堂叢書》一百八十種，共千餘卷。凡君為伍氏校刻書二千四百餘卷，為跋尾二百餘篇，君之淹博，略見於此。所為文有《樂志堂集》三十三卷，初以華贍勝，晚年感慨時事，為激壯淒切之音。性直率不羈，飲噉兼人，杯酒間談笑無所避。晚年目疾，頹然靜坐，默誦生平所讀古詩文，日恒數十百篇，其強記如此。」〔註6〕從這篇銘文中我們可以看出，陳澧主要對譚瑩作了以下幾方面的評價：（1）認為譚瑩的學識淵博，文學才華出眾，尤善駢文。（2）認為譚瑩在整理嶺南文獻方面作出了突出貢獻。（3）認為譚瑩前後期的文風不同，並指出文風轉變的原因在於憂時感事。（4）認為譚瑩有超人記憶力和和直率不羈的個性。後來，在《樂志堂文略詩略序》中，陳澧對譚瑩的才華和思想又有所補充，認為「舍人之才，沉博絕麗，晚年憂時感事，愈鬱勃而不可遏。」〔註7〕作為關係較好的朋友，陳澧雖能抓住譚瑩的主要特點進行評價，但可惜的是所論泛泛，並不深入。

《南海縣志》對譚瑩的評價基本上與陳澧觀點相同，略有不同的是：《南海縣志》則增添了一些當時名流對譚瑩的評價，如督學顧元熙認為「其律賦胎息六朝，非時手所及」〔註8〕；翁心存在批其歲考試卷時，有「粵東固多雋才，此手合推第一」等語；徐士芬閱其歷年試卷，有「騷心選手，獨出冠時」之語。另外，《南海縣志》還解釋了譚瑩在鄉場考試中屢次敗北的原因，即「微觸時忌」與「澹於榮名」。對於譚瑩的個性，《南海縣志》又補充說「以文行矜式鄉閭，而性坦率，與人交不作尋常應酬語。若與論學術是非、人品心術邪正，詩文得失，咸推勘入微。凡所譏訶悉中癥結，不肯受壓於虛名」。〔註9〕以上這些評價對我們認識譚瑩無疑有很大幫助。

作為譚瑩的老師，張維屏在《藝談錄》中也稱其「萬卷羅胸，七襄在手，吾粵二百年來論駢體，必推玉生，無異詞者。」〔註10〕另外，針對譚瑩的《儒

〔註6〕陳澧著，黃國聲主編：《陳澧集》（第一冊），上海：上海古籍出版社，2008年版，第243～244頁。

〔註7〕譚瑩：《樂志堂詩略》卷首，光緒元年刻本

〔註8〕鄭夢玉等修，梁紹獻等纂：《南海縣志》卷十八，同治十一刻本。

〔註9〕鄭夢玉等修，梁紹獻等纂：《南海縣志》卷十八，同治十一刻本。

〔註10〕張維屏：《藝談錄》，清咸豐間刻本。

將》、《猛將》及《迎梅》等詩，張維屏在《聽松廬詩話》中又有如此評價：「卷軸羅胸，爐錘在手。李義山之博麗，元遺山之沉雄，兼而有之。」〔註11〕張維屏的評價，對我們認識譚瑩的駢體文價值以及詩歌風格有重要參考意義，但所論過於簡略。

　　對於譚瑩《論詞絕句》，清人丁紹儀在《聽秋聲館詞話》卷二十有云：「扢揚間有未當。如訾少游『爲誰流下瀟湘去』，謂是常語。並謂白石『舊時月色，人何處』，戛玉敲金擬恐非。而推崇戴石屏與本朝之毛西河、屈翁山，謂屈詞足以抗手竹垞。此與番禺張南山司馬維屏服膺鄭板橋、蔣藏園詞，同似門外人語。內三十六首專論粵人，如陳元孝、黎二樵詞，均覓之未得。……林（蒲封）有《鼇洲集》，附詞。黃（德峻）有《三十六鴛鴦館詞》。顧詩中均無一言論及，殆以爲近時人耶。二樵亦近時人也，殊不解。」〔註12〕以外籍詞論家而對譚詩有所評論，儘管其間多有指謫之處，也能夠說明，譚瑩《論詞絕句》以及粵東詞人都在後世詞壇受到了關注和重視，並造成了一定的反響。

2、對譚宗浚的評價

　　在譚宗浚卒後，唐文治撰寫的《雲南糧儲道署按察使譚叔裕先生墓碑》對譚宗浚的一生作了一個總體評價。在該碑文中，唐文治主要從以下幾方面對譚宗浚作了評價：第一、認爲譚宗浚的人生經歷能體現世運之盛衰升降與文化之消息盈虛。第二、認爲譚宗浚的成功主要來源於家庭教育和自身天姿聰慧。第三、認爲譚宗浚文學才能卓越。在談到《覽海賦》創作情況時，唐文治說：「時中英和約初定，先生俯仰時事，憑眺山川，作《覽海賦》以寄慨，凡數萬言，都人士交口稱頌。迨通籍後，聲譽益大著，碩德名臣爭以文字相結納，朝廷有大典禮著作之任，必推先生。毅廟聞學生才名，特旨召對，尤稱異數焉。」〔註13〕第四、認爲譚宗浚是一個勤政愛民的能吏。爲了說明這一點，唐文治分別列舉了他督學四川、典試江南與理政雲南的例子。對於譚宗浚督學四川，唐文治介紹說：「四川前任學使南皮張文襄之洞，創建尊經書院方成立，聞先生繼任則大喜，曰：『譚君來，蜀士有福矣！』先生益嚴別蕺

〔註11〕張維屏：《聽松廬詩話》，咸豐二年刻本。
〔註12〕唐圭章編：《詞話叢編》第三冊，北京：中華書局，1986年版，第2830頁。
〔註13〕唐文治：《雲南糧儲道署按察使譚先叔裕先生墓碑》，《茹經堂文集（第一編）》卷六，《民國叢書》第五編，上海：上海書店，1996年影印本。

實，獎借英才，選刊《蜀秀集》，士林翕然仰爲儒宗。」〔註 14〕在典試江南的過程中，唐文治認爲譚宗浚能「甄拔多名士」。對於譚宗浚理政雲南，唐文治在介紹完他治水、糾弊、課學、惠孤及纂書等事蹟後，評價說：「嗚呼，其廉潔如此，足以風世矣！」第五、認爲譚宗浚是一個不爲風氣所轉移、文學與經濟兼善的學者。總之，唐文治對譚宗浚文學方面的評價儘管還不充分，但這種評價對我們研究譚宗浚依然有較大參考價值。

在序跋中，廖廷相是最早對譚宗浚詩歌作出全面評價的人。在《荔村草堂詩鈔序》中，廖廷相首先對該詩鈔的編寫體例作了一個說明，隨後評價譚宗浚詩歌說：「其思古也幽以遠，其書事也微以顯，其述情也婉而摯，其寫景也清而奇。大抵少作以華贍勝，壯歲以後以蒼秀勝，蓋才高博學，上薄王朱而復得江山之助，故駸駸乎入少陵堂奧，視誠齋之每集一變、雅俗並陳者，又不可同日而語矣！」〔註 15〕另外，廖廷相的《希古堂集序》與譚祖任的《荔村草堂詩續鈔序》均提到譚宗浚《於滇集》的抒憤特點。廖廷相在《希古堂集序》中，除了主要交代了兩人情誼以及譚宗浚著述情況之外，還對譚宗浚文章特點進行了評價。他說「君根柢盤深，故見於文章者，事核言辨，由絢爛漸趨平淡。詩醇而後肆，不名一體。律賦、試帖，穠纖修短，各適其宜。尤能津梁後學，其中惟在滇諸作，時涉憤激。」〔註 16〕譚祖任在《荔村草堂詩續鈔跋》中也提到：「先君以不樂外任，致損天年，其鬱伊牢落之概，一於詩寓之。」〔註 17〕

除了碑記、序跋以外，《南海縣志》也對譚宗浚作出了評價。《南海縣志》所述內容大體與唐文治的《雲南糧儲道署按察使譚叔裕先生墓碑》相同，不過在傳末增加了對譚宗浚詩文的評價：「所作事核言辨，根柢盤深，由絢爛漸趨平淡。詩醇而後肆，不名一體。在滇所作多憤激淒切之音，曾作《止菴》、《上梁文》，尤爲淒麗。」〔註 18〕這種評價與上面序跋中內容有些相同。

總體上講，此段時期的研究：沿襲成見的居多，獨創的少；概括的居多，具體的少，研究還只是停留在評點式研究階段。

〔註 14〕唐文治：《雲南糧儲道署按察使譚先叔裕先生墓碑》，《茹經堂文集（第一編）》卷六，《民國叢書》第五編，上海：上海書店，1996 年影印本。

〔註 15〕譚宗浚：《荔村草堂詩鈔》卷首，光緒十八年刻本。

〔註 16〕譚宗浚：《希古堂集》卷首，光緒十六年刻本。

〔註 17〕譚宗浚：《荔村草堂詩續鈔》卷末，宣統二年刻本。

〔註 18〕鄭棻等修，桂坫等纂：《南海縣志》卷十四，宣統三年刻本。

（二）民國時期

由於譚瑩一生活動範圍主要在嶺南，譚宗浚也因辭世較早，因此民國時期的學界，對譚瑩父子關注不多。此期的人對譚瑩、譚宗浚的評價，主要見於史傳、墓表、序跋中。

1、對譚瑩的評價

受陳澧影響，《清史稿》、《清史列傳》對譚瑩的評價基本與上面相同，略有不同的是：《清史稿》特別強調了譚瑩晚歲與陳澧齊名；而《清史列傳》則補充了譚瑩在引導化州士風轉變方面的貢獻，並對他詩歌作了具體評價：「詩初以華贍勝，晚年爲激壯淒切之音。」〔註19〕除此之外，《清史列傳》還對譚瑩的駢文特點以及地位作出了客觀評價，認爲譚瑩「尤工駢體文，沉博絕麗，奄有眾長，粵東二百年來，論駢體必推瑩，無異詞者。」〔註20〕

近代著名學者費行簡在《近代名人小傳》中對譚瑩的文學成就推崇備至。如他對譚瑩的駢體文是這樣評價：「清代駢文，冠宋以後。然若袁枚、王曇之屬，句累八九字，強嵌成語，固是宋人流派。郭頻伽，則篇幅狷狹，貌雖似古，神則離焉。劉芙初諸人，雖整麗矣，而卒不能忘情。後世詔敕之體，求能昌博遒麗，若初唐四傑者，乾嘉以後，斷推玉笙矣。玉笙，瑩字，即以名其集者也。」〔註21〕對於譚瑩的《荔支賦》、《佛手賦》，他引用阮元的話予以評價：「工細妥帖，能不囿近體。」對譚瑩的詩文，他評價說：「爲文長篇巨製，意義不窮，而語皆錘鍊。唯小品文不多作。詩若吳偉業，有嫌其虛字太少者。」〔註22〕除了以上這些內容外，費行簡還對譚瑩的「和謹謙厚」個性和長於相人的特點有所描述。由於受小傳體例的限制，費行簡的論述未能充分展開。

此段時期，儘管有屈向邦、徐世昌等人的詩話著作提到譚瑩，但由於這些詩話所論內容，或是涉及到一些文學典故，或是沿襲成見，故價值不大。

〔註19〕　王鍾翰點校：《清史列傳》卷七十三，北京：中華書局，第 6065 頁。
〔註20〕　王鍾翰點校：《清史列傳》卷七十三，北京：中華書局，第 6065 頁。
〔註21〕　費行簡著：《近代名人小傳》，臺北：文海出版社，1966 年版，第 391～392 頁。
〔註22〕　費行簡著：《近代名人小傳》，臺北：文海出版社，1966 年版，第 391～392 頁。

2、對譚宗浚的評價

《清史稿》與《清史列傳》都對譚宗浚作出了評價。《清史稿》指出譚宗浚「工駢文」、「略能記誦」，卻「以亢直為掌院所惡」。〔註23〕《清史列傳》則評價說「少承家學，聰敏強記，下筆千言，由絢爛漸趨平淡。詩醇而後肆，不名一體。性好遊，所至必探其名勝。……宗浚為賦長歌，時以為追蹤太白。」〔註24〕《清史稿》、《清史列傳》的評價，可謂是點到即止。

馬其昶於 1922 年撰寫的《雲南糧儲道譚君墓表》，除了述說譚宗浚的修史、為政、作賦、治學功績以外，還對譚宗浚人品與不獲大用的原因作了分析。他認為譚宗浚是一個「博涉載籍、篤行愷愷」〔註25〕的「君子」，而「恬淡知止」、「不樂遠遊」與「才高而忌之者眾」是他不獲大用的根本原因。

對於譚宗浚的史論文，陳衍與錢基博分別撰寫了《遼史紀事本末諸論序》予以評價。陳序首先列舉了譚著以前的遼史著作，然後評價它們說「片羽碎金，掇拾殆盡，然多薄物細故，未有如南海譚先生所輯紀事本末。」〔註26〕對於譚著，陳序認為它：「關係治亂興衰者甚大，而命意所在，既以資有國家者法戒，亦足使猾夏蠻夷稍戢其心也。」〔註27〕在序言中，陳衍還表示自己「絕喜」譚宗浚的《於滇集》，認為「能於山屬水刻處擅奇，與其鄉先生宋芷灣歷官相似，詩筆亦極相似，因專選其灘行諸作入《近代詩鈔》。」〔註28〕對於《希古堂文甲集》和《遼史紀事本末諸論》，陳衍評價說「甲集皆散文，沉博雅健，實事求是，不屑屑於昌黎之過抑，半山之拗折以為工。《諸論》則於遼一代治亂興衰之故，原原本本，洞若觀火，而比事屬詞，皆用儷偶。其數典之切，當極其自然，非平日胸羅萬卷者，能如此俯拾即是與？若其抑揚頓挫，暢所欲言，雖司馬子長班孟堅諸傳贊，亦不是過，幾不覺其為駢四儷六之作，斯以難矣。」〔註29〕陳衍的評價甚高。而錢基博序在分析紀事本末體的演變後，對譚宗浚《遼史紀事本末諸論》有如此評價：「獨先生此作，融貫遼史，自抒偉論，鼓其雄辭，誇其儷事，詞氣鏗訇，極吞吐往復、參差離合

〔註23〕趙爾巽等撰：《清史稿》，卷四百八十六，北京：中華書局，1977 年版，第 13432
　　　　～13433 頁。

〔註24〕王鍾翰點校：《清史列傳》卷七十三，北京：中華書局，1987 年版，第 6066 頁。

〔註25〕閔爾昌：《碑傳集補》卷十九，《清碑傳合集》，上海：上海書店，1984 年影印本。

〔註26〕譚宗浚：《遼史紀事本末諸論》卷首，民國二十二年刻本。

〔註27〕譚宗浚：《遼史紀事本末諸論》卷首，民國二十二年刻本。

〔註28〕譚宗浚：《遼史紀事本末諸論》卷首，民國二十二年刻本。

〔註29〕譚宗浚：《遼史紀事本末諸論》卷首，民國二十二年刻本。

之致。錯綜以見意，曲折以生姿，英規勝範，信足陵谷紀，而追晉書史家二
體。……觀先生爲書詞，惟閎麗遠逃史班，獨宗徐庾體。體閎而義密，事核
而詞達，離合變化。其文清嚴而工篤，磊落而多感慨。」〔註30〕錢基博在序
文中對譚宗浚的史論文作了較爲詳細評價，持論也比較允當。與碑記相比，
這些序跋均對譚宗浚的詩文風格作出了中肯評價。這種評價，對我們全面認
識譚宗浚文學成就有很大幫助。

　　在《近代名人小傳》中，費行簡也對譚宗浚的治學特點與文學成就作了
簡略評價。他認爲譚宗浚「治經善考據名物。文工儷體，宏博在吳錫麒上。
詩尤警拔、寄託高遠。」〔註31〕爲了突出其「風骨甚著」的個性特徵，費行
簡舉了譚宗浚不願與岑毓英合謀興大獄以陷異己的例子予以說明。

　　此期詩話著作中，徐世昌在《晚晴簃詩話》中評價譚宗浚詩歌時說：「叔
裕才學淹博，名滿天下。自編其詩爲八集，大抵少作以華贍勝，壯歲以蒼秀
勝。入滇以後諸詩，雖不免遷謫之感，而警煉盤硬，氣韻益古。」〔註32〕在
《定庵詩話》中，由雲龍評價譚宗浚詩歌《送人入蜀》時說：「此詩純以神行，
化盡筆墨痕跡者。」〔註33〕陳衍在《石遺室詩話》中，對譚宗浚也有如下評
價：「嶺南詩人首推宋芷灣，叔裕宦跡與相似，詩亦祈向之，集中有《效芷灣
體》、《讀芷灣詩集》諸作。」〔註34〕在《臥雪詩話》中，袁嘉穀也對譚宗浚
的詩文有所評價：「譚叔裕觀察，陳蘭圃高第也。以經學名，詞章尤佳。滇中
古學，賴其提倡。見其《覽海賦》一篇，規橅開府。又見其《題陳圓圓畫像》
四詩，亦極典重。」〔註35〕這些評論均能就譚宗浚詩歌某一方面的特色進行
評論，但可惜的是都過於簡略。

　　總體而言，此期對譚瑩、譚宗浚詩文的評價較以前詳細，有的評價甚至
富有新意，但論述依然不夠充分。

〔註30〕譚宗浚：《遼史紀事本末諸論》卷首，民國二十二年刻本。

〔註31〕費行簡著：《近代名人小傳》，臺北：文海出版社，1966年版，第193頁。

〔註32〕徐世昌著，傅補棠編校：《晚晴簃詩話》，上海：華東師範大學出版社，2009
　　　　年版，第1202頁。

〔註33〕張寅彭主編：《民國詩話》第三冊，上海：上海書店出版社，2002年版，第
　　　　564頁。

〔註34〕張寅彭主編：《民國詩話》第一冊，上海：上海書店出版社，2002年版，第
　　　　122頁。

〔註35〕張寅彭主編：《民國詩話》第二冊，上海：上海書店出版社，2002年版，第
　　　　453頁。

（三）新中國建立以來

新中國建立後至 20 世紀 80 年代前，學術界對於近代文壇上的舊派文人多採取否定態度，而且研究主要侷限於文學史，個體專門研究極爲有限，如譚瑩、譚宗浚這樣的人，更是無人關注。

20 世紀 80 年代以來，譚瑩、譚宗浚也漸漸被學術界有所關注。一些文學史與專著逐漸對譚瑩、譚宗浚設專節予以介紹，少量的譚瑩、譚宗浚研究論文也陸續發表。關於譚瑩、譚宗浚的研究可以分爲以下幾個方面：

1、綜合研究

此段時期，《嶺南文學史》和《廣東近代文學史》開始對譚瑩有所關注。而《廣東近代文學史》對譚宗浚的詩文也有較深入的研究。

陳永正主編的《嶺南文學史》對譚瑩的詩詞文均有適當評價。如對於譚瑩文學創作的總體風格，該書認爲「早年追求華贍風格，晚年則身經鴉片戰爭和社會動盪，感時傷事，而有激壯淒切之音。」〔註 36〕對於譚瑩的詩歌風格，該書則結合一些詩歌例證進行分析，認爲前期華贍，後期則走向清雅恬靜與蒼涼激壯。對於譚瑩的駢體文，該書在引用一些前人評價後，認爲「煌煌巨製，華贍淵雅，確可獨步嶺南而無人能與爭衡的」。〔註 37〕對於譚瑩的詞，該書則以《慶清朝‧題草檥圖爲徐鐵孫司馬作》與《綠意‧苔痕》兩首詞爲例，認爲其詞具有「情致深厚」特點。對於譚瑩《論詞絕句》三十六首，該書認爲「勾畫了嶺南詞界發展的概貌，對研究嶺南詞提供了可貴的線索。」〔註 38〕鍾賢培、汪松濤主編的《廣東近代文學史》則設專節對譚瑩、譚宗浚的詩文予以評價。該書對譚瑩的看法主要體現在以下幾方面：（1）譚瑩的詩風清麗俊逸，朗朗可誦。（2）譚瑩的詩歌特色表現爲兩方面：一是洋溢著濃鬱的鄉土氣息，二是以大型組詩的形式敘事論史詠物。（3）譚瑩的愛國詩歌，反映了詩人關心國家民族安危，反對鴉片，反對侵略的愛國情操。（4）譚瑩駢文文風雅麗。（5）譚瑩文集中有少量涉及時事之作，表現作者對時世的清醒認識和愛國思想，爲世所推重。〔註 39〕對於譚宗浚詩文，該書也有

〔註 36〕陳永正主編：《嶺南文學史》，廣州：中山大學出版社，1993 年版，第 594 頁。
〔註 37〕陳永正主編：《嶺南文學史》，廣州：中山大學出版社，1993 年版，第 594 頁。
〔註 38〕陳永正主編：《嶺南文學史》，廣州：中山大學出版社，1993 年版，第 646 頁。
〔註 39〕鍾賢培、汪松濤主編：《廣東近代文學史》，廣州：廣東人民出版社，1996 年版，第 143～154 頁。

獨到的評價。他們認爲：（1）譚宗浚的《覽海賦》，史論結合，沉博絕麗，表現了青年學子傷時憂國的愛國情懷，也反映了作者過人的文學才華。（2）譚宗浚詩學主張主要表現爲兩點：一是強調文學的社會性，二是寫詩要表現性情、要有創造。（3）譚宗浚的詩歌以寫景紀遊詩最有特色，另有少量接觸社會矛盾的詩歌。（4）譚宗浚主張爲文要破除門戶之見，要好學深思，推崇「體高格遠」、「簡質清剛」的氣格。（5）譚宗浚的文風趨於剛質、平易、清新。〔註40〕

　　與《嶺南文學史》相比較，《廣東近代文學史》在譚瑩、譚宗浚方面的論述更富有獨創性。由於體例的限制，這兩部地方文學史均沒能對譚瑩、譚宗浚的文學成就作更深入的探討。

2、專題研究

　　隨著改革開放和經濟的進一步發展，學術界日漸呈現出「百家爭鳴」的局面，少數學者開始對譚氏父子的文學有所較深入的研究。

　　此段時期，學者對譚瑩的研究主要集中於《論詞絕句》、地域特色、文獻整理三方面。

　　在《論詞絕句》方面，學術成果主要有一部論著和三篇論文。臺灣王曉雯博士的學位論文《譚瑩〈論詞絕句〉研究》主要從寫作背景、詞學主張、各首意涵、女性詞家等方面，對譚瑩的《論詞絕句》作了較全面深入的論述。〔註41〕因選題的限制，該專著未能對譚瑩其他方面的成就展開研究。謝永芳在《譚瑩的論詞絕句及其學術價值》一文中，主要從理論品格、地域特色與保存史料三個方面來探討了《論詞絕句》的學術價值，認爲：「譚瑩的《論詞絕句》當可穩坐千年詞史研究的頭把交椅」。〔註42〕而胡建次在《清代論詞絕句的運用類型》中認爲：「譚瑩將論詞絕句的運用提升到了一個新的高度」。〔註43〕另外，徐瑋則從浙派詞的接受與反撥的角度來探討譚瑩的詞學

〔註40〕鍾賢培、汪松濤主編：《廣東近代文學史》，廣州：廣東人民出版社，1996 年版，第 154～162 頁。

〔註41〕王曉雯：《清代譚瑩〈論詞絕句〉研究》，新北：花木蘭文化出版社，2011 年版。

〔註42〕謝永芳：《譚瑩的論詞絕句及其學術價值》，《圖書館論壇》，2009 年第 2 期，第 173 頁。

〔註43〕胡建次：《清代論詞絕句的運用類型》，《廣西社會科學》，2009 年第 2 期，第 93 頁。

成就，認爲譚瑩是廣東詞壇的代表人物。〔註44〕總體而言，王曉雯、謝永芳等人的評價有助於我們進一步認識譚瑩的詞學貢獻。

在地域特色方面，吳施靜的碩士學位論文《論譚瑩詩文的嶺南書寫》主要從文化符號、空間特點及生命主題三方面作了初步探討。因掌握的材料有限，該論文在論述的深度和廣度方面稍有欠缺。

在文獻整理方面，羅志歡在《〈粵雅堂叢書〉校勘及其跋語考略》一文中認爲譚瑩在校勘方面的貢獻主要有兩點：1、態度極其認眞細緻。2、考訂詳細。另外，他還認爲譚瑩撰寫的跋語有以下三方面價值：第一，概述作者的學術造詣及其淵源；第二，分析書的內容，說明學術價值並評論其得失；第三，對《四庫全書提要》之補正。〔註45〕羅文係首次對譚瑩的文獻成就進行研究，其評價也較公正。

對譚宗浚的專題研究則顯得更加落寞，除了余曉蓮的碩士論文《〈荔村草堂詩鈔〉校注》和樊書波的《譚宗浚的詩學追求與詩歌創作》外，唯一見到的論文則是鄒曉霞的《清末嶺南文人譚宗浚駢文批評觀》。余曉蓮對譚宗浚的《荔村草堂詩鈔》作了初步的整理和研究，由於對嶺南文化瞭解不多，故其研究還有待深入。樊書波對譚宗浚的詩學主張、詩歌題材及語言特色作了初步研究，由於材料掌握的有限，加之未能聯繫譚宗浚的文章進行論述，因此，該論文雖能提出一些自己的觀點，但不夠全面。鄒曉霞主要從溝通駢散與偽體繁興、根柢深厚與浸淫濃鬱、簡質清剛與浮華鮮實三方面來探討譚宗浚的駢文觀，進而認爲「譚宗浚的駢文理論批評是考察清末嶺南駢文理論發展的重要視角」。〔註46〕該文係首次對譚宗浚的駢文觀進行研究，觀點較爲新穎。

以上研究成果表明：目前，譚瑩、譚宗浚雖已進入部分研究者的視野，但學者對其研究，大多還只停留在局部或一般性介紹的層面上。有鑑於此，深入和系統研究譚瑩、譚宗浚，就顯得非常有必要。

〔註44〕徐瑋：《論譚瑩對浙派的接受與反撥》，《文藝理論研究》，2012 年第 6 期，第 35 頁。

〔註45〕羅志歡：《〈粵雅堂叢書〉校勘及其跋語考略》，《文獻》，1997 年第 1 期，262 ～264 頁。

〔註46〕鄒曉霞：《清末嶺南文人譚宗浚駢文批評觀》，《廣東技術師範學院學報》，2012 年第 5 期，第 98 頁。

三、研究目標及研究方法

　　鑒於譚氏父子的研究現狀，本書擬從最基本的文獻材料入手，將譚氏父子置於晚清文化視域下加以觀照與考察，力求同當時的政治變革、思想流變和文學發展等複雜因素聯繫起來，對他們的生平和創作進行綜合研究，主要內容包括對譚氏父子家世、生平考察，對其交遊等方面的內容進行研究。期望通過對譚氏父子的研究，爲近代乃至整個中國文學史上文人士大夫家族文學的研究找到一個新的切入點，爲今後近代文學的研究打下堅實的基礎。

　　爲了達到以上研究目的，本書主要採用以下幾種研究方法進行研究：

　　（1）考論結合法。本書通過搜集並通讀譚氏父子現存所有著作，廣泛查閱晚清與之相關人士的著述，從中排比勾稽出重要材料，在此基礎上再對他們的作品進行微觀分析，然後予以宏觀概括，即不僅要對詩文等方面內容進行具體研究，更要從個別歸結上升到一般，整理、歸納出譚氏父子多方面的成就，從而使自己的研究既建築在堅實文獻材料的基礎之上，又能達到理論性的深入。

　　（2）文化學、心理學與社會學研究相結合的方法。既注意將譚氏父子放在晚清文化語境下進行考察，又注意對社會變化對他們思想和創作方面的影響。

　　（3）比較研究法。只有將譚瑩父子與其他文人進行比較研究，才能確定他們在文學創作中所體現出的思想性、藝術性、創造性的獨特之處，才能對他們作出客觀、公正評價。

　　通過以上幾種研究方法的綜合運用，本書努力達到預定的研究目標。

上編　譚瑩譚宗浚生平交遊詩文考辨

第一章　譚氏父子家世與生平考辨

　　中國自古以來就有一種「知人論世」傳統。因爲一個人的成長，一個人獨特氣質的養成，都與其家學淵源、生平經歷密切有關。因此瞭解文人的家世及其生平，我們就能更好地探究、理解他的作品。對於譚瑩父子，我們也可以做這樣的研究。

第一節　譚氏父子家世考辨

　　據譚耀華在《譚氏志》中介紹：「廣東譚氏，分始興、從化、龍門、仁化四派。始興派以南朝陳雲旗將軍譚瑱爲始祖，居始興及附近各縣，人口約一萬，有族譜。從化派以宋初進士譚桓爲始祖，居從化，人口不多，譜系未詳。龍門派以宋紹興進士譚瑞奇爲始祖，由江西弋陽遷來，居龍門，人口不多，譜系亦未詳。仁化派，由宋刑部尚書譚伯倉，自江西虔縣遷仁化，而其伯洪公亦官廣州儒學提舉居粵，乃奉其祖父宏帙公爲入粵始遷祖。宗支遍全省，人口數萬，海外宗僑，亦多爲其裔。」〔註1〕譚宗浚在《重建譚氏宏帙公祖祠碑記》中自稱爲裔孫，由此可知，譚氏父子屬廣東譚氏仁化派。

　　爲便於論述，本節即以譚宗浚作爲立足點來考察其世系。

一、遷粵遠祖考述

　　遷粵始祖名虔，字宏帙，號清波。世居江西虔州虔化縣西俊村。於五代

〔註 1〕譚耀華主編：《譚氏志》（上），香港：香港新華印刷出版公司，1957 年版，第26 頁。

宋初之間，因當地不太平，攜眾避亂至廣東南雄珠璣里沙水村。至宋太祖建隆三年（962），復遷回虔州。後因孫伯倉貴，誥贈資政大夫。妣朱氏，誥贈二品夫人。

二世祖名瀚，字少潔，號美水，又號文江。譚虔次子。宋真宗景德二年（1005），由江西虔州遷回南雄保昌縣珠璣里沙水村。譚瀚「志趣清高，優游嫻雅，絕跡公門，不求聞達。」〔註2〕後因素伯倉貴，誥贈資政大夫。妣關氏。

三世祖名伯倉，字仁扶，號松雪，又字之餘，號廉泉。宋真宗天禧二年（1018），進士及第。歷官資政大夫、吏部侍郎與刑部尚書等職。恩榮九錫，誥封三代。譚伯倉「量器宏遠，而立朝慷慨，處事公正，不避權貴，摘伏發奸，出人意表。故能望重朝廷，為朋輩所敬憚。晚年（仁宗慶曆間）奉命出鎮湖湘，道經韶州仁化，愛其地土美風淳，遂謝表不仕，即由南雄遷居仁化平山裏。」〔註3〕妣張氏，誥封二品夫人。

四世祖名朝安，字可觀，號心良，為譚伯倉第六子。「幼即用功苦讀，至二十一歲始入黌宮。後以科場屢試不第，於宋仁宗慶曆間，隨父從宦，前往廣州，貿易安昌鐵店，旋即於羊城開棧鐵行。」〔註4〕因輸餉幫軍平叛有功，蒙恩授朝請大夫，官鹽課提舉司提舉。後遷家廣州城鹽倉街而居。妣徐氏，生三子，長子名達，次子名遠，三子名逵。

五世祖名達，字廷顯，號日河，又號待聘。宋誥贈奉議大夫。因往新會貿易，見新會白龍池地廣土美，於是遷居於此。

六世祖名璿〔註5〕，字遺烈，號慕凌，為譚達之子。隨父遷居新會白龍池，「乃度茲鮮原，芟夷墾荒，廣闢田土。連先世所遺，共有魚塘百口，良田數十頃，婢僕數十名，富甲一方。」〔註6〕譚璿「宅心仁厚，孝友慈祥，持身處

〔註2〕譚耀華主編：《譚氏志》（上），香港：香港新華印刷出版公司，1957年版，第317頁。

〔註3〕譚耀華主編《譚氏志》（上）：光緒四年戊寅，裔孫宗浚、見田、金銘、沃君、國健等，將翁墓重修。香港：香港新華印刷出版公司，1957年版，第326～327頁。

〔註4〕譚耀華主編：《譚氏志》（上），香港：香港新華印刷出版公司，1957年版，第319頁。

〔註5〕譚耀華主編：《譚氏志》（上），香港：香港新華印刷出版公司，1957年版，第321頁。

〔註6〕譚耀華主編：《譚氏志》（上），香港：香港新華印刷出版公司，1957年版，第326頁。

世，和藹可親。對於濟人利物，周恤孤寡，公益善事，尤喜力行，里人德之。」〔註7〕因地方不靖，晚年攜孫避居高明城內青玉坊。姚黎氏，淑愼溫良，克相厥家，允稱內助。生三子，長堯臣。次舜臣、三唐臣。後代均繁衍，開基於開平、台山、新會等地。

　　七世祖至遷南海始祖譚卓昂之前各世，因資料缺載，事蹟均不詳。

二、南海譚氏考述

　　廣東南海譚氏人口眾多，分布廣泛。據譚耀華主編的《譚氏志》稱，南海譚氏分居梧村、石灣、譚邊、沙頭、槎潭與塱心等地〔註8〕，而譚瑩父子的先世則遷自廣東新會縣天河。

　　據《清代硃卷集成》中同治甲戌科會試《譚宗浚履歷》載：

> 始遷祖諱卓昂，原籍新會天河月窟鄉人，明末遷居南海。始遷
> 祖姚氏胡。〔註9〕

　　譚宗浚曾在《旅寓京邸雜憶粵中舊遊得詩二十首》中提及遷南海始祖的相關情況，他說：

> 南海石灣鄉，居人多以陶爲業，即倫迂岡、霍渭厓故里也。余
> 始遷祖卓昂公由新會移居佛山鎮大基尾，死後即葬石灣之大帽岡。
> 余家每歲必來省墓，先教授公詩所云「省墓彌年至，汾江本故鄉」，
> 即指此也。〔註10〕

　　高祖名文士，號錦亭，爲國學生。高祖母爲陳氏。

　　曾祖名學賢，字從政，號始庵。國學生。因孫譚瑩例贈儒林郎、布政司理問。曾祖母梁氏，例贈太安人。

　　祖名見龍，字秀升，號在田。國學生。因子譚瑩敕授儒林郎、布政使司理問，晉贈奉政大夫、光祿寺署正加二級，迭贈儒林郎、瓊州府教授加一級。祖母劉氏，敕封安人，晉贈太宜人，迭贈太孺人。祖母冼氏，敕贈太孺人。庶祖母爲羅氏、梁氏。

〔註 7〕譚耀華主編：《譚氏志》（上），香港：香港新華印刷出版公司，1957 年版，第
　　　　384～385 頁。
〔註 8〕譚耀華主編：《譚氏志》（上），香港：香港新華印刷出版公司，1957 年版，第
　　　　384～385 頁。
〔註 9〕顧廷龍主編：《清代硃卷集成》第 38 冊，臺北：成文出版社，1992 年版，第
　　　　187 頁。
〔註10〕譚宗浚：《荔村草堂詩鈔》卷六，清光緒十八年刻本。

譚瑩曾在《豫庵筆談》中談及父親的爲人及處世態度時說：

> 先君子奉政公好飲酒、愛客、重然諾。親串中有負其數萬金者，
> 不問也。中年後，始得子，撫余兄弟共九人。嘗謂：「昔人云：『有
> 心爲善非善，而爲善不望報。夫有心爲善，未始非善，而天之報施
> 亦恒降福於望報者，殆爲中人以下。』」說法具見苦心。嘗舉魏文貞
> 《十思疏》「居安思危、戒奢以儉」二語，以勵子侄。暮年，手不釋
> 卷，日閱《通鑒》，言歷代興亡治亂，娓娓不倦。〔註11〕

另外，譚宗浚在《旅寓京邸雜憶粵中舊遊得詩二十首》（其五）中也對其
祖父這方面的情況作了如下補充：

> 理問公性愛客，每春秋佳日輒邀親朋宴於半塘之墨硯洲、鄭公
> 堤等處。〔註12〕

由於譚見龍待人熱情，加之講信用，譚家因此而致富。故陳澧在《內閣
中書銜韶州府學教授加一級譚君墓誌銘》中評價譚瑩說「生於富家，慧於童
年。」〔註13〕

爲了經商方便，譚見龍將家從佛山鎮大基尾遷至廣州城西叢桂坊，並構建了
別墅「帆影樓」。對此，譚宗浚在《旅寓京邸雜憶粵中舊遊得詩二十首》（其二）
中有如下說明：吾家由佛山遷居廣州城西叢桂坊者，自大父理問公始。〔註14〕

後來，譚宗浚在《旅寓京邸雜憶粵中舊遊得詩二十首》（其四）中又補充說：
先大父理問公嘗於叢桂坊構一別墅，劉三山孝廉華東隸額題曰「帆影樓」。〔註15〕

譚宗浚祖母冼氏勤於持家、善烹飪。譚瑩在《樂志堂文集》中對自己母
親有如下描述：

> 先母冼太孺人，善烹飪，先君子恒令作十人饌，香淨適口。習
> 勤儉，顧樂施予，姻鄰有假其釵釧裙襦盡典去而不復齒及者，無憾
> 也。嘗舉「大富由天，小富由勤」二語，以警凡婢佇奴，殆諺語云。
> 〔註16〕

〔註11〕譚瑩：《樂志堂文續集》卷一，清咸豐十一年刻本。

〔註12〕譚宗浚：《荔村草堂詩鈔》卷六，清光緒十八年刻本。

〔註13〕陳澧著，黃國聲主編：《陳澧集》，上海：上海古籍出版社，2008年版，第244頁。

〔註14〕譚宗浚：《荔村草堂詩鈔》卷六，清光緒十八年刻本。

〔註15〕譚宗浚：《荔村草堂詩鈔》卷六，清光緒十八年刻本。

〔註16〕譚瑩：《樂志堂文集》卷八，清咸豐十一年刻本。

譚宗浚的胞伯祖有兩位，他們分別是譚元龍和譚會龍，其中譚會龍爲國學生。

譚宗浚嫡堂伯有四位，他們分別是譚應譽、譚心翼、譚國和譚應科，其中譚心翼爲郡庠生、國子監典簿，譚國爲太學生，譚應科爲國學生、布政使司理問。

譚宗浚胞伯有五位，他們分別是譚應達、譚恒、譚應爵、譚應祿、譚福康，其中譚恒與譚福康二人爲國學生，譚應祿爲議敘監知事，

譚宗浚胞叔有三位，他們分別是譚應位、譚應庚、譚毓林，其中譚應位獲誥封奉政大夫、光祿寺署正加二級。譚毓林，原名譚璬，爲恩貢生。

譚宗浚從堂兄有九位，他們分別爲譚麟徵、譚麟紹、譚麟書、譚麟彬、譚宗榮、譚義廉、譚麟符、譚麟潛、譚麟趾。其中譚麟彬爲候選巡政廳。譚宗榮爲議敘六品銜。

譚宗浚嫡堂兄弟有譚榮光、譚紹光、譚鳳儀、譚大年、譚永年、譚鶴清、譚瑞年、譚桓、譚忠、譚傑、譚濂、譚佩儀、譚植、譚迪光、譚勳、譚義和、譚同和等人。其中譚鶴清爲議敘八品銜，譚傑爲光祿寺署正，譚植爲議敘八品銜，譚迪光爲六品頂戴。

譚宗浚同胞兄弟姐妹共有九位。胞兄有譚鴻安、譚崇安二人，其中譚鴻安，字伯勐，國學生，獲誥封奉政大夫光祿寺署正加二級。譚崇安，字仲祥，國學生，官光祿寺署正。胞弟有譚凱安、譚熙安二人，其中譚凱安，字季旋，一字季平，國學生，爲翰林院待詔。譚熙安，字公祐。胞姊有三位，其一適番禺候選州同知黃心佘之次子黃灝光，議敘五品銜。其一適順德誥封奉政大夫盧英圃第四子盧兆鏞，爲候選同知。其一適順德廩貢生、內閣中書銜梁南屏第七子梁應，官五品頂戴。胞妹有兩位：其一適番禺候選守巡道龔道平第十子龔濟恩，爲候補守備。其一適番禺誥封奉政大夫陳十三長子陳景琳，爲國學生。

譚宗浚從堂姪有譚子珣、譚子琛、譚子珍、譚子瓛、譚祖望、譚松濤、譚法、譚杓、譚錕、譚鈺等人，其中譚祖望爲翰林院待詔、譚松濤爲太學生。

譚宗浚嫡堂姪有譚彥雲、譚彥昭、譚德輝、譚德晉、譚祖桂、譚祖津、譚玖、譚奎甲、譚奎宏、譚奎三、譚照、譚貢、譚瑤、譚長齡、譚二多、譚蘇等人。

譚宗浚胞姪有譚祖貽、譚祖源等人。

　　譚宗浚有四個兒子，他們分別是譚祖綸、譚祖楷、譚祖任和譚祖澍。其中譚祖綸，字幼學，國學生，曾出使日本，歷任安徽亳州知州等職，著有《清癯生漫錄》和《倭國景物志》。譚祖楷，爲邑附生，出嗣爲胞叔幼和君後人。光緒二十二年（1896年），選學海堂專課肄業生。譚祖任，字篆青，爲邑廩生。光緒十九年（1893年），選廣雅書院肄業生。二十二年（1896年），選學海堂專課肄業生。二十六年（1900年），庚子科優貢，曾任郵傳部參議廳員外郎，後任職民國交通部，著名美食家和詞人，著有《聊園詞》。譚祖澍，邑附生，早卒。女兒有三位，其一適陳澧之孫陳慶龢。

　　譚宗浚從堂侄孫有譚金、譚延齡、譚熙齡、譚以來等。

　　譚宗浚嫡堂侄孫譚基等人。

　　譚宗浚之孫有譚長序、譚長庚、譚長耀、譚長薆等人。

第二節　譚瑩生平考辨

　　譚瑩（1800～1871），字兆仁，號玉生，別署席帽山人、小金焦釣臺魚隱、小金山漁父，晚號豫庵。廣東南海捕屬人（今屬廣州荔灣）。

　　譚瑩的一生，大體可分爲以下三個時期：

一、讀書應試時期

　　譚瑩「幼穎悟，於書無不窺」〔註17〕，加之「強記過人」，因而文名早著。

　　嘉慶十六年（1811），番禺訓導莫元伯見譚瑩參加詩社集會時所作的《紅葉》詩後，擊節歎賞，認爲其中「也知難入東皇眼，不使秋光太寂寥」二句「寄託甚深，慨當以慷。」〔註18〕嘉慶十七年（1812），郡中老宿鍾啓韶、劉廣禮見譚瑩所作《採蓮賦》、《雞冠花賦》，以及《茶煙》、《紅葉》、《看桃花》諸詩後，大爲驚歎，譽之爲「後來之秀」〔註19〕。嘉慶十九年（1814），經梁漢三介紹，劉廣智見譚瑩所作詩後，也極力稱許。從這年開始，譚瑩便經常來往劉廣智家，向其請教學業。

　　嘉慶二十年（1815），譚瑩父親譚見龍延請劉廣智館於其家，教授子弟。

〔註17〕鄭夢玉等修，梁紹獻等纂：《南海縣志》卷十八，清同治十一刻本。

〔註18〕伍崇曜、譚瑩輯校：：《楚庭耆舊遺詩後集》卷八，清道光二十三年刻本。

〔註19〕鄭夢玉等修，梁紹獻等纂：《南海縣志》卷十八，清同治十一刻本。

譚瑩自此跟隨劉廣智在廣州二牌樓、應元宮、明月橋舊居等處讀書。〔註 20〕
同年，嶺南著名詩人譚敬昭在廣州西園紫雲閣接見譚瑩後，心情非常高興，
並親贈手書給他。〔註21〕嘉慶二十一年（1816），因劉廣智的極力推薦，譚瑩
拜劉廣禮爲師，後又跟隨他在簾青書屋讀書，學作騈文。〔註22〕

　　嘉慶二十三年（1818），譚瑩出應童試，名列第一。對於譚瑩此次應試的
相關情況，《南海縣志》有較詳細的記載：

> 　　年弱冠，出應童試時，儀徵相國阮元節制兩粵，以生辰日避客，
> 屏騶從，來往山寺，見瑩題壁詩文，大奇之。詢寺僧，始知南海文
> 童，現赴縣考者也。翌日，南海令謁見，制府問曰：「汝治下有譚姓
> 文童，詩文甚佳，能高列否？」令愕然，以爲制府欲薦士也，即請
> 文童名字。制府曰：「我以名告汝，是奪令長權，爲人關說也，汝自
> 行捫索可耳。」令乃盡取譚姓試卷，遍閱之，拔其詩文並工者，遂
> 以縣考第一人入泮。〔註23〕

　　嘉慶二十五年（1820）三月初，兩廣總督阮元「開學海堂，以經古之學課
士子。」〔註24〕譚瑩於當年入學，躋身學海堂首批學生之列。後來在課士的過
程中，阮元見譚瑩所作《蒲澗修禊序》及《嶺南荔枝詞》百首後，尤爲激賞。
經過阮元大力提攜之後，譚瑩「自此文譽日噪，凡海內名流遊粵者，無不慕交
矣！」〔註25〕而被譽爲「粵中之冠」的李黼平此時正被阮元聘閱學海堂課藝，
復被他延入督署教授諸子。在見到譚瑩的《嶺南荔枝詞》後，李黼平也特別欣
賞它，並視譚瑩爲「後來王粲」。〔註26〕此後，李黼平又多次稱讚推許譚瑩。

　　同年，譚瑩受知於廣東學政顧元熙。〔註27〕對於譚瑩的律賦，顧元熙認
爲它「胎息六朝，非時手所及。」〔註28〕後來，譚瑩又因作《銅鼓賦》而受
知於廣州府知府程含章。〔註29〕

〔註20〕伍崇曜、譚瑩輯校：《楚庭耆舊遺詩後集》卷八，清道光二十三年刻本。
〔註21〕伍崇曜、譚瑩輯校：《楚庭耆舊遺詩前集》卷十七，清道光二十三年刻本。
〔註22〕伍崇曜、譚瑩輯校：《楚庭耆舊遺詩後集》卷四，清道光二十三年刻本。
〔註23〕鄭夢玉等修，梁紹獻等纂：《南海縣志》卷十八，清同治十一刻本。
〔註24〕王章濤：《阮元年譜》，合肥：黃山書社，2003 年版，第 672 頁。
〔註25〕鄭夢玉等修，梁紹獻等纂：《南海縣志》卷十八，清同治十一刻本。
〔註26〕伍崇曜、譚瑩輯校：《楚庭耆舊遺詩前集》卷十五十六，清道光二十三年刻本。
〔註27〕譚瑩：《樂志堂文集》卷四，清咸豐九年刻本。
〔註28〕鄭夢玉等修，梁紹獻等纂：《南海縣志》卷十八，清同治十一刻本。
〔註29〕伍崇曜、譚瑩輯校：《楚庭耆舊遺詩前集》卷十九，清道光二十三年刻本。

道光四年（1824），譚瑩又受知於南海縣知縣徐香祖。〔註30〕

道光六年（1826），廣東學政翁心存對當地生員進行歲考。在批閱試卷過程中，翁心存對譚瑩也是讚賞有加。《南海縣志》對此有詳細記載：

> 道光六年，常熟相國翁心存以庶子督學粵東，歲考以《棕心扇賦》試諸生，瑩居首列。時值西陲用兵，復試日題爲《擬平定回疆收復四城生擒首逆賀表》，瑩於風簷中振筆直書，駢四驪六，得一千五百餘言。學使批其卷首，有「粵東固多雋才，此手合推第一」等語。〔註31〕

道光十一年（1831），繼任廣東學政徐士芬在翻閱譚瑩歷年試卷之後，也對其有「騷心選手，獨出冠時」〔註32〕之譽，並選他「以優行生入貢，入國子監。」〔註33〕但譚瑩沒有赴國子監，後捐納爲教官。

道光十八年（1838），因學行出眾，譚瑩被補選學海堂學長。〔註34〕

除在學海堂學習與擔任學長外，譚瑩於道光時期還在粵秀書院、越華書院學習，先後成爲何南鈺、陳鍾麟、區玉圃與陳鴻墀等人的門生。據陳澧《陳範川先生詩集後序》云：

> 道光中，嘉興陳先生來粵掌教越華書院。……先生在粵時，粵之名士吳石華、曾勉士常與遊，其在弟子之列者：梁子春、侯君模、譚玉生，澧與兄子宗元亦與焉。先生樂之，築亭於書院，題曰載酒亭，環植花竹，招諸名士論辨書史，酬酢歡暢。間述乾隆、嘉慶時名臣碩儒言行，感憤時事，慷慨激烈。〔註35〕

雖然譚瑩「聲望日高，院考屢列前茅」，但「鄉場頻遭眊瞇」，「故前後來粵典試者，如壬辰科程侍郎恩澤、癸卯科翁中丞同書，榜後太息諮嗟，以一網不盡群珊爲憾。」〔註36〕

〔註30〕伍崇曜、譚瑩輯校：《楚庭耆舊遺詩前集》卷十九，清道光二十三年刻本。

〔註31〕鄭夢玉等修，梁紹獻等纂：《南海縣志》卷十八，清同治十一刻本。

〔註32〕鄭夢玉等修，梁紹獻等纂：《南海縣志》卷十八，同治十一刻本。

〔註33〕陳澧著，黃國聲主編：《陳澧集》（第一冊），上海：上海古籍出版社，2008年版，第243頁。

〔註34〕陳澧著，黃國聲主編：《陳澧集》第五冊，上海：上海古籍出版社，2008年版，第635頁。

〔註35〕陳澧著，黃國聲主編：《陳澧集》（第一冊），上海：上海古籍出版社，2008年版，第143頁。

〔註36〕鄭夢玉等修，梁紹獻等纂：《南海縣志》卷十八，同治十一刻本。

除了自身原因外，譚瑩之所以在鄉試中落榜，其實還有人爲因素，如在《辛卯十月送伍紫垣孝廉計偕入都》中，譚瑩對自己的落榜原因作了如下說明：

　　聞余闈卷亦經呈薦，後爲人檢去，遍覓不獲。〔註37〕

此外，譚瑩也在該組詩中表達了一種「何年能作帝京遊，臥酒吞花詎遣愁」的失落心情。

直至道光二十四年（1844），譚瑩才考中舉人。當時考官何桂清、龍啓瑞於試場中得譚瑩一卷後擊節讚賞，並「擬元數日矣」。後「因三場策問，敷陳剴切，微觸時諱，特抑置榜末。」〔註38〕同年，譚瑩攝肇慶府學篆。〔註39〕

道光二十五年（1845），譚瑩循例北上，應禮部會試，結果名落孫山。

除讀書應試以外，譚瑩這段時期還先後參加了西園詩社、西園吟社、順德龍山鄉詩社、花田詞社、越臺詞社的活動、並在蒲澗修禊、清暉館修禊的過程中，創作了不少與此有關的作品。

鑒於當時廣東「雖號富饒，而藏書家絕少。坊間所售，止學館所誦習，洎科場應用之書，此外無從購買。自阮元以樸學課士，經史子集，漸見流通。而本省板刻無多，其他處販運來者，價值倍昂，寒士艱於儲蓄」〔註40〕的情況，譚瑩萌發了搜求鄉邦文獻及先代書籍加以刊刻的念頭，與富商伍崇曜一起，在此段時期相繼刊刻了《粵十三家集》、《楚庭耆舊遺詩前集》與《楚庭耆舊遺詩後集》。

自道光十一年（1831）至道光十五年，譚瑩還應邀參與續修《南海縣志》工作，負責分纂《南海縣志》中的《輿地略》、《藝文略》及《雜錄》。〔註41〕

二、任職地方時期

譚瑩一生淡於名利，在道光二十五年（1845）會試落第後，從此「不復北上，惟安居教職。」〔註42〕

〔註37〕譚瑩：《樂志堂詩集》卷三，咸豐九年刻本。
〔註38〕鄭夢玉等修，梁紹獻等纂：《南海縣志》卷十八，同治十一刻本。
〔註39〕譚瑩：《諭端溪書院人士牒》，《樂志堂文集》卷三，咸豐九年刻本。
〔註40〕鄭夢玉等修，梁紹獻等纂：《南海縣志》卷十八，同治十一刻本。
〔註41〕潘尚楫修，鄧士憲等纂：《南海縣志》卷之一，道光十五年修，同治八年重刊本。
〔註42〕鄭夢玉等修，梁紹獻等纂：《南海縣志》卷十八，同治十一刻本。

據《曲江縣志》卷一《表二》載：

> 譚瑩，南海人。舉人，（道光）二十七任。梁紹訓，南海人。
> 舉人。二十八年任。升瓊州教授，加光祿寺署正銜。以上教諭。
> 〔註43〕

由此可知，譚瑩出任曲江縣教諭的時間為道光二十七年（1847）。儘管任期只有一年，但譚瑩對曲江縣的教育非常重視。如在《諭曲江人士牒》中，譚瑩結合自身的經歷，對當地學子提出如下要求：

> 竊以開券有益，昔賢所稱。博學於文，往聖所勵。覆雖一簣，
> 卒竟為山之功。掘非九軔，罕致及泉之效。我阮儀徵師相督粵時，
> 開學海堂課士，深明此旨，樂觀厥成。蓋慎余必本於多聞，而求是
> 務先乎實事。僕肄業最久，校文竊慚。敢騖他途之趨，願為先路之
> 導。亦以教學，務期相長。況乎同行，必有我師。昔曾攝篆端州，
> 亦謹貽書闔郡。即本山堂考課，以為同學法程。矧曲江乃張文獻之
> 舊邦，余忠襄之故里。劉軻經術，邵謁詩名。大義微言，業已貫元
> 精之耿耿。流風餘韻，何難尋墜緒於茫茫。才似晏殊，勿他題之更
> 請。技如陶穀，原依樣而畫成。本奇字之未知，豈高歌而寡和。笑
> 鳳毛之待檢，恐蟬腹之太清。擬此後於各季孟月初旬，發到題紙，
> 遍給諸生，務宜同作。勵各各詞章之業，經史尤先。結重重翰墨之
> 緣，斗山長在。縱屬尋恒之輩，亦能積少以成多。況皆穎異之資，
> 自當聞一以知十。談藝誰敢，讀書便佳，毋違特諭。〔註44〕

自道光二十九年（1849）至咸豐七年（1857）這段時間，譚瑩擔任端溪書院監院。在《諭端溪書院人士牒》中，譚瑩對當地生童及寓賢也提出了類似要求。

從咸豐元年（1851）出任，到同治六年（1867）離任，譚瑩擔任廣東化州縣訓導的時間最久。由於化州地處偏遠，當地人又樸魯不文，因此「居此官者，多厭賤意」〔註45〕，而譚瑩「仍諄諄引導，欲迪以詩書。」〔註46〕由於「教職實俸無多」，〔註47〕不少教書人往往計較學生束脩的多少，而譚瑩卻

〔註43〕張希京修，歐越華等纂：《曲江縣志》卷一，光緒元年刊本。
〔註44〕譚瑩：《樂志堂文集》卷三，咸豐九年刻本。
〔註45〕鄭夢玉等修，梁紹獻等纂：《南海縣志》卷十八，同治十一刻本。
〔註46〕鄭夢玉等修，梁紹獻等纂：《南海縣志》卷十八，同治十一刻本。
〔註47〕鄭夢玉等修，梁紹獻等纂：《南海縣志》卷十八，同治十一刻本。

「修脯隨諸生自送，絕不計較厚薄。」〔註48〕去官之時，譚瑩又將「所積空券，溢篋盈箱，語子弟悉焚之。」〔註49〕

咸豐九年，因勸捐出力，譚瑩被上官「奏加內閣中書銜」〔註50〕。是年，譚瑩作《六十初度四首》，其第一首云：

> 堂堂歲月慣相催，初度今朝懶舉杯。樗櫟年華誰屑道，萍蓬蹤跡轉堪哀。
>
> 打鐘掃地枯禪悟，識字耕田不世才。鼓擊回帆容易學，小金焦覓釣魚臺。
>
> 〔註51〕

在詩中，譚瑩流露出一種歲月易逝、年華虛度的感傷與隱逸情懷。

除出任曲江和化州兩縣教職以外，譚瑩於此期還先後擔任過博羅縣學教諭、嘉應州學訓導，並「委管學海堂學長，粵秀、越華、端溪書院監院數十年」，〔註52〕一時「英彥多出其門」。

從教之餘，譚瑩與陳澧等人在此段時間先後組織了東堂吟社與西堂吟社文事活動，同時他又參加了順德龍山詩會、杏林莊宴集、白雲山秋禊、柳堂修禊、容園補禊等文學活動。同時，與伍崇曜一起整理刊刻了《廣州鄉賢傳》、《嶺南遺書》、《楚庭耆舊遺詩續編》、《輿地紀勝》、《粵雅堂叢書》，並應嶺南富商潘仕成之請，認真校勘了《海山仙館叢書》。因「強記過人，於先哲嘉言懿行，及地方事沿革變更，雖隔數十年，述其顛末初終，絲毫不爽」，〔註53〕在此段時間內，譚瑩還被地方主要官員聘爲補刊《皇清經解》與重刻《廣東通志》的總校，並擔任《廣州府志》與《南海縣志》的分纂。

三、居家養老時期

譚瑩雖官化州時間久，「而在官日少，惜未廣獲裁成焉。」〔註54〕後升授瓊州府教授，「以老病辭去」。〔註55〕

離開化州後，譚瑩回到廣州居家養老。此段時期，譚瑩一方面繼續從事

〔註48〕彭貽孫修，彭步瀛纂：《化州志》卷七《宦跡》，光緒十四年刊本。
〔註49〕鄭夢玉等修，梁紹獻等纂：《南海縣志》卷十八，同治十一刻本。
〔註50〕鄭夢玉等修，梁紹獻等纂：《南海縣志》卷十八，同治十一刻本。
〔註51〕譚瑩：《樂志堂詩集》卷十二，咸豐九年刻本。
〔註52〕鄭夢玉等修，梁紹獻等纂：《南海縣志》卷十八，同治十一刻本。
〔註53〕鄭夢玉等修，梁紹獻等纂：《南海縣志》卷十八，同治十一刻本。
〔註54〕彭貽孫修，彭步瀛纂：《化州志》卷七《宦跡》，光緒十四年刊本。
〔註55〕陳澧著，黃國聲主編：《陳澧集》（第一冊），上海：上海古籍出版社，2008年版，第243頁。

《廣州府志》與《南海縣志》纂修工作，另一方面又以順天安命的態度對待
現實人生。對於譚瑩晚年的生活態度，《南海縣志》有較詳細的記載：

> 瑩以文行矜式鄉閭，而性坦率。與人交，不作尋常應酬語。若
> 與論學術是非，人品心術邪正，詩文得失，咸推勘入微。凡所識訶，
> 悉中瘕結。不肯受壓於虛名，故同人皆許其直。素善飲啖，疾病不
> 去杯杓。又篤信星命之說，謂人世修短吉凶，造物安排已定，故開
> 口即笑，不為大臺之嗟。或箴以酣酒過甚，非攝生所宜者。瑩笑曰：
> 「酒者，天下之美祿也。古聖人所以享食高年，此豈殺人物？況壽
> 算限於天，吾雖日飲，無何犬馬，齒當在古稀左右耳。」或曰：「子
> 何以知之？」瑩曰：「壬辰科，歙縣程侍郎來典試，程固穿穴經史，
> 以淹博稱，而兼遊藝多能者也。榜後，粵中名士餞於白雲山雲泉仙
> 館。酒酣，程慨然曰：『粵東今日，可云盛極矣！然盛極而衰，天之
> 道也。此後廿餘年，亂從粵東起。再過十餘年，亂將遍天下，真不
> 堪設想矣！』時曾拔貢釗，亦溺於漢人《洪範》五行之學者，與程
> 問難往復，不覺鬱悒唏噓。程笑曰：『子無為杞人憂，吾與子不及見
> 矣。』隨諦視座中人曰：『都不及見矣！及見者，譚公玉生耳。』後
> 五年，程侍郎卒。甲寅紅巾起，曾拔貢辛。逮丁巳以後四五年間，
> 內外交訌，籌餉徵兵，迄無定歲。而當日同席諸公，雖養生者早已
> 物故，惟我歸然獨存，然年過耳順久矣，酒亦何損於人哉？」其順
> 時安命，皆此類也。〔註56〕

另外，費行簡在《近代名人小傳》中對他的晚年生活狀況也有所補充：

> 晚歲喪偶，一室獨處，沉淫典籍。有勸其學佛養心者，曰：「吾
> 心不放，何待養哉？」又曰：「佛法未入中國，人其以何者娛老？」
> 故終不窺梵夾。八十後，偶論時事，輒能預道成敗，尤善相人。有
> 京師優初至粵，富商潘某挾赴宴，指告座客曰：「此將軍公子也。」
> 優固善酬酢，進止合度，人皆弗疑，獨瑩微笑。客散，有叩其故者，
> 曰：「是有賤骨，後當為人孿童。」潘聞之，乃大笑道：「其實眾服
> 其神，窮所師承，曰：『是可有秘術，閹人既矮，心不為蔽，則吾日
> 猶鑒矣。』」〔註57〕

〔註56〕鄭夢玉等修，梁紹獻等纂：《南海縣志》卷十八，同治十一刻本。
〔註57〕費行簡著：《近代名人小傳》，臺北：文海出版社，1966年版，第391～392頁。

陳澧在《內閣中書銜韶州府學教授加一級譚君墓誌銘》中同樣提及譚瑩晚年情況：

> 晚年目疾，頹然靜坐，默誦生平所讀古詩文，日恒數十百篇，其強記如此。〔註58〕

同治十年（1871）九月，譚瑩因病而卒，享年七十二歲。是年，與譚瑩同爲學海堂學長，且交好數十年的陳澧應其子之請爲其作《墓誌銘》。其銘略云：

> 文人之福，惟君獨全。生於富家，慧於童年。才名震暴，文酒流連。
> 聚書校刊，其卷盈千。自爲詩文，其集必傳。壽逾七十，其子又賢。
> 飽食坐化，泊如登仙。我不諛墓，此皆實言。酹君斗酒，質君九泉。
> 〔註59〕

同治十一年（1872）十二月，譚瑩被安葬於廣州城東荔枝岡之原。

第三節　譚宗浚生平考辨

譚宗浚（1846～1888），原名懋安，字叔裕，晚號止菴，譚瑩之子。廣東南海捕屬（今屬廣州荔灣）人。

雖然譚宗浚中年早逝，但他的活動範圍比他父親大，有鑑於此，譚宗浚的一生可分爲以下幾個時期：

一、讀書應試時期

譚宗浚於道光二十六年（1846）閏五月十三日吉時出生於廣州荔灣叢桂坊里第。四歲時，母梁夫人去世。譚瑩見其敏慧，自幼小時，即讓他跟隨南海處士龔廣華學作制藝文。〔註60〕在譚瑩赴化州任教這段時間，譚宗浚主要由其長兄譚鴻安照顧。針對譚宗浚「跳蕩」〔註61〕的特性，譚鴻安督責甚嚴。年齡稍長，譚瑩便親自教他讀書。譚宗浚勤奮好學，能做到「一目十行，日

〔註58〕陳澧著，黃國聲主編：《陳澧集》（第一冊），上海：上海古籍出版社，2008年版，第244頁。
〔註59〕陳澧著，黃國聲主編：《陳澧集》（第一冊），上海：上海古籍出版社，2008年版，第244頁。
〔註60〕譚宗浚：《希古堂集甲集》卷二，光緒十六年刻本。
〔註61〕譚宗浚：《荔村草堂詩續鈔》，宣統二年刻本。

盡數卷。」〔註62〕平時爲文「操筆立就，洋洋千言。」〔註63〕八歲時，譚宗浚撰寫的《人字柳賦》，即廣爲時人傳誦。同年，譚宗浚開始讀宋代三蘇策論。十歲時又開始吟誦三蘇詩歌。

自咸豐六年（1856）起至咸豐十一年（1861），譚宗浚進入私塾學習。在此期間，譚宗浚共作詩歌一百一十九首，彙編爲《入塾集》。如在《庚申雜述》其一中，譚宗浚對時局看法於此可見一斑：

> 十載潢池亂，專征幕府開。徒聞擒董紹，幾見戮黃回。
>
> 離亂寧天意，艱難望將才。百年繁會地，一炬付秦灰。〔註64〕

而在《秋夜雜詩》其六中，譚宗浚有感而發，展現了一些與眾不同的興趣和愛好：

> 結交寡俗士，入夢多古人。褰帷獲瞻覯，歡若平生親。
>
> 既來驟復去，倏忽馳風輪。沉吟遂達曙，涕淚橫沾巾。
>
> 世途苦狹隘，捷足爭要津。何如甘憫默，永作華胥民。
>
> 遣懷定何物，且醉羅浮春。

咸豐八年（1858），譚宗浚隨父避難於南海之和順村何氏園林，對該處園林之勝又作了如下描繪：

> 江曲輒成村，江雲深到門。帆檣津估集，簫鼓社神尊。
>
> 族盡宋元古，風猶懷葛存。戰塵飛不到，小住即桃源。〔註65〕

該詩寫景清新，令人回味無窮。

咸豐十年（1860），譚瑩因書局補刊《皇清經解》，移寓長壽寺。譚宗浚隨侍左右，聆聽教誨，並讀書粵秀書院。是年，譚宗浚首次參加鄉試，以失敗告終。

咸豐十一年（1861），譚宗浚再次參加鄉試，中本省鄉試第四十七名舉人。

同治元年（1862），譚宗浚坐船由海上入京城參加會試。「時英夷和議甫就，宗浚感慨山川，爲《覽海賦》，洋洋數萬言。」〔註66〕文章鑄史鎔今，

〔註62〕唐文治：《雲南糧儲道署按察使譚叔裕先生墓碑》，《茹經堂文集（第一編）》卷六，《民國叢書》第五編，上海：上海書店，1996年影印本。

〔註63〕唐文治：《雲南糧儲道署按察使譚叔裕先生墓碑》，《茹經堂文集（第一編）》卷六，《民國叢書》第五編，上海：上海書店，1996年影印本。

〔註64〕譚宗浚：《荔村草堂詩鈔》卷一，宣統二年刻本。

〔註65〕譚宗浚：《荔村草堂詩鈔》卷一，宣統二年刻本。

〔註66〕鄭蕖等修，桂坫等纂：《南海縣志》卷十四，宣統三年刻本。

沉博絕麗。傳至京城,「都人士交口稱誦。」〔註67〕三月,譚宗浚參加會試。落第後,譚宗浚由陸路南歸。返里後,譚宗浚繼續在粵秀書院讀書。這時,譚瑩認爲他年齒尚幼,「戒讀書十年,毋遽求仕,授以《文獻通考》諸書。」〔註68〕在譚瑩教導之下,譚宗浚對《文獻通考》已「略能成誦」。〔註69〕

同治四年（1865）,譚宗浚作《二十初度》。面對歲月的流逝,他只能無奈地感歎:「早歲才名忝乙科,天門塌異惜蹉跎。絪書怕讀窮愁志,拓戟聊爲偪仄歌。世事如棋難預料,年華似墨豈禁磨。由來萬事居人後,莫學潛夫憤激多。」〔註70〕

除了讀書以外,對於二十歲後的生活,譚宗浚在《旅寓京邸雜憶粵中舊遊得詩二十首》中有所提及:「余自廿歲後,每賣文,有餘貲,輒與陳孝直、張瑞毅、王峻之、鄧嘯篔、廖澤群、梁庚生,鄭玉山諸君釀飲於育賢坊之酒樓。」〔註71〕

譚宗浚於同治七年（1867）再次進京參加會試,最終落第,但蒙會試同考官趙曾同薦卷和挑取謄錄。〔註72〕

同治九年（1869）,譚宗浚從應元書院肄業。

同治十年（1871）,譚宗浚第三次進京參加會試,仍然落第。在南歸前一天,他應潘祖蔭、張之洞之招,參加了龍樹寺集會,結識諸多社會名流。〔註73〕同年,譚瑩病卒。譚宗浚因丁外艱,停止上京應考。後來,應李徵爵之請,襄助《南海縣志》的編纂工作。〔註74〕

守孝期滿後,譚宗浚遂於同治十二年（1873）十二月約廖廷相、何濟芳等一起進京赴考。

〔註67〕唐文治:《雲南糧儲道署按察使譚叔裕先生墓碑,《茹經堂文集（第一編）》卷六,《民國叢書》第五編,上海:上海書店,1996 年影印本。

〔註68〕馬其昶:《雲南糧儲道譚君墓表》,《碑傳集補》卷十九,上海:上海書店 1988 年影印本。

〔註69〕馬其昶:《雲南糧儲道譚君墓表》,《碑傳集補》卷十九,上海:上海書店 1988 年影印本。

〔註70〕譚宗浚:《荔村草堂詩鈔》卷三,宣統二年刻本。

〔註71〕譚宗浚:《荔村草堂詩鈔》卷六,宣統二年刻本。

〔註72〕來新夏主編:《清代科舉人物家傳資料彙編》第八冊,北京:學苑出版社,2006 年版,第 30 頁。

〔註73〕譚宗浚:《荔村草堂詩鈔》卷四,宣統二年刻本。

〔註74〕鄭夢玉等修,梁紹獻等纂:《南海縣志》卷末,同治十一刻本。

　　同治十三年（1874），譚宗浚參加禮部會試，中初試第二百七十五名，復試一等第十五名，殿試一甲第二名，授職翰林院編修。〔註75〕

　　光緒元年（1875），譚宗浚乞假南歸，經由上海、香港抵廣州。

　　光緒二年（1876）四月，譚宗浚參加考試，獲一等。〔註76〕是年六月十五日，譚宗浚邀潘衍桐、陳序球等人集於京城陶然亭唱和。〔註77〕

二、督學四川時期

　　光緒二年（1876）八月，譚宗浚出任四川學政。〔註78〕出都之時，譚宗浚作《出都口占》，其詩云：

> 朝銜鳳詔出金鑾，西望峨岷指顧閒。自愧菲材持荡節，要令文教闢榛菅。
>
> 地多名勝供題句，身處脂膏覺厚顏。昨夜夢回清漏迥，依依猶憶紫宸班。
>
> 〔註79〕

　　在詩中，譚宗浚流露出一種想在四川有所作為的思想情緒。

　　在赴川途中，譚宗浚目睹沿途風景名勝，均加以吟詠，後來他將這些詩歌結集為《使蜀集》。

　　時成都尊經書院創設未久，前任四川學政張之洞聽說這個消息以後，大喜說：「譚君來，蜀士有福矣！」〔註80〕是年十一月二十日，譚宗浚到任。

　　在《提學四川下車觀風教》中，譚宗浚對當地生員提出如下要求：

> 　　本院下車伊始，輒擬出題目數條，用覘士習。惟八比肇源於宋代，五律託始於唐賢。宜抽秘而騁妍，毋蹈常而襲故。至於群經詁訓，諸史條流。實藝苑之津梁，乃詞林之根柢。繹山東大師之緒，各有心傳。綑柱下太史之藏，宜明掌故，故以經解史學等題次之。若夫詞賦一途，雖云小技。談張藻繪，浚發襟靈。修詞必貴乎安詳，

〔註75〕 來新夏主編：《清代科舉人物家傳資料彙編》第八冊，北京：學苑出版社，2006年版，第30頁。

〔註76〕 秦國經主編：《清代官員履歷檔案全編》第四冊，上海：華東師範大學出版社，1997年版，第476頁。

〔註77〕 譚宗浚：《荔村草堂詩鈔》卷六，宣統二年刻本。

〔註78〕 秦國經主編：《清代官員履歷檔案全編》第四冊，上海：華東師範大學出版社，1997年版，第476頁。

〔註79〕 譚宗浚：《荔村草堂詩鈔》卷七，宣統二年刻本。

〔註80〕 唐文治：《雲南糧儲道署按察使譚叔裕先生墓碑》，《茹經堂文集（第一編）》卷六，《民國叢書》第五編，上海：上海書店，1996年影印本。

樹骨務求乎典重。詆文章爲芻狗，原列子之寓言。薄辭翰以雕蟲，
第揚雄之臆説。故以古文、駢文、詩賦題次之。諸生等或許鄭窮經，
或董晁應策。或擅握蛇之美，或推繡虎之雄。或兼能於杜短周長，
或擅譽於馬工枚速。抽書任答，無難十事。皆知援筆立成，固可一
時並了。即有操弦甫學，製錦未工。精裝旨者，未曉樂談。擅沈詩
者，不嫺任筆。縱未如柳文暢之才具，足兼十人。要當若鄧仲華之
傳經，各守一業。亦許分題競奏，執藝成名。勉期至海之功，各奮
顓門之詣。本院躬親校閱，廣事搜求。如有文藝出衆者，定必優加
獎賚，以示鼓勵。倘或捉刀是假，飾鼎相欺。資潤色於他人，侈剿
鈔乎舊説。彼煉丹之九轉，未見成功。即飲墨之一升，豈云過罰？
要非本院所願期於諸生耳。

　　抑又聞之：文藝者末也，品行者本也。諸生但當勵志裘杅，束
躬繩屨。宅心醇粹，敦履璞沈。不徒丹素之勤功，並學朱藍之變質。
文詞足用，洗秘書著作之慚。華實相資，兼庶子家丞之美。無蹈囂
浮之習，無安淺近之圖。異日者必當蔚作時髦，儲爲國器。行見絃
歌化洽，遍傳彭濮微盧。豈徒閥閱官高，第數韋匡貢薛。勉求實學，
並勵純修。〔註81〕

正因爲譚宗浚「嚴別弊竇，獎借英才」〔註82〕，四川總督丁寶楨在上給
皇帝的奏摺中稱：

　　一、該學政衡文以清眞雅正爲主，去取公允，士論翕然。一、
該學政校閱認眞，衡文每夜以繼日，不辭勞苦，克盡厥職。一、該
學政共延幕友六人，俱係品端學裕之士，分校甚爲勤速，去取仍自
主持。一、該學政按試各屬，輕車簡從，地方一切毫無滋擾需索之
弊。〔註83〕

對於譚宗浚在尊經書院作出的貢獻，《續修四庫全書總目提要（稿本）》
也有如下評價：

〔註81〕譚宗浚：《希古堂集乙集》卷二，光緒十六年刻本。
〔註82〕唐文治：《雲南糧儲道署按察使譚叔裕先生墓碑》，《茹經堂文集（第一編）》
　　　　卷六，《民國叢書》第五編，上海：上海書店，1996年影印本。
〔註83〕中國第一歷史檔案館編：《光緒朝朱批奏摺》第二輯《內政職官》，北京：中
　　　　華書局，1995年，第525頁。

晚近以來，士多出之尊經，人莫不以張文襄、王湘綺之教爲稱，而宗浚亦並及之。宗浚之教人也，曰爲學之道大要有五：一曰講明訓詁之學，二曰考證史傳之學，三曰稽求器數之學，四曰校刊經籍之學，五曰講習辭章之學。蓋其意於初學之士，必先課之以研經，引之以讀史，旁兼諸子，下逮百家，而後始能植柢詞林，探源藝海。……所教文質彬彬，斐然可觀。〔註84〕

光緒五年（1879），譚宗浚「因在川捐助賑項，奉旨賞加侍讀銜。」〔註85〕譚宗浚在離任之際，選四川諸生的詩文編爲《蜀秀集》，並加以刊印，士林因此翕然將其「仰爲儒宗」。〔註86〕

三、任職京城時期

自四川返京之後，譚宗浚寓於京城米市胡同。在《抵京寓米市胡同庭前隙地頗多遍栽花木紅紫爛然因取東坡語自署所居曰最堪隱齋》中，他抒發了自己身處鬧市的獨特感受：

平生傲睨忘華簪，城居境比山居深。近除硗确草三徑，忽放紅紫花滿林。賞玩轉添留客局，護持猶是愛才心。攜鋤賴有吳剛共（時與吳星樓比部同寓），不用東籬步屧尋。〔註87〕

光緒六年（1880），譚宗浚充會試磨勘官。試事完畢後，他乞假南歸。八月經杭州，譚宗浚對杭州西湖多有題詠。十月，譚宗浚被補爲廣州學海堂學長。

光緒七年（1881）三月六日，譚宗浚邀陳澧與梁起等人泛舟大灘尾看桃花。後來，譚宗浚遊羅浮山，寓酥醪觀數日，作《羅浮雜詠》與《酥醪酒歌》等詩。八月十五日，譚宗浚又招張嘉澍、李啓隆、俞守義等集山堂玩月。

光緒八年（1882），譚宗浚「與仁和許恭愼公庚身同奉命典試江南」，〔註88〕

〔註84〕劉啓瑞著，中國科學院圖書館整理：《續修四庫全書總目提要（稿本）》第28冊，齊魯書社，1996年版，第177～178頁。

〔註85〕秦國經主編：《清代官員履歷檔案全編》第四冊，上海：華東師範大學出版社，1997年版，第476頁。

〔註86〕唐文治：《雲南糧儲道署按察使譚叔裕先生墓碑》，《茹經堂文集（第一編）》卷六，《民國叢書》第五編，上海：上海書店，1996年影印本。

〔註87〕譚宗浚：《荔村草堂詩鈔》卷八，宣統二年刻本。

〔註88〕唐文治：《雲南糧儲道署按察使譚叔裕先生墓碑》，《茹經堂文集（第一編）》卷六，《民國叢書》第五編，上海：上海書店，1996年影印本。

「所拔皆知名士，若馮夢華、朱曼君輩，未易悉數。蔚芝唐先生，尤其年最少者也。」〔註89〕

是年九月十八日，應左宗棠等人邀請，譚宗浚飲於莫愁湖。經過鎮江、揚州等地時，他登臨古蹟，欣賞山水。返京途中，針對當時實學日漸衰靡的狀況，他又在《途中寄庚生茂才八首時余有所感故拉雜無次並乞庚生勿以示人》中發出如此感慨「我當盛敦盤，君當振鞭弭。旗鼓驅中原，庶刷腐儒恥。」〔註90〕

回京之後，譚宗浚依然在翰林院任職，先後任「國史館協修、纂修、總纂，功臣館纂修，本衙門撰文，起居注協修，文淵閣校理。」〔註91〕

當時，「尚書吳縣潘文勤公祖蔭總裁國史館，屬先生纂修《儒林》、《文苑》兩傳。」〔註92〕

光緒九年（1883），譚宗浚再次充會試磨勘官。〔註93〕後被派任國史館總纂，與繆荃孫一起負責纂修《儒林傳》與《文苑傳》。在編纂過程中，譚宗浚手定條例，博稽掌故，闡揚幽隱。他曾多次去信與繆荃孫商量相關事宜，如在《致繆荃孫（二）》中，譚宗浚說：

> 昨日得領教言為慰。送上吳子序編修傳一篇，乞察入。《初月樓聞見錄》乞擲下。再，吳穀人傳擬附劉芙初，尊處有常州志否？乞檢劉嗣綰傳見示為禱。另呈上王介山書籍兩種，其自撰年譜，語多鄙俗；為其妻作行狀，而稱實錄，語太不檢。豈亦仿孫樵之《皇祖實錄》耶？其《易翼述信》係住錄四庫者，然不見有大過人處，意紀文達公但見其有與朱子牴牾處，遽稱許之耳。文達偏處，往往如此。但此君應入儒林，其可採與否，望大法眼卓奪。〔註94〕

再如，在《致繆荃孫（四）》中，譚宗浚還向繆荃孫提出以下建議：

> 史館分辦各節，即遵守尊諭，弟專辦文苑，閣下專辦遺逸便是。至儒林傳既須各辦，鄙意亦欲畫分。大約大江南北，暨兩浙江右諸

〔註89〕陳衍：《遼史紀事本末諸論序》，《遼史紀事本末諸論》卷首，光緒十八年刻本。
〔註90〕譚宗浚：《荔村草堂詩鈔》卷八，宣統二年刻本。
〔註91〕唐文治：《雲南糧儲道署按察使譚叔裕先生墓碑》，《茹經堂文集（第一編）》卷六，《民國叢書》第五編，上海：上海書店，1996年影印本。
〔註92〕唐文治：《雲南糧儲道署按察使譚叔裕先生墓碑》，《茹經堂文集（第一編）》卷六，《民國叢書》第五編，上海：上海書店，1996年影印本。
〔註93〕唐文治：《雲南糧儲道署按察使譚叔裕先生墓碑》，《茹經堂文集（第一編）》卷六，《民國叢書》第五編，上海：上海書店，1996年影印本。
〔註94〕繆荃孫：《藝風堂友朋書札》，上海古籍出版社1980年版，第73頁。

傳，必仰仗大手筆。若北直及邊省各傳，則弟任之。如此辦法，於學問源流既能洞悉，且應刪應補應附，不致棼如亂絲，未審尊意以為然否？大作諸傳，典核精博，具良史才，曷勝欽佩。中有貢疑數處，條列於另紙，然終是管測之見，未能以涓滴增益禪瀛也。余容晤罄。……儒林傳分辨之說，不過弟等私議如此，若送史館，署名覆輯，則可不拘。如足下吳人，則吳中先達各傳，送館或用弟名。弟粵人，則粵中先達各傳，送館時擬借尊銜。此則臨時變通，似無不可，仍望卓裁為要。〔註95〕

經過譚、繆二人努力，《儒林傳》與《文苑傳》最終得以脫稿。然而就在這一年，譚宗浚卻被時任翰林院掌院學士徐桐保薦「京察一等，記名以道府用。」〔註96〕

譚宗浚其實並不想外任，再三請辭而沒有被徐桐所允許。在《釋譏》一文中，他談到了自己不願出外做官的具體原因：

今僕跡非詭奇，志非肥遯。幸珥筆於蘭臺，冀蜚聲於文苑。慕聃史之養真，希東方之大隱。超希微而兩忘，庶敦艮以無悶。且夫酬主知者，不必定處珥貂之職也。報國恩者，不必定須汗馬之功也。昔漢王充云：「漢德隆盛，比於三代。宜有鴻筆之儒，歌詠揄揚，列於雅頌。」唐韓愈云：「作唐一經，成漢二史。」僕竊不自揆量，頗欲追蹤於二子，著成一集。纂輯乎列朝之聖蹟，揚扢乎昭代之休風。播之以弦誦，協之以笙鏞。使薄海之內，雕題鏤頰。髯老髫童，咸憬然於神謨之燀赫，景命之昭融。瞻鴻儀於王會，廣復古於車攻。將貞觀之政要，不能媲其美。太平之治跡，不能匹其隆。誠如是，是亦為政矣。又何待乎耀豸章之服，而紆龜紐之銅也哉。

且子徒知外吏之榮，而不知其累也。當夫朝露未晞，暄陽方始。集若烏巢，聚成蚊市。晨參大衙，魚魚進止。斂膝整容，低心弭耳。囁嚅囮胡，仰窺意旨。不敢抗聲，鷃視而已。奉教遵行，喏喏連起。至於判詞受牒，高坐堂皇。形茹意散，舌舉口張。簿領填委，紛如聚虻。周知原始，惟吏是商。偶出一教，詐偽滋彰。虎胥鴟隸，張

〔註95〕繆荃孫：《藝風堂友朋書札》，上海古籍出版社1980年版，第74～75頁。
〔註96〕唐文治：《雲南糧儲道署按察使譚叔裕先生墓碑》，《茹經堂文集（第一編）》卷六，《民國叢書》第五編，上海：上海書店，1996年影印本。

橐滿囊。又其甚者，齋閣酣眠，高陽策騎。懶閱獄詞，罕觀啓事。謝客常遊，孔公但醉。擊磬歌鍾，薰天沸地。僮僕饜於酒肴，姬姜豔乎珠翠。及乎陵谷變遷，時移勢異。孫秀陰傾，任安罕至。班宏之冒帑虛多，張説之橫財易匱。始頤指乎衞官，終搶頭於獄吏。故曰：「閻妮之容，不可使爲妓。東野之御，不能變爲良。種葜藜者罕嘉實，佩艾槭者無芬芳。」

今之爲仕者，目未睹乎漢條，手未披乎唐律。但羨乎冠蓋之豪華，宴遊之淫泆，斷未有不斫指受傷而素衣變質也，豈吾儒之履潔蹈忠者而肯出此方？今明明在朝，穆穆布列。開幕府者，半屬陶劉。膺墨綬者，固非岑薛。僕處其間，譬之銖塵安足增昆閬之崇，尺波豈能益滄瀛之闊。惟願守蓬觀而棲道山，藉枝官而養拙。〔註97〕

徐桐之所以不同意譚宗浚的請求，主要是基於以下兩方面的原因：一、妒忌其才。唐文治曾在《雲南糧儲道署按察使譚叔裕先生墓碑》中評價譚宗浚時說：「迨通籍後，聲譽益大著，碩德名臣，爭以文字相結納。朝廷有大典禮著作之任，必推先生。」〔註98〕譚宗浚在《潘芝堂同年哀詞》中也對徐桐妒忌自己才能這一點加以提及：他說：「往歲，掌院學士徐公忌余才名。」〔註99〕二、不滿其改革主張。受時代風氣的影響，譚宗浚思想較爲開通，而徐桐的思想卻相當保守。尤其是當譚宗浚幫潘衍桐代撰《奏請開藝學科摺》時，徐桐更是大爲不滿。李鴻章曾在《復欽差德俄奧和國大臣洪》中對此有所說明：「譚叔裕爲人草奏，請開藝科，遂爲巨公所惡，求免京察而不得，以歷俸已深、屢陪中贊之編修，竟出之雲南矣。」〔註100〕

在知道自己不可避免將被簡放雲南的情況後，譚宗浚「意殊怏怏」。〔註101〕

四、理政雲南時期

光緒十一年（1885）二月二十五日，譚宗浚蒙恩記名以道府用。五月初，

〔註97〕譚宗浚：《希古堂集乙集》卷二，光緒十六年刻本。
〔註98〕唐文治：《雲南糧儲道署按察使譚叔裕先生墓碑》，《茹經堂文集（第一編）》卷六，《民國叢書》第五編，上海：上海書店，1996年影印本。
〔註99〕譚宗浚：《希古堂集乙集》卷六，光緒十六年刻本。
〔註100〕顧廷龍、戴逸主編：《李鴻章全集》第三十四冊《信函六》，合肥：安徽教育出版社，2008年版，第550頁。
〔註101〕廖廷相：《希古堂集序》，《希古堂集》卷首，光緒十六年刻本。

他分別被慈禧太后與光緒帝召見。在離開京城之前，譚宗浚首先將自己全部著作託付給好友廖廷相，並對他說：「雲南水土瘴癘，殆非人居。某既抱貢生遠徙之悲，不無盛憲優生之感。倘或不祿，則此區區者，比張堪妻子之託，尤爲要著。」〔註102〕然後又借北京長椿寺屋三間用來收藏自己的八萬卷藏書。由於自己在京時負債甚多，譚宗浚決定不帶家眷到任所，而是將他們送回廣東。在做好這一切準備工作之後，譚宗浚於八月初二日從京城出發。經大運河、長江、洞庭湖、沅水等水路，歷經四個多月的時間，抵達雲南。對於途中的經歷和心情變化，譚宗浚在《抵滇寄廣州兄弟書》中有較具體描述：

> 余於八月出都抵滬後，先遣一力送孥歸粵。余雖忝暴勝持斧之榮，曾乏朱穆辦裝之費，竟不獲紆道牂牁，藉伸惘悷，悵矣如何！自爾逾鄂渚，涉洞庭，毒熱爍體，如近甑炊。炮雲驟垂，斜掩半黑。甫欲顦壓，輪困又起。翼以狂飆，舂撞攲捩。山嶽爲之欹側，波濤爲之潰沲。石戰如電，水懸似瀧。刁刁調調，萬竅號憤。我舟膠岸，絓於叢蘆。身輕鴻毛，命寄鱷齒。當此之時，謂將師申徒之高蹈，從彭咸之遺則矣。翌旦旭霽，甫慶更生。棹郎欣忻，篙師歡舞。遡流襄羊，乃抵武陵。江流如環，渟淨泓澈。深者揉藍，淺者胭臙。猗猗芷蘭，臨渚散馥。拍拍鳧雁，噆波索稆。扣舷擊汰，意愜久之。曾未更旬，漸臻險境。其山則長脛修股，連指駢拇。嶻嶭憑霄，崢嶸拒日。仰矚紫漢，不見其頂。半峰以下，純作紺黝。石帶獰狀，厓多淒音。寸枿不生，童裸而已。其水則激湍洄潊，千丈露底。金沙燦簇，潔瀾平曳。頗似贛江，又疑湘渚。及乎下漩渦觸，奔洪飛騰，駿馳翕忽。鷩沒怪石，如鋸呀呷。趁人驚雷未停，瞬顧百里。折篙敗艣，良可戒心。至若雨師收潤於岩端，曜靈艷輝於雲表。炎歊蒸湧，光怪瑰發。虹申胈駮，橫若絳天。元蛇曝鱗，飛鳥落毳。或乃注毒流於潤溪，激潊汭黃側岸。澴黑舟人，漁子遇而弗睨。蓋寧忍夸父之渴，未敢挹陽侯之波也。
>
> 既泊鎮陽，捨舟而陸。仄徑紆鬱，愁霖慘澹。但見虎跡，罕逢人蹤。時遭遺黎，狀類黃馘。城鄉蕭颯，乃同窮子之廬。溝渠污積，是曰穢人之國。念昔承平以來，深洫崇墉，豈無守禦？高臺飛甍，

〔註102〕廖廷相：《希古堂集序》，《希古堂集》卷首，光緒十六年刻本。

豈無營建？直阡橫畝，豈無耕畬？齠童跂老，豈無保聚？中更兵燹，
再逢災祲。去者鹿逸，存者鵠棲。哀甚郢墟，愴同燕社。故知懷惠
鰥窮，必資召杜。撫輯流亡，實憑岑薛。自愧輕材，謬膺民社。能
勿顧高軒而騂汗，撫華組而慚沮者乎？

　　滇中風土，較黔差勝。山既谿閜，天亦晴朗。署中文案，紛如
蝟毛。剖毫析芒，稍見端緒。聞諸僚屬，政簡事稀。疲駑中材，諒
可臥治。惟是昔侍青瑣，備承殊渥。今膺繡衣遠移，天末犬馬，微
忱惓惓難已。頗懷魏牟江海之想，不免張衡京國之思。又或涼風拂
簷，落月滿屋。判牘既倦，舉觴罕儔。攀玩園條，藉踐芳草。燊酒
苦釃，容易酕然。忽乘雲車，若返京輦。題詩江亭之隈，策杖顧祠
之路。塞衛可跨，兼馱古書。寒魚乍烹，偶仿鄉饎。言笑晏晏，談
鋒恣飛。晨雞喔鳴，乃復驚窹寂寞，擁被淋浪沾衿。曾謂斯遊邈若
霄漢，籲其唏已。

　　蓋嘗論之，自太素始分，稟才各異。出處之途多侘，亨屯之致
懸殊。或性非所安，則魚棲深樹。或才非所試，則驥服鹽車。必至
於點額貽譏，奔蹳致患。憶自早年，偏嗜文藝。筦政之方，理萌之
術，未經津逮，罕曾諮討。若負慚強，就恐冀黃笑人。每慨汲黯清
修，思還郎署。吳質雅才，願辭邑令。古人有之，今豈異轍。倘幸
獲重依禁籞，再直金鑾。假去鷁以順飆，沐朽株於膏露，斯所大願
也。如其不然，終當辭蟬林薄，解龜江渚。匪惟藏拙，亦以避賢。
必不使蛙黽虛縻，狙庭騰笑。粵滇迢隔，縷布區區。敬勗光儀，努
力努力。〔註103〕

自接篆視事以後，譚宗浚「詳詢地方利弊，治水道，親詣覆勘，次第修
濬白龍潭等十餘河，溉田六千餘畝，發工費時，躬至諸村傳諭鄉民，給領不
假書吏，一切火耗等弊胥革除，民大悅。」〔註104〕

　　光緒十二年（1886）冬，譚宗浚兼權按察使，對於當地歷年積案多有平
反。然因精力過耗，氣血日虛，於是決定引疾乞退。而地方主政者正對他有
所依賴，加上當地紳民極力挽留，譚宗浚辭官不獲成功。後來，他又「設古

〔註103〕譚宗浚：《希古堂集乙集》卷二，光緒十六年刻本。
〔註104〕唐文治：《雲南糧儲道署按察使譚叔裕先生墓碑》，《茹經堂文集（第一編）》
　　　　卷六，《民國叢書》第五編，上海：上海書店，1996年影印本。

學以課士，開堰塘以灌田，辦積穀以備荒，增置普濟堂以惠孤寡。百廢舉興，勤勞更甚，而體不支矣。」〔註105〕光緒十三年（1887）二月，鑒於自己病情嚴重，譚宗浚再次請求開缺回籍調理，終獲批准。在岑毓英主持纂修《雲南通志》以及王文韶主持纂修《續雲南通志稿》期間，譚宗浚平日不領薪費，經濟拮据。在準備回廣東的過程中，譚宗浚因路費缺乏，不能成行，後來因「大吏撥志書局費千金以贈」，〔註106〕他才得以離開雲南。光緒十四年（1888）二月十九日，譚宗浚取道廣西百色回籍，因沿途濕熱鬱蒸，足疾加劇。三月二十八日，行抵隆安縣時，譚宗浚病卒於旅次。

　　廖廷相在得悉譚宗浚病逝消息後，不禁惋惜說：「以君曠代之才，使得翱翔館閣，朝夕論思，必能興廢繼絕，潤色鴻業。否則解組林泉，優游歲月，亦必能拾遺補藝，成一家言。惜乎不獲盡其才也。」〔註107〕

第四節　晚清《南海縣志》中譚瑩、譚宗浚父子史實辨正

　　譚瑩父子均爲近代嶺南文史名家，清代同治十一年刊刻的《南海縣志》與宣統三年刊刻的《南海縣志》分別載有二人列傳。通過查閱相關史料後發現：這兩部方志所載譚氏父子的史實均有失誤。爲便於學者研究，現將相關情況輯錄並辨析如下。

一、〔同治〕《南海縣志》所載譚瑩史實辨正

　　同治四年，江西德化舉人鄭夢玉任南海知縣，倡議續修縣志，經繼任陳善圻、廥颺等人努力，該志於同治十一年正式刊行。此志卷端標爲《南海縣志》，扉頁書《續修南海縣志》，凡二十六卷。譚瑩參與此志的編纂，負責分纂《輿地略》、《建置略》、《金石略》、《雜錄》，並與鄧翔合纂《職官表》、《選舉表》，與李徵霨合纂《藝文略》。後來，因纂修此志的主要人員先後辭世，加之自己「胸懷作惡」且「神疲目眊」〔註108〕，時任分纂《列傳》的李徵霨於是請譚宗浚爲之贊助。

〔註105〕唐文治：《雲南糧儲道署按察使譚叔裕先生墓碑》，《茹經堂文集（第一編）》卷六，《民國叢書》第五編，上海：上海書店，1996 年影印本。

〔註106〕唐文治：《雲南糧儲道署按察使譚叔裕先生墓碑》，《茹經堂文集（第一編）》卷六，《民國叢書》第五編，上海：上海書店，1996 年影印本。

〔註107〕廖廷相：《希古堂集序》，《希古堂集》卷首，光緒十六年刻本。

〔註108〕鄭夢玉等修，梁紹獻等纂：《南海縣志》卷末，清代同治十一年刻本。

　　對於這部以嶺南著名學者鄒伯奇、譚瑩爲主要編纂者的《南海縣志》，梁啓超曾給予比較高的評價，他說：

　　　　「各府州縣志，除章實齋諸作超群絕倫外，則董方立之《長安》、《咸寧》二志，論者推爲冠絕今古；鄭子尹、莫子偲之《遵義志》，或謂爲府志中第一；而洪稚存之《涇縣》、《淳化》、《長武》，孫淵如之《邠州》、《三水》，武授堂之《偃師》、《安陽》，段茂堂之《富順》，錢獻之之《朝邑》，李申耆之《鳳臺》，陸祁孫之《郟城》，洪幼懷之《鄢陵》，鄒特夫、譚玉生之《南海》，陳蘭甫之《番禺》，董覺軒之《鄞縣》、《慈谿》，郭筠仙之《湘陰》，王壬秋之《湘潭》、《桂陽》，繆小山之《江陰》，皆其最表表者。」〔註109〕

　　然因編纂者疏於核實，〔同治〕《南海縣志》在記載譚瑩事蹟方面存在一些失誤，而這些失誤主要體現在以下三方面：

1、《雞冠花賦》寫作時間有誤

〔同治〕《南海縣志》載：

　　　　年十二，戲作《雞冠花賦》、《看桃花詩》，郡内老宿鍾啓韶、劉廣禮見而驚曰：「此子，後來之秀也。」〔註110〕

　　按：鍾啓韶，字琴德，一字鳳石，新會人。譚瑩於《楚庭耆舊遺詩前集》中鍾啓韶條下云：

　　　　鳳石孝廉與余居同里閈。余年十三，作《採蓮》、《雞冠花》諸賦，《茶煙》、《紅葉》諸詩。孝廉聞之，即踵門索觀，以小友相呼，遽勗以千秋之業，所謂蒙之、李邕、王翰者歟。〔註111〕

由此可知，譚瑩作《雞冠花賦》的時間應在十三歲，而非十二歲。

2、出應童試與被兩廣總督阮元識拔的時間有誤

〔同治〕《南海縣志》載：

　　　　年弱冠，出應童試。時儀徵相國阮元節制兩粤，以生辰日避客，屏騶從，來往山寺，見瑩題壁詩文，大奇之。詢寺僧，始知南海文童，現赴縣考者也。翌日，南海令謁見，制府問曰：「汝治下有譚姓

〔註109〕梁啓超著：《中國近三百年學術史》，北京：中國出版集團東方出版中心，2004年版，第334頁。
〔註110〕鄭夢玉等修，梁紹獻等纂：《南海縣志》卷十八，清代同治十一年刻本。
〔註111〕伍崇曜、譚瑩輯校：《楚庭耆舊遺詩前集》卷十四，道光二十三年刻本。

文童，詩文甚佳，能高列否？」令愕然，以爲制府欲薦士也，即請
文童名字。制府曰：「我以名告汝，是奪令長權，爲人關説也，汝自
行捫索可耳。」令乃盡取譚姓試卷，遍閲之，拔其詩文並工者，遂
以縣考第一人入泮。〔註112〕

按：《禮記·曲禮上》：「二十曰弱，冠。」孔穎達疏：「二十成人，初加
冠，體猶未壯，故曰弱也。」〔註113〕後遂稱男子二十歲爲弱冠。

對於清代童試的相關情況，王德昭在《清代科舉制度研究》中有如下介
紹：

清也沿明制，凡未進學而尚在應考生員之試者，無論年齡大
小，自壯艾以至白首老翁，統稱童生。童試也三年兩考，與生員的
歲試和科試相先後，同樣也如明制，考試先由縣試，經府試，然後
由學政考取，稱院試。考試項目有四書藝、經藝、《孝經》或性理論
或小學、策論和詩賦，康熙後並加《聖諭廣訓》。〔註114〕

另外，末代探花商衍鎏在《清代科舉考試述錄及有關著作》中也對此作
了如下補充：

初考縣試（不冠直隸字而屬府之州廳，爲單州單廳，與縣同），
縣官先期一月出示試期，開考日期多在二月。〔註115〕

據以上材料可以得出結論，〔同治〕《南海縣志》認爲時任兩廣總督的阮
元識拔譚瑩的時間應該是在嘉慶二十四年，而譚瑩出應童試的時間應該是嘉
慶二十四年二月。然據清代張鑒等撰的《阮元年譜》載：

嘉慶二十四年己卯（一八一九）五十六歲

正月二十日，遊隱山。《隱山詩序》云：余生辰在正月二十日，
近十餘年，所駐之地，每於是日謝客，獨往山寺。嘉慶二十四年，
餘歲五十有六，駐於桂林。〔註116〕

〔註112〕鄭夢玉等修，梁紹獻等纂：《南海縣志》卷十八，清代同治十一年刻本。

〔註113〕龔抗雲整理：《禮記正義》.北京：北京大學出版社，1999 年版，第 21 頁。

〔註114〕王德昭著：《清代科舉制度研究》，北京：中華書局，1984 年版，第 33 頁。

〔註115〕商衍鎏著：《清代科舉考試述錄及有關著作》，天津：百花文藝出版社，2004
年版，第 5 頁。

〔註116〕張鑒等撰、黃愛平點校：《阮元年譜》，北京：中華書局，1995 年版，第 129
～130 頁。

以上材料表明，在嘉慶二十四年生日這一天，阮元不在廣州，而是駐於廣西桂林。由此斷定，譚瑩出應童試及被阮元識拔的時間不可能是嘉慶二十四年。

對此，譚瑩在《楚庭耆舊遺詩前集》中潘正亨條下也有所說明：「余年未弱冠，應童子試。」〔註117〕

另張鑒等人在《阮元年譜》介紹說：

> 嘉慶二十二年丁丑（一八一七）五十四歲
>
> ……八月二十四日，由武昌之湖南閱兵。二十八日，衡州途次奉旨調補兩廣總督。……十月二十二日，至廣州。是日，到任接任。
>
> 〔註118〕

阮元於嘉慶二十二年十月抵達廣州，正式出任兩廣總督，而在嘉慶二十四年正月，阮元又駐於桂林。由此可以斷定：譚瑩出應童試時間與被阮元識拔的時間應該是在嘉慶二十三年（1818），而非嘉慶二十四年（1819）。

3、《楚庭耆舊遺詩》卷數有誤

〔同治〕《南海縣志》記載：

> 關於本省文獻者，有《嶺南遺書》六十二種，《粵十三家集》各種，《楚庭耆舊遺詩》七十二卷。此外《粵雅堂叢書》一百八十種，王象之《輿地紀勝》二百卷，〔註119〕

而譚瑩在《覃恩晉榮祿大夫紫垣伍公墓誌銘》中說：

> 嘗輯《粵雅堂叢書》初編、二編、三編，書凡一百八十種刻焉。該而特要，博而不繁。儷左禹錫《學海》之編，軼陶南村《說郛》之輯。以視國朝琴川毛子晉、鄔鎮鮑廷博，殆如鄶之靳也。又嘗輯《嶺南遺書》第一集、第二集、第三集、第四集、第五集、第六集，書共六十二種。《粵十三家集》，書共十三種。《楚庭耆舊遺詩》前集、後集、續集，書共七十六卷，均刻焉。鄉邦論撰，海嶠英靈。博採兼收，芟蕪刈楚。良金美玉，截貝編璠。闡幽顯微，懷舊思古。以視前明黃才伯、張孟奇、區啓圖，國朝馮司馬、溫舍人、羅太學、

〔註117〕伍崇曜、譚瑩輯校：《楚庭耆舊遺詩前集》卷十九，道光二十三年刻本。
〔註118〕張鑒等撰、黃愛平點校：《阮元年譜》，北京：中華書局，1995年版，第125頁。
〔註119〕鄭夢玉等修，梁紹獻等纂：《南海縣志》卷十八，清代同治十一年刻本。

劉編修、凌茂才等各鄉先輩所撰，求屑同於買菜，用殆比於積薪已。
至校刻宋王象之《輿地紀勝》，共書二百卷。則又錢竹汀宮詹訪求而
始獲，阮文達師相留貽而僅存者也。原《四庫》所未收，合三本以
重訂。神物之呵護已久，故家之藏庋略殊。苦爲分明，參互考證。
詎留餘憾，洵屬巨觀也。〔註120〕

由此可知，《楚庭耆舊遺詩》應有七十六卷。但陳澧在《皇清敕授儒林郎
內閣中書銜瓊州府學教授加一級譚君墓誌銘》卻稱：

生平博考粵中文獻，凡粵人著述，蒐羅而盡讀之，其罕見者，
告其友伍君崇曜匯刻之，曰《嶺南遺書》五十九種，三百四十三卷；
曰《粵十三家集》一百八十二卷，選刻近人詩曰《楚庭耆舊遺詩》
七十四卷。又博採海內書籍罕見者匯刻之，曰《粵雅堂叢書》一百
八十種，共千餘卷。凡君爲伍氏校刻書二千四百餘卷，爲跋尾二百
餘篇。〔註121〕

經檢閱現存道光二十三年刊刻的《楚庭耆舊遺詩前集》、《楚庭耆舊遺詩
後集》以及道光三十年刊刻的《楚庭耆舊遺詩續集》後知，《楚庭耆舊遺詩》
實有七十四卷。至於《楚庭耆舊遺詩》卷數之所以出現不一致的情況，除有
可能爲譚瑩誤記外，亦可能爲道光所刻之本所失收和刪略，但以上情況均可
證實〔同治〕《南海縣志》所言卷數有誤。

二、〔宣統〕《南海縣志》所載譚宗浚史實辨正

〔同治〕《南海縣志》出版三十多年後，鑒於「方今新政提倡，百廢具舉，
參中外以定制，揆時勢而變通」〔註122〕的情況，光緒三十三年，知縣鄭榮開
局續修縣志，聘桂坫、潘譽徵、何炳堃爲總纂，繼任知縣張鳳喈繼承之，宣
統二年成書，三年刊行，題爲《續修南海縣志》，凡二十六卷。

儘管〔宣統〕《南海縣志》在內容上有所擴充，但其中所載譚宗浚史實也
有失誤，這些失誤主要體現在以下兩方面：

1、於兄弟序次中排列有誤

〔宣統〕《南海縣志》卷十四《譚宗浚列傳》載：

〔註120〕譚瑩著：《樂志堂文續集》卷二，清咸豐十年刻本。
〔註121〕陳澧著：《陳澧集》第一冊，上海：上海古籍出版社，2008 年版，第 244 頁。
〔註122〕鄭榮等修，桂坫等纂：《南海縣志》卷首，清代宣統三年刻本。

譚宗浚，原名懋安，字叔裕，捕屬人，瓊州府教授瑩次子也。
〔註123〕

然據陳澧在《皇清敕授儒林郎內閣中書銜瓊州府學教授加一級譚君墓誌銘》中介紹：

> 嶺南自古多詩人，而少文人。阮文達公開學海堂，雅材好博之
> 士蔚然並起，而南海譚君瑩最善駢體文，才名大震。君之字曰兆仁，
> 別字玉生。……同治十年九月卒，年七十二。有子五人：鴻安、崇
> 安、宗浚、宗瀚、宗熙；孫三人：祖貽、祖綸、祖沆。〔註124〕

又據來新夏主編《清代科舉人物家傳資料彙編·譚宗浚》載：

> 胞兄譚鴻安（字伯劭，國學生，誥封奉政大夫，光祿寺署正，
> 加二級）、譚崇安（字仲祥，國學生，光祿寺署正）。
>
> 胞弟譚凱安（字季旋，一字季平，國學生，翰林院待詔）、譚
> 熙安（字公祐）。〔註125〕

從上面這兩則材料中可以斷定，譚鴻安與譚崇安為譚宗浚的兄長，當屬無疑。

也正因為這方面的原因，譚宗浚的同窗兼好友于式枚在《將重赴廣州留別譚三使君（宗浚）一百韻》〔註126〕中直接稱他為「譚三使君」，也就在情理之中。

綜而論之，譚宗浚應為譚瑩第三子，非譚瑩次子，〔宣統〕《南海縣志》在這方面記載有誤。

由於受〔宣統〕《南海縣志》的影響，李緒柏先生在《清代廣東樸學研究》中關於譚宗浚方面的記載也有失誤。〔註127〕

2、《覽海賦》創作時間有誤

〔宣統〕《南海縣志》卷十四《譚宗浚列傳》載：

> 年十六，中咸豐十一年辛酉舉人。是年，計偕入都，時英夷

〔註123〕鄭榮等修，桂坫等纂：《南海縣志》卷十四，清代宣統三年刻本。
〔註124〕陳澧著：《陳澧集》第一冊，上海：上海古籍出版社，2008年版，第244頁。
〔註125〕來新夏主編：《清代科舉人物家傳資料彙編》第八冊，北京：學苑出版社，2006年版，第27頁。
〔註126〕于式枚著：《於晦若遺詩》，同聲月刊（第三卷第十號），1944年版，第93頁。
〔註127〕李緒柏著：《廣東樸學研究》，廣州：廣東省地圖出版社，2001年版，第124頁。

　　和議甫就，宗浚感慨山川，爲《覽海賦》，洋洋數萬言，沉博絕麗。
〔註128〕

　　從這則材料可知，譚宗浚作《覽海賦》的時間爲咸豐十一年。而譚宗浚卻在《覽海賦》中自注云：

　　　　十七歲作，改本。〔註129〕

　　在《荔村草堂詩鈔》中，譚宗浚又對其中的《出門集》加以題注云：

　　　　起同治壬戌正月，迄八月，詩一百六首。〔註130〕

　　《出門集》中收有《覽海》一詩，此詩的創作時間應該與《覽海賦》的創作時間一致。而從《出門集》中《將之京師述懷四首》知，譚宗浚初次出門北上應試的時間應爲同治元年正月。

　　另據唐文治撰《雲南糧儲道署按察使譚叔裕先生墓碑》載：

　　　　先是壬戌歲，先生計偕公車，時中英和約初定，先生俯仰時事，憑眺山川，作《覽海賦》以寄慨，凡數萬言，都人士交口稱頌。
〔註131〕

　　唐文治爲光緒壬午科江南鄉試譚宗浚所取士。在文章中，唐文治明確提及譚宗浚「計偕公車」的具體時間爲同治元年。

　　又據趙藩作於光緒十四年的《覽海賦序》中云：

　　　　我國家建中立極，統一寰瀛，鏡清砥平，閱二百載。道光中葉，海氛以起，釁肇粵東，而閩、而湔、而吳、越、青、齊，以達於天津，周海壖之地數千里，歷時廿年，議戰議欵，干戈玉帛，環乘反覆運算。至咸豐庚申，澱園之役，烽達甘泉而禍變亟矣。觀察適以其明年舉於鄉，同治紀元，壬戌之春，航海赴禮部試，歷鯨鯢蛟鱓向所磨牙吮血之區，綜攗剔懷柔之顛末，以海爲經，以時事爲緯，紀得失，表忠義，慨頹俗，籌控制，鑒前轍，以飭漁圖，敷陳研煉，屬爲此賦，凡一萬餘言，小注數千言。其言詳，其事核，其詞典雅而宏麗，其音悲壯以激越，其持論平允而不偏激，通達而不膠滯，其憂深慮遠，無一息而忘斯世斯民之故。蓋

〔註128〕鄭蕖等修，桂坫等纂：《南海縣志》卷十四，清代宣統三年刻本。
〔註129〕譚宗浚著：《希古堂集乙集》卷一，清光緒十六年刻本。
〔註130〕譚宗浚著：《荔村草堂詩鈔》卷二，清光緒十八年刻本。
〔註131〕閔爾昌編：《碑傳集補》卷十九，《清碑傳合集》，上海：上海書店，1988 年影印本。

庶幾君子經世之文也，而非猶夫文士之文也。今去觀察作賦之時，
又二十六年。〔註132〕

在譚宗浚任職雲南糧儲道期間，趙藩與其交往密切。故趙藩在文中將譚宗浚「計偕公車」的具體時間定爲「同治紀元，壬戌之春」，應該是可信的，而且他確定的時間與譚宗浚詩集中題注時間正好吻合。由此觀之，譚宗浚創作《覽海賦》的時間應爲同治元年（1862），而非咸豐十一年（1861）。

綜上所述，晚清兩部《南海縣志》是記述南海古今各方面情況的科學文獻，蘊藏著豐富而有價值的史料，因而受到中外學者的重視和利用。訂正這兩部《南海縣志》中關於譚瑩、譚宗浚方面的記載失誤，對糾正《清國史》與《清史稿》等史書中的相關失誤，以及對學者研究嶺南文化名人均大有裨益。

〔註132〕譚宗浚著：《希古堂集乙集》卷一，清光緒十四年刻本。

第二章　譚氏父子交遊考辨

　　譚瑩父子均以文名著稱於世，晚清各界人士與其往來者眾多。考察這些人士與他們的交遊，不僅可以瞭解譚氏父子文學、學術的發展歷程與影響，也可一窺當時文壇與學界的風氣。

第一節　譚瑩交遊考辨

　　除在道光二十五年（1845）因援例赴京應禮部會試這段時間外，譚瑩一直在在廣東生活，其交往對象以嶺南人士居多。後來，由於「文譽日噪」，「凡海內名流遊粵，無不慕交者」〔註1〕日眾，故譚瑩交往對象的範圍也得以擴大。今舉其主要者，分為師長、友朋、官員三類，考察他們與譚瑩交遊情況，不僅有助於我們深入研究譚瑩的生平、思想和創作情況，還可以為我們進一步瞭解近代嶺南詩派詩風新變提供一個新的視角，具有重要的文學史意義

一、師長

1、劉廣禮（1784～1818）

　　字德亨，一字寅甫，廣東番禺人。嘉慶十二年（1807）優貢。嘉慶十八年（1813），中舉。卒年三十五。著有《息機軒隨筆》、《寅甫遺文》、《寅甫遺詩》等。

〔註 1〕王鍾翰點校：《清史列傳》卷七十三《文苑傳四》，中華書局，1987 年版，第 6065 頁。

譚瑩曾在《楚庭耆舊遺詩》中提及二人交遊情況：「歲丙子，余讀書簾青書屋，喜作儷體文。愚谷先生云：『吾八兄寅甫先生夙以此擅場，盍往就正之。』因執業稱弟子。先生亦時過存問，並以詩相贈。余答詩所以有『拾遺舊雨三春感，吏部高軒幾度來』之語。先生嘗示余文一卷云：『少作多學晚唐，且間沿宋人格調，故結響未高。近始欲宗法六朝而多病，不耐精思，且名心未了，舉業仍未敢拋棄，故所詣止此，子其勉之。』」〔註2〕劉廣禮卒後，譚瑩親往哭之，並作祭文和詩悼之。其哭詩有云：「一事未堪如屬望，九原何處更追隨。」〔註3〕祭文有云：「視余猶子，瞻含殮而無由。知我何人，憶生平而更愴。」〔註4〕於此可見，劉廣禮對其影響之深。道光二十三年（1844），譚瑩又將其部分詩歌選入《楚庭耆舊遺詩》中，並加以評點和刊刻。

2、劉廣智（？～1831）

字德明，一字智孫，又字愚谷，廣東番禺人。劉廣禮之弟。道光元年（1821），中舉。署澄邁學訓導。道光十一年（1831），往主陽山講席，因急病而返，卒於珠江舟次。生平喜治古文，工詩。著有《簾青書屋詩鈔》。

譚瑩曾於《楚庭耆舊遺詩》中劉廣智條下云：「余幼喜為詩。年十五，以所作介梁君漢三，求先生點定，有『檐聲搖夢後，燈影照愁先。白露滴幽砌，涼風生晚林』之語，為先生稱許，因往問業焉。」〔註5〕嘉慶二十年（1815），劉廣智館於譚瑩家。後來，譚瑩又隨其讀書二牌樓、應元宮、明月橋舊居等處。在劉廣智卒後，譚瑩到處搜集其古文，發現竟無一存。後來在捧誦劉廣智遺詩的過程中，譚瑩不禁「淚涔涔下矣。」〔註6〕

3、謝蘭生（1760～1831）

字佩士，號澧浦，又號里甫，別號理道人，廣東南海人。乾隆五十三年（1788）副榜貢生，乾隆五十七年（1792）舉人。嘉慶七年（1802）進士，授翰林院庶吉士，迨父死後，遂絕意進取。先後任廣州粵秀、越華、羊城書院和肇慶端溪書院山長，受業弟子眾多，其著名者有徐榮、譚瑩、陳澧等。阮元重修《廣東通志》時，聘其為總纂。又纂修《南海縣志》，條例皆出其手。

〔註2〕伍崇曜、譚瑩輯校：《楚庭耆舊遺詩後集》卷四，道光二十三年刻本。
〔註3〕伍崇曜、譚瑩輯校：《楚庭耆舊遺詩後集》卷四，道光二十三年刻本。
〔註4〕伍崇曜、譚瑩輯校：《楚庭耆舊遺詩後集》卷四，道光二十三年刻本。
〔註5〕伍崇曜、譚瑩輯校：《楚庭耆舊遺詩後集》卷八，道光二十三年刻本。
〔註6〕伍崇曜、譚瑩輯校：《楚庭耆舊遺詩後集》卷八，道光二十三年刻本。

工詩畫，能詩文，「其詩主學蘇軾，嘗自刻『師事大蘇』印，以誌景慕之情。間又略爲變化，稍出入於杜、韓二家而得其厚重。」〔註7〕著有《常惺惺齋詩文集》、《北遊紀略》等。

　　作爲師生，二人交往密切。道光十年（1830），謝蘭生與譚瑩一同參與纂修《南海縣志》。道光十一年（1831），謝蘭生卒，譚瑩作《哭謝里甫師》二首，以誌哀悼。後來，譚瑩又於謝蘭生所作的八幀絕筆畫，各題詩其後，並寓歎逝之意。〔註8〕

4、何南鈺（1756～1831）

　　字相文，廣東博羅人。乾隆五十四年（1789），中式舉人。嘉慶四年（1799），登進士，授翰林院庶吉士。散館，以主事補兵部車駕司。嘉慶十四年（1809），擢河南道御史。嘉慶二十年（1815），攝雲南糧儲道，尋權迤東道。旋以病去。抵家，主其邑登峰書院。道光二年（1822），主講廣州粵秀書院，居七載而去，教育頗著成效。「學能淹貫，詩亦得風雅遺音，尤喜和蘇詩。晚年進境，頗近眉山。」〔註9〕著有《范經堂存稿》、《燕滇雪跡集》。

　　在何南鈺主講粵秀書院期間時，譚瑩問業於其門。因彼此交往密切，譚瑩後來才會對其詩歌作出這種評價：「然必如先生者，而後可言簡練。不然其不貽譏於滿屋，串子只欠散錢者幾希。」〔註10〕

5、陳鍾麟（1763～1840）

　　字厚甫，江南元和（今蘇州）人。嘉慶四年（1799）進士，授編修，遷御史。道光八年（1828）受聘來粵，任粵秀書院院長，凡三年。博通經史，喜度曲，尤工時文，著有《聽雨選制義》。

　　陳鍾麟任粵秀書院院長期間，譚瑩與陳昌運、桂文燿等人讀書其中，並成爲其門下士。〔註11〕

6、區玉章（生卒年不詳）

　　原名玉麟，字報章，號仁圃，得第後改名玉章，廣東南海人。嘉慶九年（1804），中舉。嘉慶十三年（1808），進士及第，選翰林院庶吉士。散館，

〔註 7〕陳永正主編：《嶺南文學史》，廣東高等教育出版社，1993 年版，第 436 頁。
〔註 8〕伍崇曜、譚瑩輯校：《楚庭耆舊遺詩後集》卷八，道光二十三年刻本。
〔註 9〕梁廷枏：《粵秀書院志》卷十六《傳三》，道光二十七年刻本。
〔註10〕伍崇曜、譚瑩輯校《楚庭耆舊遺詩前集》卷二，道光二十三年刻本。
〔註11〕梁廷枏：《粵秀書院志》卷十二《人才表二》，道光二十七年刻本。

改吏部文選司主事。道光十二年（1832），引疾歸，不復出。道光十二年（1832），任粵秀書院院長，凡十一年。後以目疾辭，卒年七十。著有《自踟軒剩草》。

　　道光二十一年（1841），因鴉片戰爭影響，譚瑩攜全家避亂。待政局穩定後，譚瑩回到廣州，並作《返里後寄呈區仁圃師》三首，向其訴說自己感慨，其中有「人當患難交情見，我值飄零旅夢恬」〔註12〕之語。後來，譚瑩又幫區玉圃代撰《辭粵秀書院山長書》。由此可知，二人關係非常要好。

7、陳鴻墀（1758～？）

　　原名治鴻，字萬寧，號範川、東圃，又號抱簫山道人，浙江嘉善人。嘉慶十年（1805）進士。入翰林院，充會典館纂修，實錄館提調，武英殿協修。道光初，官內閣中書。道光八年（1828），充順天鄉試同考官。道光十二年（1832），來粵，掌教粵東越華書院。輯有《全唐文紀事》、《全唐文年表》。著有《賜硯齋詩文集》等。

　　在陳鴻墀掌教越華書院期間，譚瑩與陳澧等人成為他的受業弟子。陳鴻墀經常與粵東名士吳蘭修、曾釗交遊，而譚瑩與陳澧等人時常參與他們的集會。後來，陳鴻墀在越華書院中築「載酒亭」，環植花竹，並經常「招諸名士論辯書史，酬酢歡暢。」〔註13〕

8、張維屏（1780～1859）

　　字子樹，號南山，又號松心子，晚年自署珠海老漁，廣東番禺人。嘉慶九年（1804）舉人。嘉慶十二年（1807），入都，翁方綱見之曰：「詩壇大敵至矣。」由是詩名大起。嘉慶十三年（1808），與林伯桐、黃培芳等築「雲泉山館」於白雲山。道光二年（1882），中進士，任湖北黃梅知縣，補長陽縣，署松滋、廣濟縣，調署襄陽府同知。後歷任江西袁州府同知、泰和縣知縣，吉安府通判、南康府通判。道光十六年（1836），請假歸里。晚年頹然不與世事，以詩酒自娛。咸豐九年（1859）病卒，年八十。著有《國朝詩人徵略》、《國朝詩人徵略二集》、《松心詩集》、《聽松廬駢體文》、《聽松廬詩話》、《談藝錄》、《桂遊日記》等。

〔註12〕譚瑩：《樂志堂詩集》卷七，清咸豐九年刻本。
〔註13〕陳澧著，黃國聲主編：《陳澧集》第一冊，上海，上海古籍出版社，第143頁。

　　張維屏與黃培芳、譚敬昭並稱「粵東三子」。林昌彝稱其詩「出入漢魏唐宋諸大家，取材富而醞釀深，氣體則伉爽高華，味致則沉鬱頓挫」〔註14〕又曰：「粵東詩自三家後，多質少文。番禺張南山以清麗之才，別開生面，一時附其門下者甚眾。」〔註15〕

　　道光十九年（1839），譚瑩應別人之請，代撰《張南山師六十雙壽序》。在該文中，譚瑩對張維屏多方面的才能與功績作了全面而客觀的評價。

　　道光二十年（1840），應張維屏之邀，譚瑩與黃培芳、黃釗等人同遊廣州花棣，後移舟南墅集飲。道光二十六年（1846），譚瑩又參與張維屏主持的新春宴遊集會，與眾人一起唱和，其樂融融。其詩云：「越臺新局仿燕臺，才浣征塵度度來。去秋八月，師招集慶春園。賢主最難正月暇，美人原似好花開。簪纓戀無斯樂，嶺海升平老此才。有酒不辭連日醉，銀箏象板況相催。遊侶偏難繼竹林，會輒六人。定言山水有清音。微歌畿輔誰青眼？載酒江湖共素心。月到上元知夜永，謂十四夜，鞴香孝廉之招遲，師未至。花仍二月說春深。謂花朝前二日，蘭甫同年之招。鶯簫鼉鼓街坊鬧，歸逐塗人隔巷尋。」〔註16〕道光二十八年（1848），應張維屏之招，譚瑩與陳澧等人一起到聽松園賞月夜話。咸豐二年（1852），張維屏應順德溫子樹之請，評閱該年度龍山詩會詩歌。譚瑩所作《儒將》、《猛將》及《迎梅》諸詩，受到張維屏大力稱讚。後來，譚瑩又多次與張維屏一起參與修禊或集會活動，二人來往非常密切。除對譚瑩詩歌讚賞有加以外，張維屏還認為「吾粵二百年來論駢體，必推玉生。」〔註17〕由此可以看出，譚瑩之所以在詩文方面均取得突出成績，除了自身努力的原因之外，也與張維屏的極力推許有一定關係。

　　9、阮元（1764～1849）

　　字伯元，號芸臺（或作雲臺），又號揅經室老人、雷塘庵主等，江蘇揚州人。乾隆五十四年（1789）中進士，歷官乾隆、嘉慶、道光三朝，多次出任地方督撫、學政，充兵部、禮部戶部侍郎，拜體仁閣大學士。著有《揅經室集》等。

〔註14〕林昌彝著，王鎮遠、林虞生標點：《射鷹樓詩話》卷二，上海：上海古籍出版社，1988年版，第28頁。
〔註15〕林昌彝：《海天琴思錄》卷四，清同治三年刻本。
〔註16〕張維屏輯：《新春宴遊唱和詩》，清道光丙午刻本。
〔註17〕張維屏：《藝談錄》，清咸豐間刻本。

　　黃愛平在《阮元年譜序》中評價阮元時說：「在長期的仕途生涯中，阮元始終兢兢業業，立朝清正，持身謹嚴，親身參與並處理了地方及中央的許多重要政務，在振刷吏治，安定地方，整頓海防，抵禦外侮等方面做出了傑出的貢獻。與此同時，阮元還終身勤奮不懈，鑽研學問，從事研究，在小學、經學、金石、書畫乃至天文曆算方面，都有相當造詣；並於官跡所到之處，提倡學術，獎掖人才，整理典籍，刊刻圖書，大大推動了文化事業的發展，也直接影響了一代學術風氣。……成爲公認的揚州學派的重要代表，清代漢學的強有力殿軍，史稱「身歷乾嘉文物鼎盛之時，主持風會數十載，海內學者奉爲山斗焉，確非過譽之辭。」〔註18〕

　　對譚瑩而言，阮元有提攜之功。至於阮元於嘉慶二十三年（1818）慧眼識拔譚瑩的故事，〔同治〕《南海縣志》及清人筆記中均有詳細記載。後來，阮元又對譚瑩所作《荔枝賦》和《佛手賦》予以高度評價。阮元於嘉慶二十五年（1820），「創辦學海堂，以經古之學課士。」〔註19〕譚瑩作爲首批學生進入學海堂學習，其思想及文學創作均受到阮元的極大影響。道光六年（1826），阮元調任雲貴總督，譚瑩作《送兩廣制府阮芸臺師移節雲貴序》以送行。在該文中，譚瑩將阮元與「漢之龔黃、羊巨平、李鄴侯、韓魏國、王新建諸公」〔註20〕相比，來頌揚他在廣東建立的不朽業績。

10、祁墡（1777～1844）

　　號竹軒，山西高平人。少聰敏好學，不爲兒童戲。年十四，補邑弟子生員。乾隆五十五年（1791），中舉。嘉慶元年（1798），成進士。歷官刑部主事、河南糧鹽道、浙江按察使、貴州布政使、刑部右侍郎、廣西巡撫等職。道光十三年（1833），任廣東巡撫。道光十五年（1835），兼署兩廣總督。道光十八年（1838），入爲刑部尚書。鴉片戰爭爆發後，英軍進犯廣州，被派往廣東督辦糧餉，協助奕山。旋接替琦善任兩廣總督。道光二十四年（1844），因外禦內籌，積勞成疾，卒於省邸，年六十八。

　　曾釗在《祁公竹軒行狀》中評價說：「公性淡泊鎭靜，無滕妾，不飲酒，不苟笑，與人謙和，然非其義不能奪也。揚歷中外四十餘年，賄賂未嘗敢至其側。」〔註21〕在祁墡主政廣東期間，譚瑩深得祁墡的信任，如在《呈宮保祁制

〔註18〕王章濤著：《阮元年譜》，合肥：黃山書社，2003年版，第4頁。

〔註19〕王章濤著：《阮元年譜》，合肥：黃山書社，2003年版，第672頁。

〔註20〕譚瑩：《樂志堂文集》卷七，清咸豐九年刻本。

〔註21〕曾釗：《面城樓集鈔》卷四，清光緒十二年刻本。

府竹軒師三首》中，譚瑩曾向其提出如下建議：「國脈貴培植，人心宜固結。」
〔註22〕道光十八年，祁墫入京爲官，譚瑩不僅作《送竹軒中丞師擢遷大司寇還
朝》四首，而且還作《送中丞祁竹軒師內遷大司寇還朝序》。在序文中，譚瑩
運用唐梁國公李峴等人典故，高度讚揚了祁墫的人品、才能和政績。也正因彼
此之間有充分的瞭解，譚瑩才能在文章中對祁墫作出這種實事求是的評價。

11、翁心存（1791~1862）

字二銘，號邃庵，江蘇常熟人。嘉慶二十一年（1816），中舉。道光二年
（1822）進士，選翰林院庶吉士。散館，授翰林院編修。歷官福建鄉試正考
官、廣東學政、日講起居注官、侍講學士、國子監祭酒、大理寺少卿、工部
左侍郎、工部尚書、刑部尚書、吏部左侍郎、戶部右侍郎、武英殿總裁、兵
部尚書、吏部尚書、國史館總裁、翰林院掌院學士等職。咸豐八年（1858），
充上書房總師傅。同年九月，拜體仁閣大學士管理戶部事務。次年，因病奏
請開缺。咸豐十一年（1861）起復，以大學士銜管理工部事務，充弘德殿行
走（同治帝師）。同治元年（1862），病卒，獲贈太子太保銜，諡號「文端」。
著有《知止齋詩集》等。

翁心存在督學廣東的過程中，適逢回部叛亂，「公以克復回城賀表命題，
君文千餘言，援筆立就，公評其卷曰：『粵東雋才第一』。」〔註23〕道光八年
（1828），翁心存離任赴京，譚瑩在《送學使翁邃庵師還朝序》中對其有如下
評價：「我邃庵師丹青之文，金玉之度。錢徽公望，盧誕人師。裝寶座而召九
齡，擇良箭而授李絳。銓度屢掌，光華益隆。當返軸乎八閩，遽移旌於百粵。
丹砂玉札，同充疢疾。所需秋菊春蘭，各極芳華之選。但經指授，知爲場屋
上游。」〔註24〕後來，譚瑩與翁心存還多次書信往還。如在道光三十年（1850），
譚瑩在《上翁邃庵侍郎師箋》中對翁心存一再關注自己表示感謝，他說：「瑩
之藉庇二十有五年矣。爨下焦桐，偏入蔡中郎之聽。道傍苦李，諒蒙王處仲
之知。載中宿之蒲葵，頓增聲價。飫廣文之首蓿，深負栽培。凤荷優容，彌
勞眷注。實冰懷之自矢，仍風義以相期。譬之鸚鵡出籠，向維摩而懺悔。驊
騮負軛，祈造父之哀憐已。」〔註25〕

〔註22〕譚瑩 ·《樂志堂詩集》卷七，清咸豐九年刻本。
〔註23〕陳澧著，黃國聲主編：《陳澧集》第一冊，上海：上海古籍出版社，2008年版，
　　　第243頁。
〔註24〕譚瑩：《樂志堂文集》卷七，清咸豐九年刻本。
〔註25〕譚瑩：《樂志堂文集》卷十二，清咸豐九年刻本。

12、程恩澤（1785～1837）

字雲芬，號春海，安徽歙縣人。嘉慶十六年（1811）進士。歷官翰林院編修、湖南學政、貴州學政、侍讀學士、內閣學士兼禮部侍郎、戶部右侍郎等職。著有《國策地名考》、《程侍郎遺集》等。

程恩澤既是一個正統派漢學考據家，出於凌廷堪之門，學問廣博。也是近代宋詩運動最初的、有力的提倡者之一。「他把『凡欲通義理者，必自訓詁始』的治學原則貫徹到詩歌創作中。合學人之詩、詩人之詩為一，成為晚清宋詩派的楷模。他還認為詩自性情出，而『性情又自學問中出』，要求性情既『莊雅』，又『激昂』。」〔註26〕

道光十二年（1822），程恩澤典試廣東。由於譚瑩在此次鄉試中落第，程恩澤遂有「榜後太息諮嗟，以一網不盡群珊為憾。」〔註27〕同年九月，譚瑩與眾人一起集雲泉山館，送程恩澤北還。後來在咸豐八年（1858），譚瑩作《程春海侍郎蒲澗賞秋圖作於壬辰九月同集者十一人今惟余在梁馨士儀部購得囑補題詩戊午重陽日也》四首，抒發了自己懷念之情。

13、程含章（1763～1832）

字月川，雲南景東廳人。乾隆五十七年（1792）舉人，嘉慶六年（1801），大挑一等，分發廣東，以知縣用。歷署封川縣知縣、東莞縣知縣、雷州府同知、連州直隸州知州、化州知州、南雄直隸州知州。嘉慶二十三年（1818）十一月，補惠州府知府。嘉慶二十五年（1820）七月，任廣州知府，同年十一月，補授山東兗沂曹濟道。後歷任山東按察使、河南布政使、廣東巡撫、浙江巡撫、山東巡撫等職。道光八年（1828），以病呈請開缺。道光十二年（1832），卒。著《程月川先生遺集》等。

嘉慶二十五年，譚瑩因作《銅鼓賦》而被時任廣州知府程含章極相推挹。後在程含章離開廣州時，譚瑩作《送廣州太守程月川師擢任山東備兵兗沂曹濟序》以贈行。在該序文中，譚瑩一方面對程含章在粵功績作了全面總結，另一方面也流露出依依不捨之情。後來，譚瑩又作《程月川侍郎師崇祀粵東名宦公祭祝文》予以紀念，其文云：「通儒廉吏，良帥重臣。諸葛名士，文成替人。揚歷卅年，經濟一集。中牟魯恭，桐鄉朱邑。理縣開府，裕國憂邊。

〔註26〕孫文光主編：《中國近代文學大辭典》，合肥：黃山書社，1995年版，第973頁。

〔註27〕鄭夢玉等修、梁紹獻等纂：《南海縣志》卷十八，同治十一年刊本。

士風橫塾，水利梯田。陶侃清忠，宋璟遺愛。澤切去思，風高前載。佗城輿誦，潞水客談。計關天下，祀延嶺南。」〔註28〕

14、何桂清（1816～1862）

字叢山，號根雲，雲南昆明人。道光十五年（1835）進士，改翰林院庶吉士，散館，授編修。歷官河南鄉試副考官、貴州鄉試正考官、詹事府右春坊右贊善、司經局洗馬、日講起居注官、翰林院侍講、會試同考官、廣東鄉試正考官、山東學政、戶部左侍郎、實錄館副總裁、兵部左侍郎、浙江巡撫、兩江總督、欽差大臣等職。後因太平軍進攻常州時，棄城逃避，被清廷處死。著有《使粵吟》等。

道光二十四年（1844），何桂清出任廣東鄉試正考官。在典試場中，何桂清與龍啓瑞得譚瑩一卷而擊節讚賞，並已「擬元數日」〔註29〕。後因譚瑩「三場策問，敷陳剴切，微觸時諱」〔註30〕，他們將其「特抑置榜末」。〔註31〕

在何桂清離開廣東後，譚瑩與其書信往來頻繁，先後作《上太僕何根雲師書》《寄江蘇學政何根雲師書》《賀何根雲師督學山左啓》《賀何根雲師署吏部侍郎仍入値南書房兼充實錄館副總裁啓》。如在《上太僕何根雲師書》中，譚瑩對何桂清拔他於危難之中表示感謝：他說：「家本不貧，身仍未老。先君遺產，易主經年。同生者十九人，待爨者廿餘輩。鮑叔牙共分財之友，均比夷吾。謝宏微非世祿之家，偏逢殷睿。王慈之宅，僅存石研素琴。任昉之兒，忍著練裙葛帔。遂至仲宣體弱，燭武精亡。遊世之術難工，謀生之計本拙。宋濟坦率，高頔樸淳。敢求巍峨，自打毾㲪。鶴聲有句，他人之行卷空傳。鳳字誰書，同座之諸詩難覓。

伏遇老師大人陶鎔頑礦，雕刻朽株。文本縱橫，判無紕繆。李廣材氣，偏詡無雙。阮種賢良，誰擢第一。渥窪神馬之賦，崢嶸悔學喬彝。贔屭巨鼇之嘲，名第竟同盧肇。而且憐才獨摯，説士仍甘。許孫巨源實賈誼之倫，譽李清臣有荀卿之筆。珠庭日角，轉驚知己非常。古誼忠肝，特以得人相賀。老夫當讓廬陵，本習撝謙。先輩誰稱司空，益振聲采。孤寒拔擢，光價頓增。疏越等於珍裘，珷玞比於良玉。馬賓王之骨相，早笑鳶肩。管幼安之心情，

〔註28〕譚瑩：《樂志堂文續集》卷二，清咸豐九年刻本。
〔註29〕鄭夢玉等修、梁紹獻等纂：《南海縣志》卷十八，同治十一年刊本。
〔註30〕鄭夢玉等修、梁紹獻等纂：《南海縣志》卷十八，同治十一年刊本。
〔註31〕鄭夢玉等修、梁紹獻等纂：《南海縣志》卷十八，同治十一年刊本。

甘署龍尾。敢謂張華望氣，知寶劍之埋藏。蔡邕審音，惜古琴之焦灼。照炎曦於寒谷，漉甘雨於夏畦。亦如老驥伏櫪之年，偏逢伯樂。枯魚游釜之日，忽遘陽侯。病鶴甕甀，得羊公而暫舞。荒雞腒脯，來處宗而善談耳。計吏與偕，禮闈復擯。坐春風而未久，乘曉月以遄徵。」〔註32〕由此可見，譚瑩與何桂清之間的師生之情是非常深厚的。

15、龍啟瑞（1841～1858）

字翰臣，又字輯五，廣西臨桂（今桂林市）人。幼時，勤學不怠。道光十四年（1834），中舉。道光二十一年（1841），成進士，授翰林院修撰。歷官順天鄉試同考官、廣東鄉試副考官、湖北學改。道光三十年（1850），丁父憂歸里。咸豐元年（1851），廣西巡撫奏辦團練與太平軍為敵，龍啟瑞總其事。後官侍講學士、通政司副使、江西學政、江西布政使等職。咸豐八年（1858），卒於官。著有《經籍舉要》、《古韻通說》、《爾雅經注集證》、《經德堂集》、《浣月山房詩集》等。

龍啟瑞工詩文，兼通音韻。文本桐城諸老，力圖有所開拓。詩名亦著，符葆森曾在《寄心庵詩話》中評價說：「余初讀龍翰臣學使《南槎吟草》，奇才妙筆，狀難狀之景，達難達之情，一以真意剴切寫之。嗣讀其全稿，有雄渾者，有婉麗者，莫名一格。尤一在寄旨遙深，詩外有事，關心民物，得古采風之遺。非僅以賡酬雅韻也。」〔註33〕

道光二十四年（1844），龍啟瑞與何桂清一同典試廣東。對於龍啟瑞在此次典試中的表現，譚瑩在《龍翰臣師南槎吟草書後》中有如此評價：「甲辰省試，我翰臣師銜命粵東。其衡才之當，革弊之嚴。目謀者載以口碑，身受者銘之心版。」〔註34〕事畢之後，龍啟瑞招譚瑩等人於闈中唱和，譚瑩作《龍翰臣師闈中唱和詩後序》紀其事。在離粵之時，龍啟瑞在《瀕行諸生餞於花地賦此志別》中特別稱讚說：「譚生（瑩）實奇傑，文字富千篇。」〔註35〕此後，譚瑩與龍啟瑞主要通過書信進行交往。如在咸豐三年（1853）六月和八月，譚瑩分兩次寫信給龍啟瑞，反映自己近況，同時也表述了自己對其深切思念之情

〔註32〕譚瑩：《樂志堂文集》卷十三，清咸豐九年刻本。
〔註33〕符葆森編：《國朝正雅集》卷八十六，清咸豐六年刻本。
〔註34〕譚瑩：《樂志堂文集》卷八，清咸豐九年刻本。
〔註35〕呂斌《龍啟瑞詩文集校箋》，長沙：嶽麓書社，2008年版，第78頁。

16、全慶（1802～1882）

字小汀，滿洲正白旗人。道光九年進士，選庶吉士，授編修，累遷侍講。歷官少詹事、大理寺卿、廣東學政、戶部侍郎、禮部尚書、協辦大學士、翰林院掌院學士等職。光緒五年（1879），加太子少保。光緒六年（1880），拜體仁閣大學士。光緒八年（1882），卒，晉贈太子太保，諡文恪。

全慶於道光二十六年（1846）任廣東學政，次年離任。譚瑩成為其門生主要在這一年。譚瑩在《全小汀學使藥洲秋月圖跋》中對全慶督學粵東的功勞有如此評價：「先生才兼文武，業守韋平。久為關外之遊，遞握嶺南之節。星軺暫駐，水鏡疊懸。鳳藻銜兼，龍編化被。嶺海原稱要地，弼教彌年。朝廷久憶重臣，具瞻來日。高郵誰曾請託，和凝輒放才名。陸贄輸心，常衰執理。激揚特妙，衡鑒甚精。此時頌遍膠庠，異日備書職志。」〔註36〕同時，譚瑩於該文中還表達了自己「久遊場屋，倍念師恩」的心情。

17、戴熙（1801～1860）

字醇士，號鹿床。浙江錢塘（今杭州市）人。嘉慶二十四年（1819），中舉。道光十二年（1832）成進士，入翰林。散館，授編修，擢詹事府贊善。道光十八年（1838），任廣東學政。後升翰林院侍講學士。道光二十五年（1845），覆命督學廣東。後歷官光祿寺卿、內閣學士、禮部侍郎、兵部右侍郎等職。咸豐十年（1860）太平軍攻杭州，投水死。贈尚書銜，諡「文節」。著有《習苦齋詩文集》等。

戴熙以詩書畫名世，繪事尤工，名滿天下。張維屏曾評價說：「先生軺車校士，昕夕不遑，乃能出其餘力，摹寫水石，刻畫岩壑，搜奇剔秀，窮幽闡微，字句皆從心精結撰而出．非篤好山水而又深造於詩，其能若是乎。」〔註37〕

譚瑩在《戴文節眷屬抵粵約同人伙助公啟（代）》中對戴熙有如下評價：「我戴文節師學綜三才，識窮兩戒。用兼文武，氣壯河山。還山本仲若之素懷，蹈海實魯連之夙願。翕然鄉望，偏摧保障於東南。竟作水仙，僅寄英靈於苕雪。」〔註38〕

〔註36〕譚瑩：《樂志堂文集》卷八，清咸豐九年刻本。
〔註37〕張維屏：《藝談錄》，清咸豐間刻本。
〔註38〕譚瑩：《樂志堂文續集》卷二，清咸豐九年刻本。

18、葉名琛（1807～1859）

字昆臣，湖北漢陽人。出身於官宦兼商人家庭。道光十一年（1831）年，中舉。道光十五年（1835），成進士，改翰林院庶吉士，散館授編修。歷官陝西興安知府、雲南按察使、湖南布政使、廣東布政使等職。道光二十八年（1848），任廣東巡撫。道光二十九年（1849），英人慾踐入城之約，與總督徐廣縉堅執勿許，聯合民眾，嚴加戒備。商人也自停貿易予以匡助，英人只得照會徐廣縉，表示將入城之事擱置。朝廷論功，以一等男爵世襲，並賞戴花翎。道光三十年（1850），平定英德境內民眾起義，賞加太子少保。咸豐二年（1852），以平定廣東境內及周邊地區動亂之功，擢兩廣總督。咸豐五年（1855），擢體仁閣大學士。咸豐七年（1857）十月，英法聯軍集廣州城外，由於對西方列強的無知以及迷信於自己的「以靜制動」策略，不作認真的備戰準備，並嚴禁官紳士庶議和，遂於廣州城破之日，被英法聯軍捕走，押往印度加爾各答。咸豐九年（1859），在印度絕食而卒。

譚瑩與葉名琛關係密切。如在道光二十八年（1848），時任廣東巡撫的葉名琛請譚瑩為其代撰《擬重修南海神廟碑》。咸豐六年（1856），時逢葉名琛五十歲生日，譚瑩作《壽葉漢陽師相五十》四首以慶賀。另外，譚瑩還應人之請，代作《葉漢陽師相五十壽序》兩篇。在這些詩文中，譚瑩對葉名琛的功績都予以恰當的評價。由此可見，師生感情非同尋常。

19、李黼平（1770～1832）

字貞甫，一字繡子，號著花居士，廣東嘉應（今梅州）人。幼聰穎，年十四即通樂譜。及長，治漢學，工考證，兼擅詩文。嘉慶三年（1798），中舉。嘉慶十年（1805），中進士，選翰林院庶吉士。其間曾請假南歸，主講越華書院。逾年回京，散館，授江蘇昭文縣知縣。在任施政以寬和慈惠為主，廉潔自持。後以虧空公款繫獄六年。嘉慶二十四年（1819），返回廣州，被時任兩廣總督阮元聘閱學海堂課藝，又延之入督署教授諸子。後被聘為學海堂學長。道光十三年（1832）卒於東莞寶安書院。著有《繡子先生集》、《易刊誤》等。

自嘉慶二十四年起，譚瑩始與李黼平交往。譚瑩在《楚庭耆舊遺詩》中記載了二人交往情況，他說：「阮儀徵師相督粵，開學海堂課士，延先生校文。余時年逾弱冠，賦《荔支詞》百首，先生激賞之，以後來王粲相目。」〔註39〕

〔註39〕伍崇曜、譚瑩輯校：《楚庭耆舊遺詩前集》卷十五，道光二十三年刻本。

後來譚瑩又多次獲李黼平獎借。道光十二年（1832），李黼平與譚瑩等人聚白雲山雲泉山館，送學使程恩澤北還。數月之後，李黼平辭世。譚瑩聞知消息後，不禁發出「老成凋謝，痛可言耶」的感慨。

20、劉彬華（1770～1828）

字藻林，號樸石，廣東番禺人。乾隆五十年（1785）舉人，嘉慶六年（1801），成進士，改庶吉士，散館授編修。請假歸省，以母老多病不復出，先後主講端溪、越華兩書院。掌教六年，粵中大吏皆禮重之。力請疏濬廣州城中六脈渠，又力贊修通志、貢院。曾任《廣東通志》總纂，編選有《嶺南群雅集》。卒年五十九。著有《玉壺山房詩文集》、《玉壺山房詩話》等。

據譚瑩介紹：「余年弱冠，受知郡丞徐秋厓先生。後攝篆番禺，招飲衙齋，始晤樸石先生於座間，極承獎借。後秋厓先生量移鶴山，先生屬代撰《送行序》。有云『望箐竹之千叢，交森鐵節。啖離支之百顆，藉表丹心。武城之絃歌乍聞，灌壇之風雨不作。』又云：『昔人家駐松關，忍睹雙鳧之竟去。此日名題香宸，還期五馬之重來。』先生尤擊節焉。」〔註40〕從中可見，劉彬華對譚瑩讚賞有加。

二、友朋

1、湯貽汾（1778～1853）

字若儀，號雨生，別號少雲道人，晚號粥翁，江蘇武進人。少承母教，僑居福安。以祖、父難蔭襲雲騎尉，授揚州三江營守備。後改補廣東撫標右營守備，升山西大同鎮靈丘路都司、浙江撫標中軍參將、樂清協副將。後薦升溫州鎮副總兵，因病未赴任，隱居南京，築琴隱園，結交海內名宿。咸豐三年（1853），太平軍攻金陵，城破，賦絕命詩，投池死。諡「貞愍」。著有《琴隱園詩集》、《琴隱園詞集》、《畫荃析覽》等。

湯貽汾通天文、地理及百家之學，兼工詩詞書畫，與戴熙並稱「湯戴」。吳雲在《琴隱園詩集序》評其詩云：「其詩於清和逸雋之中，多悱惻纏綿之致·不追琢而工，不矜飾而豔，不規規於摹古而自不失古人矩律。」〔註41〕

譚瑩曾在《寄湯雨生參戎即索作畫》四首中談及二人的友情和自己的志趣：

〔註40〕伍崇曜、譚瑩輯校：《楚庭耆舊遺詩前集》卷九，道光二十三年刻本。
〔註41〕湯貽汾：《琴隱園詩集》卷首，同治十三年刻本。

> 聞道將軍不好武，一枝健筆寫屏顏。我正買山錢莫辦，憑君貽我畫中山。
> 千里贈君雙鯉魚，年來清興復何如。無緣靚面如相識，鈴閣森嚴讀道書。
> 葛亮風流有大名，綸巾羽扇一書生。將軍著色山中見，君定前身惲壽平。
> 菖蒲澗與荔支洲，一一登臨屬舊遊。我自友遲君去早，不然畫並訪羅浮
> （君曾宦粵數年）。〔註42〕

從詩中可以看出，二人交誼甚篤。

2、何紹基（1799～1873）

字子貞，號東洲，晚號蝯叟，湖南道州（今湖南道縣）人。道光十五年
（1835）舉於鄉，次年成進士，改庶吉士。散館，授編修，歷充武英殿、國
史館協修、纂修、總纂，國史館提調。先後典福建、貴州、廣東鄉試，均稱
得人。咸豐二年（1852），任四川學政。咸豐五年（1855），以條陳時務被斥
為「肆意妄言」而降調，遂絕意仕進，遍遊蜀中名山。後歷主濟南濼源書院、
長沙城南書院十餘年。同治八年（1869），主持揚州書局校刊《十三經注疏》，
兼浙江孝廉堂講席，往來吳、越。卒於蘇州。著有《東洲草堂詩鈔》、《東洲
草堂文鈔》等。

何紹基博涉群書，治經史，精小學，書法自成一體。詩宗蘇軾、黃庭堅，
屬程恩澤一派。徐世昌在《晚晴簃詩匯》評價說：「子貞詩根柢深厚，盤鬱而
有奇氣，多可傳之作。」〔註43〕

同治二年（1863）三月，譚瑩與何紹基、陳澧、林昌彝等人集學海堂祭
拜阮元，並作《贈何子貞太史》二首。在詩中，譚瑩提及二人交遊的相關情
況：

> 皇甫高軒過我先，聲華籍甚鬢皤然。經神譽美何休擅，詩史名兼老杜傳。
> 抗疏功名弦上箭，著書事業枕中編。白雲山色仍如舊，翰墨閒緣話昔年。
> （昔己酉，君典試粵東。榜後，葉東卿太翁邀同遊宴，有《白雲秋禊圖》，
> 余嘗序之。又余《補題程春海侍郎蒲澗賞秋圖詩》，嘗及君龍樹檢書圖
> 事。）（其一）
>
> 落紅如雨颭琴裝，載酒江湖去住忙。桃李新陰綿世德（尊人文安公，歲
> 丁卯典試粵東，又乙未典試禮闈，粵東諸巨公多門下士），松筠晚節惜

〔註42〕譚瑩：《樂志堂詩集》卷二，清咸豐九年刻本。
〔註43〕徐世昌：《晚晴簃詩匯》卷一百三十九，上海：華東師範大學出版社，2009
　　　　年版，第1009頁。

時光。金鼇秘殿當宣詔（君名近膺薦牘），白鶴新居正上梁（時修學海堂落成，邀同遊宴，君亦文達師相門下士也）。特再南來遊草䵷，荔枝嘗遍即還鄉。（其二）〔註44〕

3、林昌彝（1803～1876）

字蕙常，又字薌溪，號茶叟、五虎山人。福建侯官（今福州）人。道光十九年（1839）舉人。曾任建寧教授。晚年嘗客居廣州，一度掌教海門書院。鴉片戰爭時，主張嚴禁鴉片，積極抵抗英軍侵略。通經史、考據、詞章之學。著有《射鷹樓詩話》、《衣讔山房詩集》、《小石渠閣文集》、《海天琴思錄》等。

同治元年（1862）一月，林昌彝來粵，與譚瑩、陳澧一起在學海堂飲酒敘談，並作《陳蘭浦澧譚玉生瑩二廣文招飲學海堂》紀之。其詩云：

粵中蔚人文，經師盛五管。故友雅招邀，脫帽吹玉管。時蘭浦以所製律管遞吹，均合宮羽。諸君森琅玕，馨香肅圭瓚。並祝阮文達公生辰。主若春山明，客如秋水滿。譚生出異書，捧誦再手盥。玉生廣文出異書見借。問我何處來，海上群鷗伴。頭戴不擇冠，囊貯清涼散。小住河之南，明日方舍館。余初到粵暫寓河南。〔註45〕

上述詩歌表明，譚瑩對待林昌彝非常眞誠。

4、倪鴻（1828～1892）

字延年，號耘劬，又號雲臞，廣西桂林人。工詩文，善書畫，宦遊粵東二十餘年，以張維屛、黃培芳爲師。曾作《珠海夜遊圖》，當時名人題詠甚多。後去福建，襄辦臺灣軍務。晚年又北上，多與當時名流交遊。著有《桐陰清話》、《退遂齋詩鈔》、《退遂齋詩續鈔》等。

王拯曾在《退遂齋詩續集跋》中說：「耘劬以清俊之才，襟負風雅，饑驅遊走，屈處末僚，久居廣州，一時名宿若張南山、黃香石、熊笛江、譚玉生、陳蘭甫諸君子皆得師友及之。」〔註46〕在《退遂齋詩鈔》中，倪鴻在九首詩歌中均提及譚瑩，其中有三首詩歌提及倪鴻主動招譚瑩參與集會。由此可知，譚瑩與倪鴻私交甚篤。

〔註44〕譚瑩：《樂志堂詩略》，清光緒元年刻本。
〔註45〕林昌彝著，王鎮遠、林虞生標點：《林昌彝詩文集》，上海：上海古籍出版社，1989年版，第189～190頁。
〔註46〕倪鴻：《退遂齋詩續集》卷末，清光緒間刻本。

5、鄭獻甫（1801～1872）

為避咸豐帝舊諱，以字行，別名小谷，廣西象州（今桂林）人。道光十五年（1835）進士，官刑部主事。晚年在廣州主講越華書院。為清代經師、詩壇名人。為詩直抒胸臆，無所依傍。林昌彝評其詩曰：「詩筆嫻雅，幽豔如馬守真畫蘭，秀氣靈襟，紛披楮墨之外；又如倩女臨池，疏花獨笑。」〔註47〕著有《補學軒詩集》、《補學軒文集》等。

譚瑩與鄭獻甫關係密切。道光二十年（1840），鄭獻甫來廣州，出示所著《鴻爪集》初續、再續、三續各一卷。譚瑩讀後作《鄭小谷鴻爪續集序》。在序文中，譚瑩評價其詩歌云：「今比部早掇巍科，翕然時望。蜚聲廊閣，寄興林臯。其節概已加人一等，宜其詩興高致遠，緒密思精。雋上清剛，崢泓蕭瑟。豈老嫗所能解，任諸伶之迭歌。不名一家，並擅各體。求之近代，當在阮亭、初白之間。例以昔賢，饒有摩詰、浩然之趣。」〔註48〕咸豐十年（1860），譚瑩與陳澧、鄭獻甫等應兩廣總督勞崇光之請，同任補刊《皇清經解》總校。咸豐十一年（1861）七月，譚瑩與鄭獻甫等聚河樓買醉。同年小除夕，譚瑩又偕鄭獻甫到鄧大林的杏林莊看杏花。同治元年（1862），譚瑩與鄭獻甫同集於梁國琦家粵海棠花館拜前明嶺南名妓張喬生日。在讀了鄭獻甫撰的《識字耕田夫小照跋》後，譚瑩感慨萬千，並作《鄭小谷識字耕田夫小照跋書後》以記當時心情。後來，譚瑩又應鄭獻甫之囑作《鄭小谷藏顧亭林墨蹟書後》，表明他對當時學術界的看法。在《粵雅堂叢書》初編、二編出版之後，譚瑩送了一套給鄭獻甫，並衷心希望他能兼收並蓄。

鑒於鄭獻甫「其人在儒林文苑之間」〔註49〕，加之具有「吏部文章，湖州風範」〔註50〕，譚瑩後來讓其子譚宗浚跟隨他學習。

6、黃培芳（1778～1859）

字子實，號香石，自號粵嶽山人，廣東香山（今中山）人。嘉慶九年（1804）副貢生，肄業太學。道光二年（1822）拔充武英殿校錄官。道光十年（1830），選授乳源縣學教諭，調補陵水教諭，遷肇慶府訓導。道光二十年（1840），襄

〔註47〕林昌彝著，王鎮遠、林虞生標點：《射鷹樓詩話》，上海：上海古籍出版社，1988 年版，第 177～178 頁。

〔註48〕譚瑩：《樂志堂文續集》卷一，清咸豐九年刻本。

〔註49〕譚瑩：《樂志堂文續集》卷二，清咸豐九年刻本。

〔註50〕譚瑩：《樂志堂文續集》卷二，清咸豐九年刻本。

辦夷務，敘勞加內閣中書銜。性好遊，工詩文書畫。督學翁方綱覽其詩，稱其與張維屏、譚敬昭爲「粵東三子」。咸豐九年（1859）卒，年八十二。著有《嶺海樓詩鈔》、《粵嶽草堂詩話》、《香石詩話》、《香石詩說》、《粵嶽山人集》等。

　　道光二十年（1840），譚瑩曾與黃培芳等人應張維屏之邀，同遊廣州花埭，後移舟南墅宴集飲。咸豐三年（1853）三月三日，應李長榮之邀，譚瑩與黃培芳等人集柳堂修禊。黃培芳於是日作圖，譚瑩則作《咸豐癸丑柳堂春禊序》紀其事。後來，譚瑩又作《香石廣文招飲且云作東方之烹不能赴也書此謝之》，詩云：「一月歡場醉百巡，醒來肝膽尚輪囷。年時敢作封侯想，屠狗生涯且讓人。」〔註51〕從這首詩內容可知，二人交情非淺。

7、黃子高（1794～1839）

　　字叔立，號石溪，廣東番禺人。少以詞章擅名，二十歲，補爲縣生員。留心掌故、考證金石，務爲樸學。「性嗜書，尤重鄉邦文獻，多手錄之本。」〔註52〕道光十年（1830），督學翁心存將其薦入太學。道光十一年（1831），聘爲廣州學海堂學長。性和而行介，屢試不第，年四十六卒。著有《知家軒詩鈔》、《粵詩蒐逸》等。

　　譚瑩與黃子高多有往來，常以詩文唱和，交誼特深。譚瑩於《楚庭耆舊遺詩》中對此有說明：

> 石溪與余交同骨肉，年四十六遽卒。詩文集外，著有《續三十五舉》一卷，《粵詩蒐逸》四卷。余爲表其墓，頗極推崇。並爲山堂諸君子撰楹帖挽之云：「技了十人，吾輩中尤豔說身名俱泰；心懸千古，後死者各驚嗟文獻無徵。」說者謂「唯君不愧此言」耳。……余偕伍紫垣孝廉撰《嶺南遺書》三集，《粵十三家集》等書，多與借鈔，而君不吝也。日邀遊書肆中，嘗有《贈書賈趙翁絕句》云：「一生心事向殘編，鬢髮蕭疏不計年。見說乾隆禁書日，親投甘結到官前。」手書以贈余，後並書《答客》一首云：「萬言射策劉司戶，十載窮經董仲舒。今代通儒尚淹博，詳箋草木注蟲魚。」則君之學，亦可藉以知其崖略矣。又嘗集句作篆書贈余云：「平生四海蘇太史，國士無雙秦少游。」即集中《示客》句也，而今亡之矣。所存者唯「入則孝，出則弟，守先王之道，以待後學。誦其詩，讀其書，友

〔註51〕譚瑩：《樂志堂詩集》卷二，清咸豐九年刻本。
〔註52〕伍崇曜、譚瑩輯校：《楚庭耆舊遺詩後集》卷十三，清道光二十三年本。

天下之士，尚論古人」一聯，此竹垞老人以贈顧亭林者，余何敢當，然期望之深，殆不嫌過相推挹。他日經營草堂，謹勒之座右，以當箴銘可耳。〔註53〕

8、黃玉階（1803～1844）

字季升，一字蓉石，廣東番禺人。少時以詩名於鄉。道光十六年（1836）進士。官刑部主事。後以母老南歸奉養，從此閉門著述。著有《韻陀山房集》。

道光二十二年（1842），應黃玉階、許玉彬之邀，譚瑩赴越臺詞社之會。道光二十三年（1843），黃玉階議重修廣州城南大忠祠、抗風軒，譚瑩為之作《重建廣州城南三大忠祠暨南園前後十先生抗風軒募疏》。同年，譚瑩又應黃玉階之招，與溫訓等人夜集寓樓暢談。據此可知，譚瑩與黃玉階關係也十分密切。

9、徐榮（1792～1855）

原名鑒，字鐵孫，駐防廣州漢軍。嘉慶二十一年（1816）舉人，任直隸藁城縣學訓導。道光六年（1826），受聘為學海堂學長。道光十六年（1836）成進士，分發浙江，歷任遂昌、嘉興、臨安縣知縣。在任以廉惠稱，尋升玉環同知、紹興及杭州知府。咸豐三年（1853），署杭嘉湖道。咸豐五年（1855），太平軍攻打黟縣，徐榮與戰，陣亡。工詩，精隸書及畫梅，阮元嘗呼其為「詩縣令」。著有《懷古田舍詩集》、《懷古田舍梅統》及《大戴禮記注》等。

譚瑩與徐榮交往密切，感情特別深厚。道光初期，譚瑩與徐榮等人先後參與西園詩社三次集會。道光五年（1825），譚瑩與徐榮一起始結西園吟社，與眾人酬唱賦詩。同年，譚瑩與徐榮等人又應梁梅之招，集有寒齋唱和。道光六年（1826），譚瑩與徐榮再次結西園吟社。此後，在徐榮入都應試及赴山東藁城任職時，譚瑩均作詩送行。道光十六年（1836），徐榮中進士，譚瑩在獲悉其及第消息後又作詩多首予以慶賀。後來，徐榮被分發至浙江任職。道光二十五年（1845）前後，譚瑩入京應試與落第歸里，來回均經過杭州，並在徐榮寓所住了十天。徐榮作《譚玉生孝廉下第南歸過杭賦贈並束熊笛江》二首，予以安慰。其一云：「杭州二月柳如煙，開到湖頭學士蓮。轉瞬君行一萬里，關心此別十三年。名山事業誰與共，四海交遊覺汝賢。不信燕臺輕駿骨，贏蹄駑駱竟爭先。」〔註54〕回粵以後，譚瑩與徐榮經常書信往返，並作

〔註53〕伍崇曜、譚瑩輯校：《楚庭耆舊遺詩後集》卷十三，清道光二十三年本。
〔註54〕徐榮：《懷古田舍詩節鈔》卷三，清同治三年刻本。

《寄懷徐鐵孫大令》。在《與徐鐵孫書》中，譚瑩聊到自己當時處境：「猶幸日飲醇酒，時讀道書。聊足自娛，差強人意。然而冀遊五嶽，而兒女累人。願受一廛，而田園易主。指水之盟如昨，買山之望更奢。問字誰來，負書安往。香山之集，但寫寄於名僧。草堂之貲，待簡求於良友。擬就廣文之館，而需次仍遲。欲觀太學之碑，而壯遊難決。暫作依人之局，敢開結客之場。鬢欲成絲，腸如轉轂。端憂多暇，聊復書之。詞翰千秋，寢興萬福。」〔註55〕咸豐二年（1852），徐榮適逢六十一歲，譚瑩作《徐鐵孫太守七表開一壽序》予以祝賀。咸豐五年（1855），徐榮殉難，譚瑩聞知消息後，連作《哭徐鐵孫》六首，以誌哀悼。其一云：「東南何日掃欃槍，忠憤如君竟陣亡。嚼齒張巡終殺賊，銜須溫序不思鄉。屢聞才子參戎幕，幾見詩人死戰場。政績文章兼節烈，考終瘝福轉尋常。」〔註56〕

10、徐灝（1810～1879）

字子遠，一字伯朱，自號靈洲山人，廣東番禺人。十歲而孤，年十八佐南海縣幕。咸豐七年（1857），按察使周起濱以重禮聘入幕。凡節府大政，莫不資以策劃。同治四年（1865）改官同知加知府銜，後署柳州府通判、陸川縣知縣，慶遠府知府，均有政聲。光緒五年（1879）卒，年七十。平生致力於小學，善詩詞。著有《靈洲山人詩錄》、《攬雲閣詞》、《說文箋注》、《通介堂經說》等。

譚瑩曾在《徐子遠詩集序》提及二人交往的情況，他說：「猶憶烹龍炮鳳，提鵾挈鷺。禊飲於素馨田上，社集於紅棉寺內。水明山響（並樓名），粟廩松廬。講院山堂，漁艭池館。擲金龜而命酒，堆紅蠟以徵歌。回首昔遊，宛然心目。」〔註57〕

正因有對徐灝長達三十多年的瞭解，譚瑩才能在《徐子遠詩集序》中對其詩歌作出如此全面而恰切的評價：「吾友徐君子遠，石麟再世，青兒前身。獨堂課以標能，變宮體而嗣響。敘玉臺之新詠，秀冠江東。豔詞苑之叢談，美擅城北。間遊幕府，才軼青藤。迭主騷壇，名齊昌穀。長公豪宕，原類鄱陽。劍南詩歌，不減太白。」〔註58〕

〔註55〕譚瑩：《樂志堂文集》卷十三，清咸豐九年刻本。
〔註56〕譚瑩：《樂志堂詩集》卷十一，清咸豐九年刻本。
〔註57〕譚瑩：《樂志堂文續集》卷一，清咸豐九年刻本。
〔註58〕譚瑩：《樂志堂文續集》卷一，清咸豐九年刻本。

11、徐良琛（生卒年不詳）

字西卿，一字夢秋，廣東南海人。諸生。工詩。著有《搴芙蓉館集》。

譚瑩曾於《楚庭耆舊遺詩》中述及徐良琛的個性和二人的交情：「夢秋與余望衡對宇，世聯縞紵之誼，迭申之以婚姻。蘭玉森然，一家詞賦。余先君子歿，其尊人叢桂丈哭之。以詩所謂三世交情，逾管鮑四重姻誼、締朱陳者也。夢秋獨縱情聲伎，寄意香奩。揚州之夢未醒，茂陵之聘已屢。家本不貧，頓至四壁蕭然。潦倒疏慵，人爭欲殺。顧能僻耽佳句，並力為詩。坐臥亂書堆中，竹笑花嬉，時睹彈毫落紙。余嘗贈以句云：『攜伎謝安仍避俗，悼亡潘岳自閒居。天寒酒夢水初合，年少風懷錦不如。』庶當之無愧色。少歲緣情綺靡，愛摹仿玉臺金樓。中年以往，則所詣益深，一以浣花、昌黎為宗。而參之以長吉、東野，故《滇江遊草》，獨見重一時，洵屬年來騷壇健者。而遽主蓉城，良可悕已。」〔註59〕

在眾多友朋中，譚瑩與徐良琛之間唱和的詩歌可以說是最多的。

12、羅惇衍（1813～1874）

字星齋，又字兆蕃，號椒生，廣東順德人。道光十四年（1834）舉人，道光十五年（1835）進士。歷官翰林院侍講、太僕寺卿、刑部左侍郎兼署吏部右侍郎、都察院左都御史、戶部尚書、工部尚書兼武英殿總裁等職。曾疏舉曾國藩、李鴻章等募兵遏抑太平軍及捻軍。咸豐八年（1858），奉命為團練大臣，在廣州與龍元僖、蘇廷魁等辦理防禦事宜。生平精研理學，宗宋儒之說，時有「北倭南羅」之譽。著有《羅文恪公奏稿》、《集義軒詠史詩鈔》等。

譚瑩於道光二十五年（1845）在京城應禮部會試，期間曾受到羅惇衍熱情款待。後來，譚瑩專門去信，向其表示感謝。其信云：「瑩北塗乍歷，西邸誰開。遇乏馬周，饑同臣朔。孝廉船換，長者車來。獻有紵衣，遷之代舍。一家款待，知逾分而彌慚。兩月團圞，喜忘形而欲泣。曾無清論，屢欲移床。豈有舊恩，日為供具。皇甫知名於逢掖，望蔡盡禮於敬宣，不是過也。交似異常，會非真率。撫違離之歲序，霜雪載零。話稠疊之恩私，涓埃莫報。白雲在望，謹上隨王之箋。春草又生，誰賡白傅之作。永言銜結，慎護興居。四海具瞻，九重倚畀。交遊光寵，萬里音書。富貴吉祥，全家福命。」〔註60〕

〔註59〕伍崇曜、譚瑩輯校：《楚庭耆舊遺詩後集》卷十五，清道光二十三年本。
〔註60〕譚瑩：《樂志堂文集》卷十四，清咸豐九年刻本。

13、曾釗（1793～1854）

字敏修，又字勉士，廣東南海人。道光五年（1825）拔貢，任合浦教諭，調欽州學政。通經史，喜藏書，搜羅秘本，築「面城樓」儲書數萬卷。曾任學海堂學長。咸豐四年（1854）卒於家。道光間，參與編纂《廣東通志》、《南海縣志》、《新會縣志》等，著有《周易虞氏義箋》、《周禮注疏小箋》、《論語述解》、《詩說》、《面城樓集鈔》等。

道光十年（1830），譚瑩與曾釗同修《南海縣志》。道光十二年（1832），譚瑩與曾釗同集廣州白雲山雲泉山館，送別程恩澤。後來，譚瑩又作《懷冕士廣文欽州卻寄》，表達了自己對曾釗的思念之情。其詩云「昔年同住五羊時，約買扁舟學釣師。顧我獨留原幸免，羨君從宦似先知。故人聞亂應相憶，吾輩優生本太癡。便寫數行書札寄，早攜家去不曾遲。」〔註61〕由此可知，譚瑩與曾釗是一對志趣相投的好友。

14、梁梅（1788～1838）

字錫仲，號子春，廣東順德人。年十四，即工吟詠，尤工駢體。道光八年（1828）優貢生。詩詞為曾燠、阮元及各學使所賞識。精於鑒古，收藏宋、元、明善本及書籍、碑帖及古玩。著有《寒木齋集》。

梁梅既是譚瑩好友，又是其岳父，二人關係自然不同一般。道光五年（1825）六月，梁梅招譚瑩、徐榮、熊景星等人集有寒齋賦詩。而在同年七月，譚瑩邀請梁梅、徐榮、熊景星結社並在珠江上修禊。道光十二年（1832），陳鴻墀來粵，梁梅與譚瑩、陳澧、侯康等人從其受業。後來譚瑩作《書梁子春春堂藏書圖後》，對梁梅的孝行予以讚頌。

15、熊景星（1791～1856）

字伯晴，號笛江，廣東南海人。嘉慶二十一年（1816）舉人。任開建（今屬封開）訓導，加教諭銜。在任十年，告歸。道光六年（1826），任學海堂學長。年六十六卒於家。能武藝，善書畫，工詩文，均負時譽。分纂《廣東通志》、道光《南海縣志》。著有《吉羊溪館詩鈔》等。

譚瑩與熊景星兩人交遊密切。除一起參加西園吟社活動外，譚瑩還在《熊笛江孝廉計偕之京走筆賦長律贈之》中表達了此種情緒：「年來交誼數顏（君猷）徐（鐵孫），死別生離分索居。玉折蘭摧蕭寺淚，風餐水宿異鄉書。燕臺

〔註61〕譚瑩：《樂志堂詩集》卷七，清咸豐九年刻本。

此去應連袂，蓬巷何人更駐車。射策廣川同上第，莫忘秋雨病相如。」〔註62〕
後來，譚瑩又在《熊笛江廣文遺詩序》中，對其個性和詩歌成就均作了中肯
評價。

16、沈世良（1823～1860）

字伯眉，廣東番禺人。博雅嗜古，熟讀《南史》，又工詩，尤善填詞。咸
豐初，與譚瑩、金錫齡、許其光結山堂吟社，又與黃玉階、許玉彬、葉衍蘭
結花田、詞林等詞社。與汪瑔、葉衍蘭並稱為「粵東三家」。咸豐八年（1858），
被舉為學海堂學長。後選授韶州府學訓導。未到任而卒，年三十八。著有《倪
雲林年譜》、《小祇陀庵詩鈔》等。

道光二十三年（1843）春，譚瑩與友朋同集廣州詞林、花田，共結詞社。
在此次集會中，譚瑩初次結識沈世良。隨後，二人應許玉彬之邀，參加越臺
詞社的活動。同年三月，譚瑩又應沈世良之邀參與花田詞社第二集。後來，
在咸豐五年（1855），譚瑩又應沈世良之招，赴聽松廬拜倪雲林生日。在沈世
良卒後，譚瑩分別撰《沈伯眉遺集序》和《哭沈世良》四首，予以哀悼。如
其一云：「大雅淪亡日，胡為失此人。窮官仗全福，冷署老閒身。交誼彌思舊，
才華殆絕倫。亂離無涕淚，緣汝慟霑巾。」〔註63〕

17、陳澧（1810～1882）

字蘭甫，號東塾，廣東番禺人。先後受聘為學海堂學長與菊坡精舍山長。
因在小學、音韻、地理、樂律、古文及詩詞等方面均有突出貢獻，被譽為清
代「東南大儒」[1]。著有《東塾集》、《東塾讀書記》、《漢儒通義》、《聲律通考》
等。

陳澧與譚瑩交好數十年，彼此情誼頗深。如在道光二十二年（1842），陳
澧邀請譚瑩、張維屏、梁廷枏等人集學海堂看木棉花。道光二十八年（1848），
陳澧會試落第，譚瑩作《寄陳蘭甫同年詩二首》安慰他。其一云：「升沉已定
說青紅（諺語），時局年來總不同。吾輩胸懷宜瀟落，老禪文字盡圓通。閒雲
野鶴緣先淡，貝錦南箕術未工。請看梅花香傲雪，盛開全未藉東風。」〔註64〕
咸豐三年（1853），譚瑩又與陳澧、徐灝等結東堂吟社，從事詩歌創作。咸豐
九年（1859），在獲知陳澧長子去世的消息後，譚瑩特請李碧舲勸慰陳澧不要

〔註62〕譚瑩：《樂志堂詩集》卷一，清咸豐九年刻本。
〔註63〕沈世良：《小祇陀庵詩集》卷首，同治元年刊本。
〔註64〕譚瑩：《樂志堂詩集》卷九，清咸豐九年刻本。

過於傷心。在譚瑩去世之後，陳澧作《內閣中書銜韶州府學教授加一級譚君墓碣銘》，以示哀悼。後來，又應譚宗浚之請，編定《樂志堂文略》四卷、《樂志堂詩略》二卷，梓以行世。

18、梁國珍（？～1846）

字希聘，一字玉臣，番禺人。道光庚子進士，官內閣中書，著有《守鶴廬詩稿》。

譚瑩與梁國珍爲兒女親家，交情自然與眾不同。在《楚庭耆舊遺詩》中，譚瑩曾對梁國珍的一生行跡作了如此評價：「玉臣舍人與余締交總角，申之以婚姻。家門鼎盛，幼負才名。聲華籍甚，兼工駢體。後乃壹意窮經，然猶與余暨石溪、君謨諸子，嘯竹吟花，致足樂也。嗣以久官長安，居原不易，業看花於上苑，仍貸粟於監河。南北往來，征途軔轆。感懷寸草，旋廢蓼莪。服闋還都，竟卒於獻縣旅次。故集中悲哀危苦，易致不平之鳴。而且紛舛淪殘，半屬未完之作。知其名心淡盡，綺語焚餘，久不復從事於翰墨矣。」

惋惜之情，具見文中。

19、伍崇曜（1810～1863）

又名元薇，字良輔，一字紫垣，商名紹榮，廣東南海人。廣東十三行行商伍秉鑒之子。虞生，襲父業，在廣州經營怡和行。咸豐四年（1854），倡捐抵禦太平軍。咸豐七年（1857），英法聯軍攻陷廣州後，負責經辦對外交涉事宜。以捐輸欽賜舉人，又因輸助軍餉及調和中外事宜，累加布政使銜，賞賜花翎，授榮祿大夫。喜搜集古籍與刻書，築遠愛樓藏書。著有《粵雅堂吟草》、《遠愛樓藏書》。

譚瑩爲知名學者，伍崇曜爲當時著名行商，二人交情很深。譚瑩「生平博考粵中文獻，凡粵人著述，蒐羅而盡讀之」〔註65〕，其「樂至堂」藏書達三萬餘卷。鑒於本省板刻無多，藏書家又少，外地販運來的書銷售又昂貴，士子無力購買。因此，譚瑩萌發了搜求鄉邦文獻及先代書籍加以刊刻的念頭。而伍崇曜於商務活動之外，亦好附庸風雅。當譚瑩勸其刊刻古籍時，伍崇曜非常樂意贊助。通過二人的通力合作，「其關於本省文獻者有《嶺南遺書》六十二種，《粵十三家集》各種，《楚庭耆舊遺詩》七十二卷。此外《粵雅堂叢

〔註65〕陳澧著，黃國聲主編：《陳澧集》（第一冊），上海：上海古籍出版社，2008年版，第244頁。

書》一百八十種，王象之《輿地紀勝》二百卷」〔註66〕先後次第刊刻，廣行
於海內外。

在整理古籍之餘，譚瑩與伍崇曜還經常以詩歌互相唱和。如在《清暉池館春禊詩次紫垣孝廉原韻》其三中，譚瑩展現了自己「疏狂不羈」的個性。

> 不須腸斷到荊枝，王渾由來有好兒。此地雅宜風雨月，一家同擅畫書詩。
>
> 即看標格占文福，偶閱韶光觸酒悲。我亦疏狂如仲御，瀕年誰屑賈充知。
>
> 〔註67〕

因「頻勤樂輸仍數百萬」〔註68〕，伍崇曜被朝廷蒙恩並擢省郎兼賜雀翎，譚瑩作詩祝賀。後來在伍崇曜卒後，譚瑩先後撰寫了《覃恩誥授通奉大夫一品封典晉授榮祿大夫布政使銜候選道紫垣伍公神道碑文》及《覃恩晉授榮祿大夫紫垣伍公墓誌銘》，對其一生功績予以客觀評價，糾正了時人對伍崇曜的錯誤看法。

20、潘仕成（1785～1859）

字德畬，廣東番禺人。道光十二年（1832）捐款賑饑，欽賜舉人，報職郎中，供職刑部。道光二十六年（1846），授分巡甘肅平慶涇道，改調廣西桂平梧鬱道，又奏留粵東幫辦洋務，捐製火炮、水雷等兵器，以勞績加布政使銜。道光二十七年（1847），特旨補授兩廣鹽運使，改授浙江鹽運使，因粵東夷務繁雜，未赴任。在粵捐資修葺貢院，建海山仙館，搜集故書雅記，延請譚瑩校定，世稱善本。晚年因鹺務虧累，以致破產。不久，卒。曾編刻《海山仙館叢書》等。

潘仕成與譚瑩過從密切。道光二十三年（1843），潘仕成見省城貢院和學署考棚因鴉片戰爭而被拆毀過半，想獨力重建。為此，他請譚瑩撰寫了《代潘德畬觀察請增修省闈號舍並修學署考棚啟》，並在增修過程中，委派譚瑩等人負責此事。道光二十四年（1844），潘仕成與伍崇曜見廣州赤岡、琶洲兩文塔年代久遠，損毀嚴重，想共同捐資重修，為此，二人合請譚瑩撰《代潘德畬廉訪伍紫垣觀察請同修赤岡琶洲兩文塔啟》，同時延請譚瑩等人負責重修事宜。除此之外，自道光二十九年（1849）起，至咸豐元年（1851）止，潘仕成還請譚瑩負責校勘《海山仙館叢書》。正因有譚瑩的付出，《海山仙館叢書》遂以雕刻校勘俱精而著名，為學者所重。

〔註66〕鄭夢玉等修，梁紹獻等纂：《南海縣志》卷十八，同治十一刻本。
〔註67〕譚瑩：《樂志堂詩集》卷九，清咸豐九年刻本。
〔註68〕譚瑩：《樂志堂文續集》卷二，清咸豐九年刻本。

三、官員

1、耆英（1787～1858 年）

字介春，滿族，正藍旗人。以廕生授宗人府額外主事，遷理事官，歷官山海關監督、內閣學士、護軍統領、內務府大臣、禮部、戶部尚書、盛京將軍、欽差大臣兼兩廣總督、文瀾閣大學士。後因欺謾之跡，為王大臣論劾，咸豐帝賜自盡。

道光二十四年（1844）年，耆英出任欽差大臣兼兩廣總督。道光二十八年（1848），離任。在耆英居粵這段時間，譚瑩與他有交往。如在道光二十八年（1848）耆英入都時。譚瑩作《恭送宮保中堂述職入覲》四首，頌揚其德政。如其四云：「臨歧策畫轉深憂，善後仍思十載留。合節人終持繡斧（謂黃石琴中丞），復名帝屢揭金甌。豐功豈但如張輔，遺愛相期迓細侯。永祝馬文淵鑒鑠，巍峨銅柱並千秋」〔註69〕

2、勞崇光（1802～1867）

字辛階，湖南善化（今長沙市）人。道光十二年（1832）進士，改翰林院庶吉士。道光十三年（1833），散館，授編修，歷充河南鄉試副考官、湖北鄉試正考官。歷官湖北、廣西布政使、廣西巡撫等職。咸豐九年（1859）四月，調任廣東巡撫。同年九月，擢兩廣總督。同治二年（1863），授雲貴總督。同治六年（1867）二月，卒。

咸豐十年（1860），勞崇光因念阮元所刊《皇清經解》毀於兵燹，於是籌款補刻，延請譚瑩、陳澧、鄭獻甫任總校，開局於廣州長壽寺。在勞崇光離粵赴任雲貴總督之際，譚瑩作《送勞辛階制府持節黔中序》。在序文中，譚瑩評價勞崇光時說：「我辛階制府勞公者，江漢英靈，崧嶽誕降。襟期公輔，位業神仙。學洞天人，材兼文武。祥遠逾於麟鳳，貴早兆乎貂蟬。舊著盛名，郁為時望。粵西揚歷，仙佛緣深。嶺右拊循，華戎福溥。」於此可見，勞崇光與譚瑩的交情不淺。

3、朱桂楨（1768～1839）

字幹臣，號樸庵。江蘇上元（今南京市）人，嘉慶進士。授吏部主事，累擢郎中，遷御史。出為貴州鎮遠知府，募工教織，始有苗布。在任三年，

有政聲。道光初，任山西巡撫，後遷漕運總督。整頓漕弊，必究弊源。道光十年（1830），調廣東巡撫。道光十四年（1831），以病乞歸。

朱桂楨任廣東巡撫期間，譚瑩與他結下了深厚情誼。在朱桂楨離粵之時，譚瑩作《送朱幹臣中丞引疾歸里》五首，表達了難捨難分之情。如其一云：「蕩析離居迭報荒，忽聞公竟辨歸裝。君恩或冀酬他日，民命何堪付彼蒼。再世韋皋原葛相，君家朱邑祀桐鄉。臨岐難揩如鉛淚，更爲哀鴻灑數行。」〔註70〕

4、慶保（生卒年不詳）

號蕉園。本籍滿州。大學士尹文端繼善子。歷任兩湖、閩浙、雲貴總督。道光七年（1827），由熱河都統調廣州將軍。「尤愛惜人才，士苟以一藝名，輒優禮之。」〔註71〕後以年老致仕。

譚瑩與慶保交往密切。如在慶保還都之時，譚瑩作《送宮保慶蕉園將軍還都》三首。在該組詩其二中，譚瑩對他還寄予了「嶺南重鎮還相倚，誰睹麟洲有怒潮」的期望。

綜上所述，譚瑩在幾十年的生活中結交了大量師長、朋友和官員。也正因他能有如此廣泛的交遊，加上自己的勤奮創作，所以他才能夠成爲近代嶺南文壇重要性人物。

第二節　譚宗浚交遊考辨

譚宗浚是近代嶺南著名的文史學家和藏書家，他一生結交了不少朋友。考察譚宗浚的交遊活動，對進一步瞭解譚宗浚的人生歷程以及對深化近代社會的政治與文學研究，頗多裨益。現將其主要交接對象分爲以下三類：

一、師長

據顧廷龍主編的《清代硃卷集成》同治甲戌科《譚宗浚履歷》可知，譚宗浚的老師主要有以下兩類：

> 業師：
> 吳韶生夫子，譚渢，邑庠生。
> 龔義門夫子，印廣華。蘇月樵夫子，印梯云。

〔註70〕譚瑩：《樂志堂詩集》卷三，清咸豐九年刻本。
〔註71〕長善纂：《駐粵八旗志》卷十四，光緒五年刻本。

何躲生夫子，印湘蘭，邑庠生。

史穆堂，印澄，庚子翰林，右春坊，右中允，粵秀書院掌教。

鄭小谷夫子，印獻甫，乙丑進士，刑部主事，欽加五品卿銜，越華書院掌教。

陳蘭甫夫子，印澧，壬辰舉人，國子監學錄，學海堂學長，菊坡精舍掌教。

馮展雲夫子，印譽驥，甲辰翰林，詹事府少詹事，現任福建學政，前應元書院掌教。

顏夏廷夫子，印培瑚，辛丑翰林，江蘇揚州府知府署理淮海道，應元書院掌教。

受知師：

徐雲鶴夫子，諱槐廷，乙未舉人，順德縣知縣保舉同知，辛酉科廣東鄉試同考官。

周福陔夫子，印恒祺，壬子翰林，現任山東督糧道署鹽運使司，前辛酉科廣東鄉試大主考。

沈經笙夫子，印桂芬，丁未翰林，現任兵部尚書，軍機大臣，前辛酉科廣東鄉試大主考。

王少鶴夫子，印拯，辛丑進士，通政司通政使署左副都御史，壬戌科會試同考官，蒙薦卷備中。

趙朗甫夫子，印曾同，壬子翰林，現任浙江金華府知府，戊辰科會試同考官，蒙薦卷挑取謄錄。〔註72〕

對於譚宗浚與龔廣華、史澄、陳澧、馮譽驥、周恒祺、沈桂芬、王拯等人的交遊情況，本書擬作如下考述：

1、龔廣華（1822～1880）

字義門，廣東南海人。譚宗浚在《故處士義門龔先生墓誌銘》中對其一生行跡及遭遇有如下描述：

先生少孤，性至孝，事母能得其歡心。其自奉觳薄，冬一裘夏一葛，無少易也。見人貌溫，姁似不能言者。然樸誠端謹，鄉里多

〔註72〕顧廷龍主編：《清代硃卷集成》第38冊，臺北成文出版社出版，1992年版。第190～192頁。

歸之。凡族鄰有忿爭，得先生一言，無不豁然以解。所居在城西郭，
以儒術教授幾四十年。析滯解疑，鑿然中理。門弟子竊其師說弋科
第以去者，不可勝紀，而先生顧以布衣終。先後試於提學使者，凡
二十餘次，不售。最後試，得病歸，病中猶講授不輟。又逾年，而
先生以病歿矣。

　　嗚呼！自科舉之制興，宜才士不至於廢棄，然便儇巧慧之輩，
往往能速化以幸成其名，而璞沈專一者，或轉擯斥沉淪，槁死牖下，
而莫能自振。悲夫！如先生者，蓋不可一二數也。或曰：「此其中有
命焉。」則余不得而知矣。〔註73〕

　　譚宗浚「年幼稚，即從先生學為制舉文，後又申之以姻婭。」〔註74〕因
而對於龔廣華的辭世，譚宗浚在作其墓誌銘時，「不能無泫然已」。〔註75〕由
此可知，二人師生情誼特重。

2、史澄（1814～1890）

　　原名淳，字穆堂，廣東番禺人。道光十九年（1839），中舉。道光二十年
（1840），成進士，改翰林院庶吉士。散館，授編修。歷官國史館協修、纂修，
實錄館協修、纂修。擢國子監司業，授詹事府右春坊右中允，兼日講起居注
官。母喪，乞歸。歷掌粵秀、端溪、豐湖書院講席。參與修《番禺縣志》、《廣
州府志》。卒年七十七。著有《退思軒詩存》、《繼園隨筆》等。

　　同治十二年（1873），史澄時年六十歲，譚宗浚作《史穆堂夫子六十壽序》
祝賀。在該序中，譚宗浚提及自己「叨承眄睞，素荷生成。傳衣喜隸於及門，
珥筆又居乎後進。」〔註76〕因而「欣逢覽揆，聊效引喤。與北海而同時，信
多僥倖。指南山而獻祝，莫罄揄揚。惟願夫子膺九秩之符，衍十稘之算。神
明克篤，禔祜無疆。」〔註77〕二人之交情，於此可見一斑。

3、陳澧（簡介見前）

　　譚宗浚曾在《陳蘭甫夫子七十壽序》中提及自己與陳澧的關係時說：「宗
浚誼屬年家子，又嘗肄業菊坡精舍。敢比王基任嘏，曾蒙國器之稱。幸陪臨

〔註73〕譚宗浚：《希古堂集甲集》卷二，清光緒十六年刻本。
〔註74〕譚宗浚：《希古堂集甲集》卷二，清光緒十六年刻本。
〔註75〕譚宗浚：《希古堂集甲集》卷二，清光緒十六年刻本。
〔註76〕譚宗浚：《希古堂集乙集》卷四，清光緒十六年刻本。
〔註77〕譚宗浚：《希古堂集乙集》卷四，清光緒十六年刻本。

碩晃模，獲附門徒之列。」〔註 78〕於此可見，陳澧與譚氏父子之間的交情非同一般。

同治十年（1871），譚瑩病卒。譚宗浚請陳澧爲其父撰寫墓誌銘。同治十三年（1873），當譚宗浚進士及第的消息傳到廣東時，陳澧欣然作對聯相賀，其聯云：「手筆眞能學燕許，科名不愧似洪孫。」〔註 79〕光緒元年（1875），譚宗浚因編選其父《樂志堂詩略》、《樂志堂文略》而向陳澧請教。光緒五年（1879）二月，爲慶賀陳澧七十壽辰，譚宗浚自四川寄來《陳蘭甫夫子七十壽序》。光緒六年（1880），陳澧又給譚宗浚去信，談及自己近況。其信云：

> 近得手書，知由水路至上海，想彩雲千里已過萬重山矣。寶眷亦俱安善爲頌。三年來教士掄才，蜀人何幸而得此大宗師。又聞小兒云：來函有「作文更有進境」之語，此得江山之助也。僕去年有胃氣痛之病，時發時止。今春幸不發作。所著《讀書記》刻成九卷，惟《三禮》及《鄭學》各卷，取材既博，用力倍勞，不知今年能寫定否。又《切韻考外篇》三卷，亦刻成，宗侃到京時可送閱，祈將疏誤處示知改定，爲望，不可存客氣也。時事不勝憂歎，孟子所云「明其政刑，制挺可撻堅甲利兵」，斯爲根本之計，然聞此論者必笑其迂拙。彼之所爲，吾亦笑之。彼亦一是非，此亦一是非，此之謂也。〔註 80〕

光緒七年（1881），譚宗浚邀陳澧及其子陳宗侃等人一起泛舟大灘尾看桃花。同年，譚宗浚還遵陳澧之囑，從伍崇曜之子處借《金文最》給他看。

由上觀之，譚宗浚受陳澧的影響最大。

4、馮譽驥（1822～？）

字展雲，號仲良，廣東高要人。少時肄業廣州學海堂。道光二十四年（1844）進士，授翰林院編修。歷官山東、湖北學政，吏部左侍郎等職。同治間，以假歸，大吏延主廣州應元書院講席。因學術淵通，望重一時。光緒五年（1879），任陝西巡撫。光緒九年（1883）致仕，後居揚州而終。善書

〔註 78〕譚宗浚：《希古堂集乙集》卷四，清光緒十六年刻本。
〔註 79〕陳澧著，黃國聲主編：《陳澧集》第一冊，上海：上海古籍出版社，2008 年版，第 476 頁。
〔註 80〕陳澧著，黃國聲主編：《陳澧集》第一冊，上海：上海古籍出版社，2008 年版，第 477 頁。

畫，工詩。徐世昌謂：「其詩典瞻高華，寄託遙深。七律尤近義山，張南山極稱賞之。」〔註81〕著有《綠伽楠館詩存》等。

同治九年，譚宗浚肄業廣州應元書院。時任應元山長馮譽驥「屢勉餘習書，授以筆法，督課甚勤，而書亦不少進。」〔註82〕，在編選《應元書院課藝》時，馮譽驥將譚宗浚多篇詩文選入其中。

後來，譚宗浚更在《送馮展雲宮詹師譽驥赴都》中，對此表達了自己感激之情，其詩略云：「昨歲扶柩返，彌節來五羊。聚徒授經義，冠帶何濟蹌。賤子夙愚戇，屢屢隨冠裳。荷蒙嘉許意，訓誨情未央。何以植根塄，五經為垣牆。何以儲厚實，諸史為囷倉。何以極奧博，百家為餱糧。何以佐涵飫，眾說為酒漿。勸我習詞賦，掞藻隨班張。勸我究筆勢，波磔描鍾王。少年事雕篆，眯目忘粃糠。一朝被噓拂，意氣殊激昂。高風振雕鶚，遠阪馳驊騮。詞篇溢萬口，歘然聲名揚。侵晨忽拜別，舉目殊悵悵。菲材幸垂顧，私誼焉可忘。」〔註83〕

5、沈桂芬（1818～1880）

字經笙，又字小山，順天宛平（今北京）人。道光二十七年（1847年）進士，改翰林院庶吉士。道光三十年（1850），散館，授編修。咸豐七年（1857年），任內閣學士兼禮部侍郎銜。咸豐十一年（1861），充廣東鄉試正考官。同治三年，（1864年），補山西巡撫。是時，洋藥弛禁，民間栽種罌粟趨之若鶩，米糧短缺。沈桂芬刊發條約，嚴厲禁止。同治七年（1867），命在軍機大臣上行走。後遷兵部尚書，加太子少保。光緒二年（1876年）被劾革職，不久又復職。光緒六年（1880），以疾請假。尋卒。

譚宗浚於《祭座主故相國沈文定公文》中對二人的交遊始末作了如下介紹：

> 顧惟小子之輕材，幸隸高門之著錄。東閣談詩，西園秉燭。獲侍茵憑，叨沾醨釀。切感遇而懷知，特敘情而述曲。聊攄徐穉之悲，庶代羊曇之哭。

> 憶從丱歲，初賦鹿鳴。泥金帖報，慘綠衣輕。入座抗談，有慚於秦子敕。銜杯壯膽，難學於管公明。公顧小子，如瓊如英。李邕

〔註81〕徐世昌：《晚晴簃詩話》卷一百四十五，上海：華東師範大學出版社，2009年版，第1054頁。

〔註82〕譚宗浚：《希古堂集甲集》卷二，清光緒十六年刻本。

〔註83〕譚宗浚：《荔村草堂詩鈔》卷四，清光緒十八年刻本。

世業，王勃時名。勉探學海，蔚爲國楨。庶雲霄之直上，毋溝澮之
自盈。許任蝦爲聖童，深承獎借。呼郗愔爲小友，疊荷陶成。繼試
春官，頻趨第宅。公直樞廷，歸恒日昃。巷僅容車，戶難列戟。然
樺燭以插床，拾墼磚而補壁。編成荻葦，即用障門。爛煮葫蘆，時
聞款客。杜審權則手自擁簾，謝幼度恒躬親置屐。雞棲任跨，知朱
伯厚之趨朝。犬吠群驚，訝徐修仁之下直。加以量極敦悾，性懷謙
抑。羊巨平舉士而世罕知聞，顧元歎封侯而貌無矜飾。宣獻烈於丹
青，播舞歌於樂石。咸共仰乎清標，諒無慚於全德。

歲惟甲戌，余揆巍科。公聞喜慰，獎掖頻加。謂榮名之匪貴，
宜厚德之負荷。平毋以虛憍而自詡，毋以華藻而自多。宜法馮勤之
謹慎，宜同石慶之謙和。繼而宸馭上升，維傾軸折。九土悲號，三
靈暗裂。鳳辭社首以無還，龍去鼎湖而杳絕。公實巍然，從容贊決。
扶植大猷，彌縫遺闕。灑椽筆而稽禮文，啓金縢而先朝列。有裴冕
鎮靜之風，有周昌忠純之節。調四時而幹太和，靖八表而無杌隉。

余持蜀節，肅拜公堂。荷深情之歎洽，承訓諭之周章。謂宜介
節自持，屏絕劉輿之膩。慎莫苞苴，是縱豔傳陸賈之裝。矧斯地者，
人誇金穴，俗謂寶鄉。齊都俠客，吳會名倡。越關津而通賧貨，射
山澤而號赀郎。近且莠民傚萃，襖教披猖。甘隨裸國之裸，競煽狂
泉之狂。宜正修塗之軌轍，力除邪說之鼓簧。禁家人玉器之持，庶
崇節儉。杜署吏銀盃之化，早慎提防。苟處脂其不潤，復校士以能
詳。又何難究經傳於卯穀，而移舊俗於庚桑。

余再還京，公居揆席。開閣延賓，憂邊念職。蘇綽之渥承帝眷，
任重舌喉。泉帢之屢轉官階，懼形顏色。值醜虜之強梁，致違言於
疆場。噓虺毒而彌漫，包猿心而反側。朝士思誇磨盾鼻之功，疆吏
擬建拔壺頭之績。公旋顧語，時局艱危。藩衹易困，市虎滋疑。彼
逆夷者詭同射蜮。害甚封豨，孰不欲鬥橫江之艫舳，揮絕漠之旄旗。
纍屍禺而誅日逐，破孤竹而制令支。顧廷臣之聚訟，徒騁異以矜奇。
半囂張而任氣，罕審慎而詳思。

夫善奕者，不輕於布算。善御者，無事予妄馳。城狐不容以薰
灌，國狗豈易以窮追。苟鑄錯之偶誤，即補牢其已遲。念中原之久
困，尚元氣之多虧。觀蔡伯喈之設五難，誠宜深慮。學寇平仲之憑

孤注,竊恐非宜。以故沈幾觀變,遵養待時。仍事羈縻之用,稍遲撻伐之施。昌義之自詡邊功,應力排其妄論。郝靈荃之欲開邊釁,實共過其興師。然而途說多歧,廷評各異。謂持重爲偷安,謂遠謀爲失計。未明鉅鹿憂國之忠,且等樂羊謗書之至。醇酪厚不能消其忌心,大饗甘不能過其橫議。疑薏苡者輕構讒誣,賦櫻桃者顯加譏刺。裴晉國緋衣追逐,竟難息其謠言。張曲江白羽飄零,徒自傷乎疑忌。慚非降龍調象之才,竟處騎虎握蛇之勢。念時事之方阽,敢求安而引退。誓自竭乎悃忱,庶可盟於天地。余旋嶺嶠,再蹅緇帷。雖霽顏之溫悦,已病骨之欹嵚。柳調體弱,衛玠神羸。廉頗則頻驚日短,崔約則恐被風吹。丹筆紫囊,趨直彌勤於晚歲。霜毫雪刺,懷憂重集於茲時。

迨際還轅之後,果聞撤瑟之悲。玉池靡咽,金鯆難期。坐奠俄驚於孔夢,膏肓莫喻於秦醫。陽燧空頒,惜魏舒之未愈。鍾懸自墮,知王茂之先衰。幸遺徽之未沫,仰懿範之長垂。指柳樹而憶劉惔之政,投棣葉而縈樂預之思。老稚咸歌鄧訓,民夷共祀倉慈。承黃瓊吳漢之遺,定有詞臣作誄。葬杜預鄭沖之側,應多故史銘碑。

嗚呼哀哉!宗浚周顒才疏,嵇康性拙。幸依桃李之陰,獲廁參苓之列。傅南容之歸依舉主,敢繼踐乎前徽。孔北海之獎拔時流,乃不遺於薄劣。疇昔之年,歡承晉接。馬帳絲彈,穆筵醴設。角酒傳觴,論文霏屑。俄而萬里暌違,經年闊別。長懷陶徑之雲,永憶程門之雪。何靈耗以紛傳,乃巨材之先折。泛渭水而思高,相幸海宇之承平。發閬州而哭房公已。風塵之奄歿,點瑟罷彈,牙弦欲輟。執漆器而魂夢難通,殉法革而徽音永歇。望龍門者,彌增記室徘徊。過馬廄者,應爲平津嗚咽。慚侯芭之負土躬先,比顧愷之傾河淚掣。徒撒塵之餘悲,莫臨棺而永訣。

嗚呼哀哉!惟茲粵嶺歸峙山堂,繫小子談經之地,昔我公駐節之鄉。越臺草暖,庾嶺梅香。膳調芍藥,面供桄榔。爇柏檀而馥郁,薦蕉荔以芬芳。楚些徐招,想靈魂之娛宴。桓箏罷按,妙變調之蒼涼。所望神輿肅肅,仙駕鏘鏘。控南飛之孤鶴,翩下降於五羊;睹昌豐於桂管,歆虔潔於椒漿。想白舍人位業早成,無俟東瀛寵返,祝馬新息威靈永駐,再無南海波揚。

　　　　嗚呼哀哉！尚饗！〔註84〕

　　沉痛之心情，了然紙上。

6、周恒祺（1820～？）

　　字福陔，號福皆，湖北省黃陂縣人。咸豐二年（1852）進士，翰林院庶
吉士。後任翰林院編修，歷官順天鄉試同考官、廣東鄉試副考官、實錄館協
修官、京畿道監察御史、工科給事中、山東督糧道、山東按察使等職。光緒
元年（1875），任廣東按察使。光緒三年（1877），任福建布政使、署福建巡
撫，後任直隸布政使、山東巡撫、漕運總督。著有《文宗顯皇帝實錄》等。

　　譚宗浚於咸豐十一年（1861）中舉，而周恒祺爲該年廣東鄉試副考官。
光緒五年（1879），周恒祺時年六十，譚宗浚特撰《周福陔中丞夫子六十壽序》，
以示慶賀。在該序文中，譚宗浚對其德行善政均予以客觀全面的評價。後來，
在赴雲南任職途中，譚宗浚又專門拜謁周恒祺。由此可見，周恒祺對譚宗浚
的影響頗大。

7、王拯（1815～1876）

　　初名錫振，字少鶴，廣西馬平縣（今柳州市）人。道光二十一年（1841）
進士。授戶部主事，充軍機章京。太平天國起義爆發後，隨大學士賽尙阿到
廣西督師，條奏《團練十則》。咸豐年間，升任大理寺少卿。同治三年（1864），
遷太常寺卿，署左副御史，擢通政使。曾多次上疏議政，以直言見忌，被降
職，告老還鄉，主講於桂林秀峰書院、榕湖經舍。爲著名的「嶺西五家」之
一，兼善詩詞、書畫。著有《龍壁山房詩集》、《龍壁山房文集》、《茂陵秋雨
詞》、《歸方評點史記合筆》等。

　　在同治元年（1862），譚宗浚參加會試，王拯時任該科會試同考官，曾推
薦譚宗浚試卷以備待選。後來在《呈王定甫副憲師拯》四首其三中，譚宗浚
述及二人的師生緣分：

　　　　曾記師門七載緣，欣從立雪聳吟肩。河汾門下尊詩禮，安定堂中盛管絃。

　　　　小草何堪承雨露，弱材終自藉雕鐫。莫因泉石牽歸夢，多少東山望大賢。

　　　　〔註85〕

　　勸諫之意，可以概見。

〔註84〕譚宗浚：《希古堂集乙集》卷二，清光緒十六年刻本。
〔註85〕譚宗浚：《荔村草堂詩鈔》卷四，清光緒十八年刻本。

除了以上諸人之外，譚宗浚詩文集中提到的「師相」者，還有左宗棠和李鴻章二人。

8、左宗棠（1812～1885）

字季高，樸存，湖南湘陰人。晚清洋務派重要代表人物。道光十二年（1832年）中舉人。歷官浙江巡撫、閩浙總督、陝甘總督、東閣大學士、軍機大臣等職，封二等恪靖侯。一生經歷了平定太平天國運動、洋務運動、收復新疆等重要歷史事件。光緒十一年（1861），卒。著有《左文襄公文集》等。

光緒八年（1882），許庚身與譚宗浚分別充江南鄉試正副考官。試事完畢後，譚宗浚應左宗棠等人邀請，飲於南京莫愁湖。譚宗浚作《九月十八日左湘陰師相宗棠希贊臣將軍元暨諸僚屬招飲莫愁湖賦呈五古》紀其事。其詩云：

> 高亭面大湖，暑月亦蕭瑟。中山遺像存，名與孤樓兀。
> 坡陀風濤含，參錯楯欄出。我來秋雨餘，泥潦沒雙膝。
> 入座懍雪飛，褰帷愁波溢。屏風不障寒，淒烈遂至骨。
> 庭前兩柳梢，鬌鬆萬絲密。迎風紛戛摩，有若翠蛟屈。
> 主人皆豪賢，談論攄理窟。左公名世才，調鼎重密勿。
> 希侯亦偉人，冑望數榮畢。群公盛蹌濟，娛宴乘暇日。
> 遠識參禪謀，朗吟勝裴筆。此邦財賦區，公私夙充實。
> 竹漆千戶侯，笙竽萬家室。自從狡寇憑，元氣遂遭扣。
> 今年況潦霪，河伯勢飄忽。灌海氣喧豗，憑山聲磈硊。
> 湖闉幸未開，澌消賴安吉。撫恤宜有經，願聞理人術。
> 翻匙滑碧蓴，酊座壓朱橘。臨觴敢盡歡，繫念閭閻疾。
> 復聞秋禾登，田野收粟柸。感此三歎殷，懷哉百憂失。
> 歸途躞蹀行，驟雨猶澌汩。回首叫蒼穹，漏天幾時訖。〔註86〕

9、李鴻章（1823～1901）

字漸甫，號少荃，安徽合肥人。道光二十七年（1847）成進士。道光三十年（1850），散館，授編修。不久，太平天國起義，李鴻章由京回鄉組織團練與太平軍作戰，升至道員，後入曾國藩幕府。歷官江蘇巡撫、湖廣總督協辦大學士、北洋通商大臣、直隸總督等職，晉封一等肅毅伯，諡號「文忠」。著有《李文忠公全集》。

〔註86〕譚宗浚：《荔村草堂詩鈔》卷十，清光緒十八年刻本。

　　光緒十年（1884），正當中法戰爭激烈進行之際，國子監司業潘衍桐向朝廷上《奏請開藝學科摺》，建議「另開一藝學科，『凡精工製造、通知算學、熟悉奧圖者，均准與考』，並對那些經過實際鍛鍊著有成效的藝學科鄉會試中試舉人、進士，分別等第量予官職，『如此乃足得異才而收實用』」。「潘氏批駁了所謂『中國文物之邦，不宜以外洋為法』、『用洋人之長技以敵洋人，必於事無濟』等謬說，斷言只有學習『外洋』，開設藝科，才能使『真才可望奮興，而邊務亦資得力矣。』」〔註87〕折上之後，朝廷命大臣們對此展開妥議。最終因頑固派的強力反對而作罷。對於這份由譚宗浚代擬的奏摺主張，〔註88〕李鴻章予以讚賞和支持。

　　同年十二月，李鴻章給譚宗浚去信，向其恭賀新春。其信云：

　　　　桃符餞臘，瞻燕寢之祥凝；梅鼎調元，喜鳳城之春早。敬維叔裕世兄老夫子大人履端篤祜，泰始延釐。珥筆西清，春滿瀛洲之草；宣綸北闕，人簪禁苑之花。引企喬暉，式孚藻頌。弟畿符忝領，歲籥頻更。跋浪千尋，竊願滄溟息警；朝正萬國，遙知綺閣熙春。專泐敬賀年禧，祗頌臺祺，諸惟霽鑒。不具。〔註89〕

　　光緒十一年（1885）七月初六日，從邸報獲悉譚宗浚出任雲南糧儲道消息後，李鴻章又復書相賀。其信云：

　　　　前讀邸鈔，欣聞口簡，方遲箋賀，先荷書來。辰維叔裕世仁弟老夫子大人玉尺名高，繡衣秩峻。碧雞道里，是詞臣持節之鄉；金虎宮鄰，正督護飛芻之日，口念邊城之重，人看口禁之才，即盼鶯喬，莫名兔藻。鴻章謬當要鎮，忝附通家。六詔遙瞻，喜得南中之保障；雙旌戾止，猶堪北道之主人。良晤匪遙，尺書先覆。敬賀升祺，附完口版。不具。館世愚兄鴻章頓首。〔註90〕

　　光緒十四年（1888）八月初五日，李鴻章獲悉譚宗浚辭世消息後，又給其子發唁電慰問，其唁電云：

〔註87〕苑書義：《李鴻章傳》，北京：人民出版社，2004年版，第279頁。

〔註88〕李鴻章著：《李鴻章全集》第34冊，合肥：安徽教育出版社，2008年版，第436頁。

〔註89〕李鴻章著：《李鴻章全集》第33冊，合肥：安徽教育出版社，2008年版，第436頁。

〔註90〕李鴻章著：《李鴻章全集》第33冊，合肥：安徽教育出版社，2008年版，第527頁。

　　前見粵報，驚聞尊甫大人隆山途次惡耗，痛惋良深。世兄方望
歸舟，猝聞旅殯，見星期迫，溯江路遙，至性眞純，摧剝彌念。爾
時未審丹旐何日東旋，頃接赴書，益增振觸，山川逾邁，日月漸遐，
尚希順變應時，節性以禮，勉抑哀思，愼持大事，是爲企屬。春間
得滇帥書，即知尊公有引疾之請，默念強仕甫逾，物望正美，大府
推重，輿誦翕然，高衢方騁，急棹遽還，既慕襷期，尤惜材器。曾
無幾日，凶變流傳。尊公本鮮宦情，外轉尤非所樂，迴翔館閣，已
近宮坊，平流進取，便致通顯，如此人才，置之臺省，豈惟令僕德
言之重，亦是後進文學之歸。雅志忽違，一官萬里，牽引宿疾，遂
夭夭年，誰實爲之，能無追恨。然而三年治行，上達九宸，兩世文
章，遍傳五嶺，不朽之業，已足千秋，極貴長生，又何足羨。盈書
床笥，流澤方長，是望諸世兄善承先志矣。鴻章閱世久忌，越疆未
得，驚壯盛之凋落，痛善人之不長，不獨逝者之悲，兼有世道之感。
道遠未由致奠，寄去賻儀百金，並附幛聯，借抒積悼。專泐，奉唁
至孝，諸惟珍愼。不盡。李鴻章頓首。〔註91〕

由此可見，李鴻章對譚宗浚是極爲看重的。

10、葉衍蘭（1823～1898）

　　字蘭臺，又字南雪，廣東番禺人。咸豐六年（1856）進士。改翰林院庶
吉士，散館，授編修，簽分戶部。後考取軍機章京。在任二十餘年，以忤權
貴，遂告歸。主講越華書院。能詩，尤善塡詞。卒年七十五。著有《秋夢庵
詞》、《海雲閣詩鈔》、《清代學者像傳》等。

　　譚宗浚曾於《長歌送葉蘭臺前輩衍蘭歸里》中提及二人之間的感情：

秋風槭槭吹庭梧，前鵷後鵠相叫呼。聞君鼓棹將南徂，使我搔首心煩紆。
君才卓犖淵雲徒，三十四十中府趨。傃直久厭承明廬，一麾合佩銅虎符。
君言休矣吾自娛，平生傲視干木徐。槐柳參列焉能拘，世間榮利如腐鼠。
安用寒寒馳鹿車，贏滕縛屬辭上都。便擬歸釣珠江鱸，君家儲俱兼輈無。
但有錦賮千廚書，蟫背之鏡雷紋觚。乙韣癸鼎苔翠濡，貨刀泉幣斤兩銖。
承華玉印肪截如，離離宋錦文鴛襦。惠山茶銚兼竹爐，漢碑千本蟬翼摹。
下暨閣帖潭絳俱，鸑昌花鳥色敷腴。雪林小景癡與迂，戴牛韓馬包於菟。

〔註91〕李鴻章著：《李鴻章全集》第34冊，合肥：安徽教育出版社，2008年版，第
　　　550頁。

惠崇蘆雁尤絕殊，此皆珍異行篋儲。寶弆奚啻珣琪玗，似聞破浪乘魯桴。

順道要訪西子湖，斷橋已斷孤山孤。待君秀句吟菰蒲，更期歸里鬮榛塗。

雲淙故墅聞可租，種荔十畝桑百株。溪水瀄瀄宜濾漁，他時賤子還里閭。

執羈或許相馳驅，君如六一居潁滁。我願陪侍如晁蘇，南山可爛海可枯。

息壤證此當勿渝，行哉征旆休踟躕。盍按圖畫營山居（君嘗得吳荷屋中
丞《摹仇遠山居圖》，遍徵同鄉題詩」）。〔註92〕

詩中亦流露出一種退隱田園之意。

11、陳序球（1835～1890）

字天如，廣東南海人。同治元年（1862），中舉人。同治十年（1871）進
士，入翰林院，授編修。旋乞假省親。光緒八年（1882），入京供職。尋充國
史館協修官，派充順天鄉試同考官。光緒十一年（1885），充順天鄉試磨勘官。
以丁父憂歸邑，主講廣州西湖書院。性真樸，淡於榮利。光緒十六年（1890）
年卒，年五十六。

同治十二年（1873）末，譚宗浚與梁融、陳序球、呂勉士等人同遊西樵
山。光緒二年（1876），六月十五日，譚宗浚邀潘衍桐、陳序球等人在京城陶
然亭唱和。在光緒八年（1882）至光緒十年（1884）這段時間，二人交往更
加密切。譚宗浚於此期先後作《偕天如前輩遊極樂寺看海棠》、《過天如前輩
寓齋》、《天如前輩有卜築西樵之約詩以要之》諸詩。其中在《天如前輩有卜
築西樵之約詩以要之》中，譚宗浚更是顯露出酷好山水的雅趣。其詩云：

聞君屢話泉山勝，使我疏狂興不勝。昨夜雨涼蘄簟冷，夢魂應到四花亭。

〔註93〕

後來，在譚宗浚起程赴滇任職之際，陳序球與廖澤群等人又送其至長椿
寺，最後，惘惘而別。

二、友朋

1、張之洞（1837～1909）

字孝達，號香濤，又號壺公、抱冰、無競居士，直隸（今河北）南皮人。
咸豐二年（1852），鄉試中舉。同治二年（1863），會試中進士，授翰林院編
修。歷官浙江鄉試副考官、湖北學政、四川鄉試副考官及學政、山西巡撫、

〔註92〕譚宗浚：《荔村草堂詩鈔》卷十，清光緒十八年刻本。
〔註93〕譚宗浚：《荔村草堂詩鈔》卷十，清光緒十八年刻本。

兩廣總督、湖廣總督等職。光緒二十一年（1895），署兩江總督。光緒三十三年（1907），擢體仁閣大學士、軍機大臣，兼管學部事務。光緒三十四年（1908），奉命兼充督辦粵漢鐵路大臣。宣統元年（1909），充實錄館總裁，旋即因病請假。同年八月卒。諡「文襄」。著有《廣雅堂散體文》、《廣雅堂駢體文》、《廣雅堂詩集》、《廣雅碎金》、《弟子記》、《書目答問》等，合稱《張文襄公全集》。

同治十年（1871），張之洞與潘祖蔭邀譚宗浚、桂文燦、李慈銘、王先謙、趙之謙、孫詒讓等人在京城龍樹寺集會唱和。在譚宗浚擔任四川學政期間，張之洞與其書信來往頻繁。如在《致譚叔裕》（光緒二年十一月□日）中，張之洞說：

　　　　一再談宴，溫克過人。淺學粗材，不覺傾倒。頃奉到駢文兩冊，
　　即亟秉燭展讀數首。閎麗之觀，方駕芥子，宕逸之氣，足藥谷人。
　　近世當家，已足高參一坐。明日早起，從容卒業，瞠目撟舌，抑可
　　知也。惜會辦嚴，未獲款治，相見殊晚，蘊結而已。〔註94〕

從該信中可知，張之洞非常欣賞譚宗浚的駢文。

2、潘祖蔭（1830～1890）

字伯寅，江蘇吳縣人。咸豐二年（1852）中進士，殿試一甲第三名。授翰林院編修。歷官實錄館纂修、讀講學士、會試同考官、陝甘鄉試正考官、國子監祭酒、大理寺少卿、光祿寺卿、左尉都御史、工部右侍郎、戶部右侍郎、國史館正總裁、軍機大臣、工部尚書等職。光緒十六年（1890）卒，贈太子太傅，諡「文勤」。通經史，精楷法，藏金石甚富。有《攀古樓彝器圖釋》。輯有《滂喜齋叢書》、《功順堂叢書》。

除同治十年（1871）組織龍樹寺集會外，潘祖蔭還在光緒七年（1881）任國史館總纂期間，囑譚宗浚分纂《儒林》、《文苑》二傳。後來，譚宗浚「博稽掌故，闡揚幽隱，方脫稿而簡放雲南糧儲道之命下」〔註95〕，二人交往遂中斷。

3、翁同龢（1830～1904）

字聲甫，一字瓶生，號叔平，又號瓶笙、松禪，晚年自署松禪老人、瓶

〔註94〕 苑書義、孫華峰、李秉新主編：《張之洞全集》第十二冊，石家莊：河北人民出版社，1998年版，第10129頁。

〔註95〕 唐文治：《雲南糧儲道署按察使譚叔裕先生墓碑》，《茹經堂文集（第一編）》卷六，《民國叢書》第五編，上海：上海書店，1996年影印本。

庵居士。翁心存之子。咸豐六年（1856）進士，授修撰。後相繼典試陝西、甘肅、山西。丁父喪回籍。服滿，轉中允。在弘德殿行走，累遷內閣學士。光緒元年（1875），署刑部右侍郎，為光緒帝師傅。後遷都察院左都御史、刑部尚書、工部尚書、戶部尚書，加太子太保銜，授軍機大臣。戊戌變法時，支持康有為某些主張，被人視為帝黨中堅、維新派導師。光緒二十四年（1898）四月，慈禧太后將其革職回籍。光緒三十年（1904），卒於家。宣統元年（1909），詔復原官，追贈「文恭」。著有《瓶廬詩稿》、《瓶廬叢稿》、《松禪相國尺牘》、《翁文恭公日記》等。

據《翁同龢日記》載，光緒元年（1875），翁同龢收到譚宗浚送的譚瑩文集及廣東新刊《古今解匯函》八套。光緒九年（1883）、翁同龢赴庶常館開課，譚宗浚時任分教。光緒十一年（1885）八月初三日，翁同龢因錯失送別譚宗浚之良機，而感到非常遺憾。據此可知，二人交往屬通家之誼。

4、馬其昶（1855～1930）

字通伯，晚號抱潤翁，安徽桐城人。少承家學，學古文詞，並問業於吳汝綸。後又師事張裕釗。刻苦自厲，文益進。光緒元年（1875），吳、張見其文勁悍矜練，甚為贊許。然屢應鄉試不中，遂絕意仕進，長期教習鄉里，潛心向學，聲譽日隆。朝廷屢次徵召，皆堅辭不就。宣統二年（1910）入都，應聘編纂「禮經」課本，授學部主事，充京師大學堂教習。1916 年，任清史館總纂，主修儒林、文苑及「光宣大臣傳」。後以病歸里。為文恪守桐城家法，以「宗經」為本，以碑傳、史論為主。著有《抱潤軒文集》、《桐城耆舊傳》、《周易費氏學》等。

據陳祖任編《桐城馬先生年譜》知，光緒七年（1881），譚宗浚與馬其昶二人始訂交。光緒九年（1883），馬其昶因母喪歸桐城，譚宗浚作《贈馬通伯明經其昶即送其歸桐城》。在該詩中，譚宗浚除述及二人交遊情況外，也表達依依不捨之情。其詩云：

鄙生住京國，寒暑今數周。出門無所適，懶謁公與侯。

比鄰得馬生，當代韓李儔。銳志晞三古，放懷登九州。

有時或匿穎，不露戈與矛。潛鋒突肆出，武庫森長脩。

我慚見大敵，百對無一酬。自當走棄甲，詎敢爭挾輈。

君生皖南郡，樸學多俊流。方劉始闢墾，姚管嗣鋤耰。

數公並才彥，製作鏗鐘球。微嫌經術淺，世詬方未休。

君又精考據，讀書窮汗牛。牙牙釋蒼詰，落落探璣鉤。
義理及校訂，兩家庶通郵。今年應秋試，挾策隨呷嚘。
嘈嘈群樞畔，見此驊與騮。謂宜驤沛艾，一顧空群騮。
何哉又遭擯，神駿嗟暗投。朔風吹大漠，禿樹鳴颼颼。
仰屋噪飛雀，窺淵潛凍蚪。叩門忽告別，驪駒逝不留。
首途始西郭，燕臺委梧楸。霸圖誠已陋，好士今誰求。
津門古碣石，殷賑百貨稠。睥睨輔海若，飛騰催夷艘。
忽思讀書法，如泛滄溟流。古人所歷境，僅限坤維陬。
韓蘇抵海裔，栩栩誇壯遊。邇來泰西巧，跰踵窮十洲。
蓴蓴叒木樹，隱隱層城樓。鮫女絚瑟坐，海童偏髽謳。
厥蟹大盈仞，有龜連六眸。瑰異雜忻愕，詼奇窮嘲啁。
其西通羅馬，其南控閻浮。其北乃冰海，巍峨瓊瑤邱。
荒哉六合外，近接如吭喉。回觀濱海地，渺小真浮漚。
吾人習墳索，與此誠相侔。昔賢大川涉，今代窮島搜。
或聲音訓詁，或金石校讎。或劖服賈類，或抉顏裴幽。
貴能通其恉，小大隨所投。譬彼楫桅具，始稱千斛舟。
掛帆及滬浦，虜帳氈韋愁。市兒逐海臭，壯士懷杞憂。
何時舞干化，側佇前箸籌。大江壯天塹，南北斯鴻溝。
美酒賈京口，清歌聞石頭。皓月大如盎，爛爛輝不收。
倒從貝闕底，懸此光明球。卸裝及閭里，野老相綢繆。
入門洗鞾襪，上堂奉饘粥。時詢米貴賤，繫念關田疇。
丈夫四海志，慘戚誠所羞。尋常涉歷地，一一皆遠猷。
愧余竊薄祿，肉食疏國謀。別袂悵旋輈，離樽嗟暫篘。
後會定何日，茫茫更葛裘。簡繒幸頻寄，疑義同諮諏。
華年各努力，式好期無尤。〔註96〕

　　民國十一年（1922），在譚宗浚辭世三十五年之後，馬其昶撰《雲南糧儲道譚君墓表》以資紀念。

5、于式枚（1856～1915）

　　字晦若，廣西賀縣人。少時卓犖有大志，博聞強記，善屬文。光緒六年（1880 年）進士，以庶吉士，散館用兵部主事。李鴻章疏調北洋差遣，歷十

〔註96〕譚宗浚：《荔村草堂詩鈔》卷十，清光緒十八年刻本。

餘年，奏牘多出其手。光緒二十二年（1896），隨李鴻章出席俄皇加冕典禮。歸國後授禮部主事，由員外郎授御史，遷給事中。後充政務處幫提調、大學堂總辦、譯學館監督。光緒三十一年（1905），由鴻臚寺少卿出任廣東學政，後改提學使，命總理廣西鐵路。光緒三十三年（1907），擢郵傳部侍郎。後出使德國，任考察憲政大臣。宣統元年（1909）六月，歸國，以疾乞假。張之洞遺疏薦其堪大用。轉吏部侍郎，改學部侍郎，總理禮學館事、修訂法律大臣、國史館副總裁。民國成立後，僑居青島。不久，病卒。諡「文和」。著有《德國憲政史》、《於晦若遺詩》等。

譚宗浚與于式枚同爲陳澧弟子，交往密切，感情深厚。譚宗浚在《送於晦若上舍式枚返粵》中稱讚說：「於君古豪士，逸藻鏗蘭鯨。腹腰無十圍，萬卷相支撐。」〔註97〕而于式枚在《將重赴廣州留別譚三使君（宗浚）一百韻》中也說：「眷眷譚使君，張飲開東廂。根觸當離筵，良會何能忘。使君宏雅風，今之韓歐陽。整巒逢高衢，絕學垂津航。」〔註98〕

6、顧復初（1800～？）

字幼耕，又字子遠，號道穆，晚號潛叟，江蘇長洲（今蘇州）人。咸豐間，何紹基督蜀學，邀襄校試卷，後入成都將軍完顏崇實、四川總督吳棠、丁寶楨幕府。工詩文，善書畫。著有《樂靜廉余齋文集》等

譚宗浚先後作《贈顧幼耕丈復初》、《顧幼耕參軍復初》、《正月初三夜夢顧幼耕丈贈余扇十數楨賦二首詩以紀其事》及《顧幼耕丈詩序》，由此可知，二人交遊非常密切。

7、繆荃孫（1844～1919）

字筱珊，一字炎之，晚號藝風。江蘇江陰人。同治六年（1867），中舉。光緒初，執贄於張之洞門下，始爲目錄之學。光緒二年（1876），成進士，改翰林院庶吉士。散館，授編修，應張之洞之聘，助修《順天府志》。光緒九年（1883），任國史館總修，撰成《儒林》、《文苑》、《循吏》、《孝友》、《隱逸》五傳。後主講南菁書院、櫟源書院、鍾山書院，光緒二十八年（1902），赴日考察學務。歸國草創教育改革。宣統元年（1909），充京師圖書館正監督。民國三年（1914），任清史館總纂，協修《江蘇通志》、《江陰縣志》。民國八年

〔註97〕譚宗浚：《荔村草堂詩鈔》卷七，清光緒十八年刻本。
〔註98〕于式枚：《於晦若遺詩》，《同聲月刊》第三卷第十號，1944年，第94頁。

（1919），卒於滬。著有《藝風堂文集》、《藝風堂文續集》、《藝風堂文漫存》、《藝風堂讀書記》、《藝鳳堂藏書記》等。編有《續國朝碑傳集》、《常州詞錄》等。編刻叢書有《雲自在龕叢書》、《對雨樓叢書》、《藕香拾零》等。

在國史館任職期間，繆荃孫與譚宗浚交往密切。在分纂《儒林傳》、《文苑傳》的過程中，譚宗浚曾七次給繆荃孫去信，商討具體事宜。如在《致繆荃孫（七）》中，譚宗浚說：

> 送復劉彥清、王眉叔、高伯平諸集，乞察入。劉、王兩家駢文，成就甚小；伯平《東軒集》亦不見有獨到處，此公似宜入翰林，或，徑擬刪歸下篇，統候卓裁也。昨有同鄉來都，見贈新刻《春明夢餘錄》甚多，謹轉一部奉餉，希哂納。再，此公翻刻是書，意在廣銷，如有人慾購買者，希示知為禱。每部價四兩。手此奉上，即請開安，不具。〔註99〕

後來，譚宗浚又應繆荃孫之請，撰寫《翰林院編修繆君妻莊宜人誄》，對其妻德行予以禮讚。

8、史念祖（1842～1910）

字繩之，別字弢園，江蘇江都人。幼穎異，好讀兵家言。後以軍功，數保道員。同治六年（1867），克捻軍李允謀部，晉升按察使。同治八年（1869），授山西按察使，年未及三十。後以其資名輕而解職。同治十年（1871），授甘肅安肅道，主關內外糧運，頗見賞於左宗棠。光緒四年（1878），晉甘肅按察使。光緒十年（1884），任雲南按察使。後調補雲南布政使。光緒二十一年（1895），授廣西巡撫，坐失察贓罪，罷免。宣統二年（1910），病卒。著有《俞俞齋文稿初集》、《俞俞齋詩稿初集》等。

在雲南任職期間，譚宗浚與史念祖關係最好。光緒十一年（1885）十二月，譚宗浚抵雲南接篆視事。史念祖在與譚宗浚交往過程中，發現其有歸志，便作詩挽留，其詩有云：

> 姓名久在御屏風，使節南蠻豈聖衷。淮海菁莪拔經士（光緒壬午科，君主江南鄉試，馮探花煦特以後場獲雋），巴渝桃李頌文翁。環看斯世先鞭急，肯負當年對策忠。雲裏少微光不顯，未應翹首羨歸鴻。〔註100〕

〔註99〕繆荃孫著，顧廷龍校閱：《藝風堂友朋書札》，上海：上海古籍出版社，1980年版，第76頁。
〔註100〕史念祖：《俞俞齋詩稿初集》卷上《乙酉年十三首》，光緒三十二年刻本。

履職之餘，兩人不僅同遊大觀樓湖口與黑龍潭，而且還經常在一起探討人生、切磋詩藝。如譚宗浚在《止菴筆語》中記載說：

> 江都史繩之方伯云：「論人不宜觀成敗，律己則宜觀成敗。譬如科第未中，畢竟是學問尚疏。仕宦不遷，畢竟是才能尚小。如此方是聖賢克己工夫。」〔註101〕

再如，史念祖在《書譚叔裕評李杜集後》中說：

> 叔裕將刊《評李白杜甫詩集》，問余曰：「世多軒杜而輕李，於公何如？」余曰：「難言也。」自樂廢而音學疏，音學疏而詩道歧。世既捨音以論詩，更於不同道之詩，而判優劣，安怪其作穴中觀鬥之談哉？〔註102〕

後來，史念祖又作《譚叔裕泉山草堂詩集書後》，對其詩予以積極評價。在史念祖赴貴州布政使任所後，譚宗浚與其書信往來也較頻繁。

在獲悉譚宗浚卒於歸途旅次的消息後，史念祖相繼作《祭原任雲南糧儲道譚叔裕文》與《挽譚叔裕視察》，予以哀悼。在祭文中，史念祖對好友的離世深感自責，他說：「所最悔者，我誤公半年之留。或公再遲半年，以待疾瘳，萬不至險灘酷暑，無親無友，而殯於客舟。」〔註103〕在詩中，史念祖卻表達了同樣心情：

> 去年送我別城東，六月相思書四通。才富春潮心止水，神寒霽月氣長虹。
> 論交更在文章外，速朽都驚草木同。君本謫仙歸亦好，獨悲慧業半途空。
> 〔註104〕

在譚宗浚辭世之後的第四年，史念祖又作《園通寺追懷譚叔裕》，以資紀念。

9、朱庭珍（1841～1903）

字筱園，一字曉園，雲南石屏人。光緒十四年（1888）舉人。少嗜學，尤好詩文。光緒間，與同里陳庚明、昆明張星柳、劍川趙藩、浙江山陰陳鵾父子，在昆明結蓮湖吟社，以詩文唱酬。爲詩倡唐風，所作論詩絕句及詩話均見卓識。著有《穆清堂詩鈔》、《筱園詩話》等。

〔註101〕譚宗浚：《止菴筆語》，民國十一年（1922）刻本。
〔註102〕史念祖：《俞俞齋文稿初集》卷二，光緒三十二年刻本。
〔註103〕史念祖：《俞俞齋文稿初集》卷四，光緒三十二年刻本。
〔註104〕史念祖：《俞俞齋詩稿初集》卷上《戊子年三首》，光緒三十二年刻本。

光緒十二年（1886）四月，朱庭珍用參與纂修《雲南通志》諸人一起邀譚宗浚集昆明蓮華寺海心亭觴詠，譚宗浚作《海心亭宴集記》紀其事。後來在譚宗浚辭官歸里時，朱庭珍作《送觀察譚叔裕先生宗浚解組歸粵東》。其詩云：

> 遠凌賈鄭宗程朱，文章餘事兼歐蘇。華年簪筆遊蓬壺，奇才屢聞天子呼。
> 學視西蜀文衡吳，手支鐵網羅珊瑚。公門桃李栽千株，春風化雨群沾濡。
> 繡衣持節昆明湖，力興水利豐儲胥。民生休養滇流舒，扢揚風雅逢公餘。
> 披植杞梓開榛蕪，吹噓崖壑冬回枯。平生忤俗嗟迂疏，蒙公交契忘羈孤。
> 東坡心折黃魯直，永叔雅愛梅聖俞。感公知己敦古誼，愧我才不前賢如
> 秋風忽起思蓴鱸，歸隱五羊勤著書。邇來法蘭復通市，交趾棄與維州殊。
> 東山未許便高臥，艱難時事須真儒。望公出展濟時手，再為文苑收吾徒。

〔註105〕

該詩除對二人的交遊情況作了一些介紹外，也對譚宗浚培育選拔人才方面的功績有所描述。

10、趙藩（1851～1927）

字樾村，亦作越村，號介庵，別號蝯佃，晚號石禪老人。白族。雲南劍川人。少博學經史，負才略。光緒元年（1875）舉人，為雲貴總督岑毓英延佐軍幕。歷任籌餉局提調、酉陽知州、川東保商局督辦、署永寧道、四川按察使等職。民國二年（1912），當選眾議院議員，後以反袁世凱返滇。晚年任雲南省圖書館館長，從事鄉邦文獻整理。著有《向湖村舍詩初集》、《小鷗波館詞鈔》六卷，《向湖村舍文集》，主編《雲南叢書》。

在譚宗浚任職雲南時，趙藩與其結識並交往。有感於譚宗浚所作的《覽海賦》是「君子經世之文也，而非猶夫文士之文也」〔註106〕，趙藩於光緒十四年（1888）將其單獨刊印出版，並在《覽海賦敘》中對二人交遊及該賦刊刻情況作了如下說明：

> 雲南糧儲道譚叔裕所為儷體文，曰《希古堂文乙集》，已刻者三十餘篇，未刻者尚近百篇。藩從假鈔，甫畢《覽海賦》，而觀察引疾去官，索稿還。未幾，觀察道卒於邕南舟次。權昆明令君新會黃笛樓司馬約同人於圓通寺廡，為位而祭，語及觀察遺文，藩出此賦，

〔註105〕朱庭珍《穆清堂詩鈔續集》，民國刻雲南叢集本。
〔註106〕譚宗浚：《希古堂文乙集》卷首，光緒十四年刻本。

借鈔者坌集，迺如已刻稿式，付梓已廣其傳。西林岑公子堯階助之資，昆明倪旭初同年，晉寧徐仲苓孝廉裒校訂，既訖工，而藩濡筆弁於首。〔註107〕

後來，趙藩又將他收藏的譚宗浚《於滇日記》抄本轉交給雲南省圖書館，以備研究者查閱。由此可知，在保存譚宗浚文獻資料方面，趙藩是作了不少貢獻的。

11、廖廷相（1843～1897）

字子亮，又字澤群，廣東南海人。同治九年（1870）舉人，光緒二年（1876）進士，改翰林院庶吉士，授編修，充國史館協修。假歸後，不復出。後任廣東水陸師學堂總辦、惠濟義倉總理、南海保安局總理。兼任金山、羊城、應元、廣雅書院山長及學海堂、菊坡精舍學長凡十餘年。光緒二十三年（1897）卒。長於文史及音韻之學。著有《禮表》、《群經古今文法假髮考》、《廣雅問答》、《金石考略》、《北郭草堂集》等。

譚宗浚與廖廷相是關係特別要好的朋友。在《希古堂集序》中，廖廷相提及二人交遊具體情況，他說：

憶自辛巳歲，余讀禮家居。服闋後，君屢促入都供職，至則掃徑以待，館余於宅之東軒，晨夕聚晤，賞奇析疑，至相樂也。無何，君以京察一等，簡放雲南糧儲道。京師朋好咸惘然，以君去，失一益友。君亦不樂外任，意殊怏怏。越日，裒其生平所著付余，曰：「雲南水土瘴癘，殆非人居。某既抱貫生遠徙之悲，不無盛憲優生之戚。倘或不祿，則此區區者，比張堪妻子之託，尤為要著。」余時方訝其不情，因為序贈行，屬之道義，以釋其意。

及君出都，而余隨亦南返。郵書往復，常有東山之志。比聞君引疾歸里，方謂平生論撰，商榷有期，而隆安凶問遽至矣。悲夫！才為造物所忌，一至此哉！〔註108〕

後來，廖廷相將譚宗浚詩文集加以整理，並次第刊印，以廣流傳。

12、梁起（生卒年不詳）

號庚生，原名以瑭，廣東南海人。少肄業於學海堂，長於詩，尤工駢體

〔註107〕譚宗浚：《希古堂文乙集》卷首，光緒十四年刻本。
〔註108〕譚宗浚：《希古堂集》卷首，清光緒十六年刻本。

文。光緒十一年（1885）舉人，爲菊坡精舍學長。大挑一等，任廣西知縣。因事假歸，不久病卒。著有《庚生日記》。

梁起爲譚瑩弟子，與譚宗浚來往密切。如在《贈梁庚生茂才以塘》中，譚宗浚如此評價梁起：

> 近年伯鸞子，詩好眾人傳。傲骨少同輩，綺懷方妙年。
>
> 聲名同玉茗，詞賦儷金荃。風雅南園替，期君拔戟先。〔註109〕

光緒八年（1882），譚宗浚在由金陵返京城的途中，作《途中寄庚生茂才八首時余有所感故拉雜無次並乞庚生勿以示人》。其三云：

> 君性近通侻，而我頗且拘。旁觀竊睨視，涇渭疑各殊。
>
> 豈知膠漆契，有似卭駆廬。惜哉蓬梗斷，各在天一隅。
>
> 君才當日益，閉戶多居諸。古人富著述，大半憂患餘。
>
> 我才當日減，珥筆腰銀魚。鑒裁愧明鏡，致飾徒盧車。
>
> 願言諍我失，兼代砭頑愚。冀聞任棠教，勿致嵇康書。

後來，在赴滇任職途中，譚宗浚在聞知梁起中舉消息之後，喜賦長詩並寄書信予以祝賀。據此可知，二人交情深厚。

13、馮杙宗（生卒年不詳）

字越生，廣東南海人。咸豐十一年（1861），中舉。同治四年（1865），進士及第。以主事選用，任職刑部貴州司，歷充刑部要差，總辦秋審處。曾奉差赴吉林理刑，得四品銜。後辭歸，受聘廣州西湖書院講席。年七十餘卒。著有《海目廬詩草》。

譚宗浚於自己詩集中多次提及馮杙宗。如在《都門晤馮越生同年賦贈》中，譚宗浚說：

> 十年交遍江湖客，傲兀崚嶒見汝才。浩蕩千秋期勵志，淹留幾日共登臺。
>
> 攜樽李白論文細，拔劍王郎斫地哀。莫道相逢難再晤，天生我輩豈蒿萊。
>
> 〔註110〕

後來，譚宗浚又在《與馮越生同年書》中談及二人感情：

> 惟吾與子，跡疏心密。情好所洽，若磁引針。積懷所抒，譬松
>
> 悅柏。每當芳草積徑，白雲在天，未嘗不追懷嵇生，眷懷元度也。
>
> 〔註111〕

〔註109〕譚宗浚：《荔村草堂詩鈔》卷三，清光緒十八年刻本。

〔註110〕譚宗浚：《荔村草堂詩鈔》卷五，清光緒十八年刻本。

〔註111〕譚宗浚：《希古堂集乙集》卷二，清光緒十六年刻本。

光緒六年（1881），譚宗浚應馮栻宗之請，作《海目廬詩草序》。在序文中，譚宗浚再次述及二人交情：

> 余與越生交幾廿年矣。君初見，即屬余序其詩，卒卒未暇也。同治乙丑，君成進士，觀政刑部。越九年，余始登第。君嘗讞獄往吉林，而余亦由四川入都。中間南北往返，每見必談詩，或各出所作以相質證。君美風儀，性傲兀，平生以不得詞館爲恨。凡入詞館者，君必訾謗之杯酒間。縱言時事，或佯爲恢詭雄快之論，以警其座人，是以人多畏君者。余在翰林，顧獨與君相昵，亦以君慷慨是喜，信有以自守而不隨於流俗也。〔註112〕

由此可見，譚宗浚與馮栻宗之間的關係相當密切。

14、陳宗侃（生卒年不詳）

字孝直，陳澧之子，廣東番禺人。光緒五年（1879）優貢生。

譚宗浚與陳宗侃是世交，二人之友情，自非常人可比。在最後一次赴京應試期間，譚宗浚一連作了五首詩，表達了對陳宗侃的思念之情。如在《寄孝直》中，譚宗浚說：

> 野人不知春，低首入矮屋。歸來視庭柯，婀娜嫋新綠。
> 草木尚多情，欣欣媚晴旭。而我獨何爲，抱影懷疚辱。
> 與君同世交，臭味復一族。相憐各夔蚿，暫別若鶩鷫。
> 尊人今河汾，著書滿箱簏。及門多偉儒，講義相往復。
> 君時執經過，篇籍資洽熟。考訂窮鄭王，淵源辨朱陸。
> 雖懷鍛翮傷，菽水歡亦足。鰥生坐五窮，蚤歲痛煢獨。
> 嚴親切期望，經史懍相督。謂言荷門基，或冀資簿祿。
> 哀哉風樹零，馬鬣已先卜。負米慚昔人，愧恥懸心目。
> 時於冠蓋場，背面劇鳴哭。異時博微官，疚罪已難贖。
> 傺指朋儕多，幾人諒心曲。高臺悲風生，蒼莽紆遠目。
> 思君隔容顏，一別換寒燠。題詩試緘寄，已與淚相續。
> 遙知南望人，話我北遊躅。思君復思君，榮名相勉勖。
> 春草一寸暉，勝如萬金玉。慈烏自反哺，勿羨離巢鵠。〔註113〕

〔註112〕譚宗浚：《希古堂集甲集》卷一，清光緒十六年刻本。
〔註113〕譚宗浚：《荔村草堂詩鈔》卷五，清光緒十八年刻本。

另外，鄧維森、林彭年等二十二位嶺南人士與譚宗浚的交遊情況，可參看譚宗浚作《鄧嘯篔茂才誄》與《傷逝銘》二文，此處不再贅述。

三、弟子

1、唐文治（1865～1954）

字蔚芝，號茹經。江蘇太倉人。六歲入塾讀書。母督責甚嚴。光緒八年（1882），中舉。光緒十八年（1892）中進士。光緒二十六年（1900），奉旨赴日本考察社會政治。光緒二十八年（1902），隨陶大鈞出使英國。歷官外務部郎中、商務部右丞、商部左侍郎、農工商部尚書。光緒三十二年（1906）十二月，母喪，南歸，居上海。後任上海高等實業學堂監督，無錫國學專修學校校長。著有《茹經堂文集》等。

鑒於譚宗浚「《遼史紀事本末》十六卷，寄存粵東親戚家，適罹水災，竟至漸滅」〔註114〕的情況，在接到譚祖任寄來的《遼史紀事本末諸論》時，唐文治決定「敬請友人無錫錢君子泉加以圈點，並請同年陳石遺先生為序文，吾妻王君慧言代任校讎之役，壽諸梨棗，以公當世。」〔註115〕唐文治曾於《遼史紀事本末諸論跋》中談及二人的師生情緣時說：

> 文治壬午鄉試出先師門下，時未弱冠。先師一見，歎賞不置，許為大器。丙午後，先師外轉雲南糧儲道，遂一別不得見矣。追念微名所自，每飯不忘。翅際茲時艱孔棘，滄海橫流，撫先師茲編，並讀《覽海賦》，不禁涕泗之滂沱也。〔註116〕

由此可知，譚宗浚對其影響之深。

2、馮煦（1844～1927）

字夢華，號蒿庵，晚號蒿叟，江蘇金壇人。光緒十二年（1886）進士，授編修。歷官安徽鳳陽知府、山西按察使、安徽布政使。光緒三十三年（1907）恩銘被刺死後，繼任安徽巡撫。民國成立後，被任命督辦江淮賑務，受聘纂修《江南通志》。以治詞名世，成就卓著。著有《蒙香室詞》、《蒿庵詩集》、《蒿庵類稿》、《蒿庵隨筆》等。另輯有《宋六十一家詞選》。

〔註114〕譚宗浚：《遼史紀事本末諸論》卷末，清光緒十八年刻本。
〔註115〕譚宗浚：《遼史紀事本末諸論》卷末，清光緒十八年刻本。
〔註116〕譚宗浚：《遼史紀事本末諸論》卷末，清光緒十八年刻本。

馮煦也是譚宗浚典試江南時所取士。在譚宗浚任職雲南時，馮煦曾去信向其請教。其信云：

> 去年閱邸抄，知有滇南之役。以我師之才之望，不使之潤色史宬，成不朽之盛業。顧問經筵，贊中興之隆軌。而一出禁中，遂投徼外。益州奉使，幾類子淵、樂浪遠宦，且同亭伯、違才易務。波濤寸心，北來見刪生為道端委，彌用怏怏。昔疏栗三事，沈約幾以抵罪。讀莊二篇，溫岐遂以見擯。以師方之，殆符前錄。然師褰帷問俗，露冕班春，總茶由之十科，課穀租之三調，朱旗銅鼓，爭為騎竹之迎；金馬碧雞，亦隸憩棠之部。視彼二賢，尚或過之。且我朝湯潛庵、施愚山兩先生出為參議，入為侍講。今則趙萃甫以兵備為太常，沈仲復以按察為京兆，並稽古之殊榮，詞科之掌故。我師鳳池見歸，鶴鑰再典，既前刑之具在，亦左券之可操。前之所聞，未足深論。蘊隆蟲蟲，臺候萬福。昭農緒稼之政，剖決如流。置漕駕水之勤，綜理無滯。導劉晏於前旗，紆裴休於來軫。竿牘多暇，鉛槧遂積。抗心希古，騁千秋一二之才。抵掌談今，陋八家四六之選。過朱鳶而勒銘，臨青蛉而樹碣。南交君長，如石室之戴文翁。西洱兒童，猶潮陽之師韓愈。此則蘭臺掌制，何如宣三限之勤。蓬觀讎書，何如開一方之學。師之此行，天殆有意於彼都文物邪？
> 　　煦比歲以來，主徐州一書院，仰慚馬隊之講，俯就雞鳴之舍。中春之始，乃賦北征，粗習庚經，濫膺甲第，已逾平津說經之年，未稱左雄家法之試。雖與家令充賦之選，實謬廣川射策之誼。生我之戚，既不獲見門伐之榮。知己之感，復無以儆流壤之報。侍簪花之末坐，則顧而自慚。臨視草之曾臺，則望而卻步。撫衷循省，竦息無量。且家世單寒，質性懶散。既宗元之大拙，又方朔之長饑。賦本獺祭，不能鬥八義之捷。字類雅塗，無以希一時之妍。忽忽居此，遂以半歲。接於目者，類俳優猥雜之狀。觸於耳者，率米鹽瑣細之譚。強相酬對，則鑿柄不容。漫無訾省，則柴棘交集。懷刺上謁，足踟躕而不前。發篋陳書，神惛惛而將寐。豈云高第，儕坊曲九流之末？豈云通材，等鄉里小兒之學？求如我師，月營七略，心醉六藝。清言名理，樂廣不足方其奧。高文典冊，班馬不足喻其奇。而相去萬里，不獲參倚。箴愚砭謬，都無復望。煦亦豈能久塵承明

之盧，謬希著作之林邪？伏乞加之題品，賜之教督，俾駑下之乘，
不致躓於中途。散樗之材，得少程其一得。世之論者，將謂敬輿知
舉，曾收退之。永叔選士，亦放玉局。其所栽就，夫豈有厓。側身
南望，起居末由，伏承道履，臨書屏營。〔註117〕

在譚宗浚辭世之後，馮煦作《祭譚叔裕師文》，以示哀悼，其文云：

嗚呼哀哉！

儀徵秉節，粵學元胎。東塾得之，亦奇亦佹。觲觲先德，絕業以恢。
並象文明，猶扚於魁。我師竺生，父教師教。顧門既傳，亦劬庭誥。
大放厥辭，惟妙惟徼。風濤驚滂，雲漢垂曜。丁年射策，聲彌周廬。
帝用嘉之，上第是除。校經金匱，掞文石渠。俯視同列，蟬噪蠅咶。
左岷右嶓，江漾所會。卿雲代興，藝林揚旆。師提其衡，拔尤擞最。
前有南皮，莫能兩大。名滿宙合，忌亦隨之。一鶴孤騫，刺天群飛。
將欲擠之，乃先推之。匪推匪擠，出之南陸。南陸三歲，百度咸理。
如寐使覺，如僕使起。民心則夷，師心則恥。幡然棄歸，一官散屣。
冥冥桂管，背冬涉春。雄虺九首，蝮蛇蓁蓁。不朝不夕，潛來伺人。
崑崙比景，敓我天民。嗚呼哀哉！

玄默之歲，師至江左。萬卷庚庚，多否少可。剖豪析芒，斷之以果。
群蒙既祛，其鑒在我。我之不才，而師曰才。雕我櫜朽，策我駑駘。
疇昔侍坐，高談殷雷。鏗鏗百氏，若莊若諧。一障南征，遽隕國寶。
民亡羽儀，士失坊表。峴首沈碑，茂陵遺稿。臨風寫憂，縶焉如擣。

嗚呼哀哉！〔註118〕

從中可見，譚宗浚對馮煦的影響。

除以上兩位學生外，譚宗浚還在《尊經書院十六少年歌並序》提到了他
的十六位四川學生。其詩云：

余甫至蜀，張香濤前輩之洞語余云：「蜀才甚盛，當以五少年
為最。謂綿竹楊銳、井研廖登廷、漢州張祥齡、仁壽毛瀚豐、宜賓
彭毓嵩也。嗣余校閱所及，又得十一人。因仿古人八仙九友之例，
為《尊經書院十六少年歌》，其有績學能文而年過三十者，均不在此
數。凡諸生所作文字，具見余近刻《蜀秀集》中。

〔註117〕馮煦著：《蒿庵類稿》卷十四，民國二年刻本。
〔註118〕馮煦著：《蒿庵類稿》卷三十，民國二年刻本。

宏農博瞻誰與侔，手披七略函九流。房星降精騁驊騮，蹴踏要
到崑崙丘（綿竹楊銳，字叔嶠，年二十一）。

廖子樸學追服劉，校勘審碻刊謬悠，森森腕底攢戈矛（井研廖登廷，字
勳齋，年二十七）。

張生爛爛雙電眸，曹倉杜庫一覽收。讀書欲遍秦與周，嶄然筆
力回萬牛（漢州張祥齡，字子馥，年二十二）。

小毛詞翰揚馬儔，如駕青翰凌滄洲，珊瑚炫耀珠璣浮（仁壽毛
瀚豐，字鶴西，年二十七）。

范君淵雅文藻優，長離宛宛升雲遊（華陽范溶，字玉賓，年二
十四）。

鶼鵃之孫內衍修，篤志墳典兼索邱，問事不休貫長頭（華陽傅
世洵，字仲戡，年二十三）。

邱郎靜謐勤咿嚘，文學穰穰囷倉稠（宜賓邱晉成，字芸蕃，年
三十）。

老籛詞筆雄九州，字裏隱躍騰蛟虯（宜賓彭毓嵩，字籛生，年
二十七）。清河才調萬斛舟，余事筆札追鵝緜（樂山張肇文，字梓亭，
年二十七）。樂安傲骨輕王侯，神峰峻立恨少道，稍加淬煉成純鉤（忠
州任國銓，字簨甫，年二十三）。

濂溪經學窮微幽，遠媲孟喜兼施讎（成都周道洽，字闓民，年
二十四）。短宋詞筆工雕搜，華熳五色垂旌斿（富順宋育仁，字雲岩，
年十九）。

南豐詩卷清而瀏，獨鶴矯矯鳴霜秋（成都曾培，字篤齋，年二
十六）。

延陵門內交唱酬，如彼榮鬱兼談彪，振彎詞圉扶輪輈（犍為吳
昌基，字聖俞，年二十二。從父廷佐、廷傅、廷俊亦均有詞藻）。

東吳文學春華抽，若琢瑚簋鏗琳璆（成都顧印愚，字華園，年
二十一）。戴侯嗜古劇珍饈，翩翩下筆難自休，看汝追逐登鳳樓（江
津戴孟恂，字伯摯，年二十八）。〔註119〕

後來，譚宗浚又作《將解任留別蜀中士子八首》。如其八云：

悵悵別江下，雪花大如席。平時無涕淚，今日輒橫臆。

<hr>

〔註119〕譚宗浚：《荔村草堂詩鈔》卷八，清光緒十八年刻本。

勿爲兒女悲，萍梗會相值。異時倘偶逢，君亦列執戟。

功名何足誇，根本在學植。況今中興時，文治正騰赫。

共扶大雅輪，砥礪各努力。勗哉弼承平，經術資潤色。

懸知京輦遊，當許共晨夕。

光緒五年（1879）冬，在譚宗浚即將登舟離開四川之時，楊銳等人抵薛濤井送別。譚宗浚甚爲感動，並作詩以示感謝。其詩云：

白日懸空際，江流急鬢邊。我心如落葉，飛墮薊門前。

之子遠相送，驪歌殊黯然。相逢幸珍重，會奏上林篇。〔註120〕

以上詩歌表明，譚宗浚在四川與學生相處非常融洽。

綜上所述，對譚宗浚交遊情況的考察，可以說明我們對他的政治理想、生活志趣、創作態度等有一個更全面的認識，自然也可以看出他在當時的影響。

〔註120〕譚宗浚：《荔村草堂詩鈔》卷八，清光緒十八年刻本。

第三章　譚氏父子集外詩文輯考

第一節　譚瑩集外詩文輯考

譚瑩的詩文目前主要收錄在《樂志堂詩集》、《樂志堂詩略》、《樂志堂文集》、《樂志堂文續集》中。因譚瑩少時「間作冶遊，忍俊不禁，隨有所贈，而概不存稿」[註1]，又加上《樂志堂詩續集》已散佚無存，故譚瑩詩文遺失甚多。筆者共輯得譚瑩集外詩歌 30 首，集外文 4 篇，現逐錄並考證如下，以供研究者參考。

一、集外詩輯考

賦得司空表聖詩品句（四首）

風日水濱

一溪春水一帆風，才得新晴便不同。曬柳光陰紅板外，吹花消息綠波中。
金隄載酒朝寒褪，畫舫鉤簾夕照烘。最是詩心明麗處，有人吹笛倚樓東。

夜渚明月

荻花疏處月盈盈，煙水蒼茫極望平。峭岸圓沙秋有色，東船西舫夜無聲。
江鄉風露清如許，水國魚龍靜不驚。謝尚今宵何處泊，袁生吟諷可勝情。

空潭瀉春

洗出春光絕可憐，水深千尺渺無邊。桃花新漲三篙軟，竹箭中流一鏡圓。
雨氣全沉金碧畫，雲光遙蕩蔚藍天。畫船此會遊人少，結侶能來即勝緣。

〔註 1〕譚瑩著：《樂志堂文續集》卷一，清咸豐九年刻本。

畫橋碧陰

濛濛樹影夾春堤，十丈平橋雁齒齊。榆莢吹殘紅板外，棟花開到赤欄西。

吹簫曲院門臨水，賣酒人家屋枕溪。垂柳兩行休折盡，路旁無數玉驄嘶。

擬張曲江望月懷遠

海上生明月，清光照鬢華。客愁長似水，秋夢不離家。

南國久無信，東籬寒有花。最憐兒女大，都解憶天涯。

按：以上五首詩均錄自阮元輯《學海堂集》卷十四，清道光五年啓秀山房刻本。學海堂是由乾嘉時期著名學者阮元繼杭州創建詁經精舍之後，於嘉慶二十五年（1820）在廣州城北粵秀山創辦的又一個以專重經史訓詁爲宗旨的書院。《學海堂集》共 16 卷，收錄譚瑩文有 4 篇，詩有 67 首。

阮元曾在《學海堂集序》一文中介紹了自己編選該集的目的和動機，他說：「道光四年，新堂既成，初集斯勒，四載以來，有筆有文，凡十五課。潛修實踐之士，聰穎博雅之材，著書至於仰屋，豈爲窮愁論文期於賤璧，是在不朽及斯堂也。」〔註2〕

而吳嶽在《新建粵秀山學海堂碑》中又補充了以下內容：「比來粵，亦如其所以造浙士者。道光元年春，倡學海堂課。凡經、義、子、史、前賢諸集，下及選、賦、詩歌、古文辭，莫不思與諸生求其程，歸於是，而示以從違取捨之途。然所課之堂，尚未有其地。粵之慕古之士益以淬屬，群翹首跂足，希登其堂，以共暢其擬議、所欲言。公亦不以粵士爲卑愚，而喜其可相與有成也。」〔註3〕

綜合以上內容可知：阮元開學海堂課士的具體時間爲道光元年，編選《學海堂集》的時間爲道光四年冬，由此可以斷定：譚瑩這五首詩當作於道光元年至道光四年之間。

七夕詠古（二首）

長生殿

軋犖山前鼓聲死，三郎郎當子天子。生生世世葬梨花，阿環不願帝王家。

可憐西去長安道，霜紅染遍綠坡草。前身幸是玉眞妃，歲月蓬壺鎭長保。

比翼鳥，連理枝，思君無已君知之。人間天上會相見，未定金風玉露時。

〔註 2〕阮元編：《學海堂集》，清道光五年刻本。
〔註 3〕阮元編：《學海堂集》，清道光五年刻本。

蔡經家

修到神仙無一事，蓬萊按臨竟何地。不見麻姑五百年，暫到人間卻遊戲。

遊戲本尋常，仙蹤各一方。前番朝阿母，綠鬢似秋霜。

當筵鳥爪擗麟脯，空中似聞雲鶴舞。遺壇表異留井山，餐花絕粒今瓊仙。

蓬萊水深深無極，再閱滄桑誰更識，枉取丹砂遍人擲。

魚鷹曲（四首）

菰蒲深處逐魚忙，穴處巢居遍水鄉。一自小環長掛項，此生辛苦屬魚郎。

煙村好景夕陽初，曬網籬門岸柳疏。一幅輞川圖畫在，古查獨立更銜魚。

佳名共署摸魚公，楚楚蘆花淺水中。一飽艱難偏不得，得魚仍屬主人翁。

蓮渚菱汀舊釣磯，一川花雨認依稀。性情本與鷹鸇異，滿目煙波飽不飛。

按：以上詩歌均錄自吳蘭修輯《學海堂二集》，清道光十八年啟秀山房刻本。《學海堂二集》共二十一卷，其中收譚瑩文6篇，詩23首。

據吳蘭修作於道光十六年十月的《題識》載：「宮保中堂雲臺夫子於甲申冬選刻《學海堂初集》，自乙酉春至丙戌夏，尚經數課，如《釋儒》、《一切經音義跋》、《何邵公贊》，皆是其用江文通雜體擬古諸作。則丙春閱兵時，舟中點定者，今卷十八各詩是也。迨丙秋移節，始設學長料理季課。嗣後，督撫大吏，如成大司寇、李協揆、盧宮師、祁宮保暨翁、徐、李、王、李諸學使皆親加考校，樂育日深。而堂中後起，亦多聰穎好學之士。蒸蒸濯磨，各體佳卷，蘭修等錄存，積成卷帙。適嘉興錢新梧給諫遊粵，為之匯選。至鄧制府課堂中士，屢詢近選，於是二集刊成。」〔註4〕

由此可知，以上六首詩歌創作時間大約在道光六年至道光十六年之間。

綠陰（四首）

黯黯離離夏亦寒，宛然空翠撲闌干。舊家池館蟬聲亂，深院簾櫳鶴夢安。

荷葉似雲維釣艇，槐花如雨解征鞍。山重水複荊關畫，端為綿濛著筆難。

不宜疏雨但宜晴，相間風聲雜水聲。澎湃況當飛瀑濺，玲瓏肯放夕陽明。

竹床藤枕神仙樂，豆架瓜棚眹啟情。卻憶仲春挑菜節，嫣紅交錯坐聞鶯。

滿地風漪有凍痕，年時慘綠最銷魂。池平樹古涼於水，日靜階閒日又昏。

几榻餞春彌勒寺，琴尊銷夏闉闍園。南歸五月輪蹄路，翠竹江村記款門。

〔註4〕吳蘭修編：《學海堂二集》卷首，清道光十八年刻本。

春去春來總不知，落花門巷更憐伊。低環院宇停歌扇，濃壓樓臺卓酒旗。
翠幕風馨飛燕子，金塘水碧浴鵝兒。老來誰作芳時恨，轉笑尋春杜牧之。

按：以上詩歌錄自張維屏輯《學海堂三集》卷二十三，清代咸豐九年啓秀山房刻本。《學海堂三集》共二十四卷，其中收譚瑩文 12 篇，詩 71 首。

據張維屏作於咸豐九年三月的《題識》載：「自道光乙未年《學海堂二集》刻成後，制府、中丞、學使課士如舊。閱己酉年積卷既多，葉相國命選刻《三集》。維屏等選爲一帙，釐爲二十四卷，呈請鑒定，以付梓人。會有兵事，今乃告竣，續於《初集》、《二集》之後，而印行之。」〔註 5〕

於此可見，譚瑩這幾首佚詩作於道光二十九年。

乙巳九月杏林莊宴集（二首）

載酒園中未識荊，李郎才調夙知名（謂紫黼茂才）。入山採藥心相契，臨水看花眼最明。三逕君殊張仲蔚，九京余憶蔣元卿（謂香湖上舍，屢曾代君招飲而未赴也）。似曾相晤才相見，縱飲千觴亦至情。

綠野平泉可百年，一邱一壑也翛然。居人本以花爲業，賢主恒鋤藥即仙。
城市村分宜靜境，畫書詩好寄閒緣。留題讀遍歸帆掛，記約重來看木棉。

按：以上詩歌錄自鄧大林輯《杏莊題詠》卷三，清代道光二十六年刻本。

鄧大林（約 1816～1909），字卓茂，號蔭泉，自號意道人，又號長眉道人，廣東香山（今中山）人。監生，官中書。精練丹術。中年始學畫，善山水，兼寫花卉。闢園於廣州芳村花棣，以爲蒔花煉藥之所，名曰「杏林莊」，與諸名流結詩畫社於其中。編有《杏莊題詠》四卷、《杏林莊杏花詩》四卷、《杏林癸丑修禊詩集》，著有《杏林莊草》。

詩中「紫黼茂才」指李長榮。李長榮（1813～？）字子黼，一作子虎、紫黼，號柳堂，廣東南海人。諸生，官教諭。爲張維屏入室弟子。輯有《嶺南集鈔》、《柳堂師友詩錄》、《壽蘇詩集》和《庚申修禊集》，編有《問鸝山館詩鈔》。「香湖上舍」指蔣蓮。蔣蓮，字香湖，廣東香山（今中山）人。工人物畫，爲同期畫家兼詩人熊景星畫遊具九種。熊景星與徐榮均有詩和之，一時傳爲韻事。

從詩題知，譚瑩這兩首佚詩作於道光二十五年（1845）。

〔註 5〕張維屏編：《學海堂三集》卷首，清咸豐九年刻本。

柳堂春禊詩（二首）

湖州警報又端州，排日爲歡感昔遊。如此人材半伊洛，重來朋舊總山邱。
卅年吾憶凌波榭（樓名，乙酉珠江秋禊集此），三載君辭賞雨樓。步履
東籬幽興極，祇今隨地欲淹留。

佳辰偏值雨兼風，高柳新晴萬綠同。補禊恰逢寒食節，吾宗彌願閏年豐。
捐輸剿捕需能政，消息傳聞說戰功。兩遇重三春最好，忍令花落酒尊空。

按：以上詩歌均錄自李長榮、譚壽衢輯《庚申修禊集》，咸豐十年刻本。

據譚瑩《庚申修禊集序》介紹：歲當辛丑，閏值重三。獅海波翻，虎門
星隕。獨檣不靖，百堵皆空。艨艟徑抵五羊，閭術分屯萬馬。學離家之王粲，
比賃廡之梁鴻。誰如桑者之閒，竟負花田之約（預訂修禊花田，不果）。禊事
不舉，春光遂闌。茲喜庚申，再逢元巳。人間何世，天下皆春。事記廿年，
倏鴻來而燕去。春添三日，仍柳媚而花明。……三月三日，柳堂修禊，主之
者，李子黼廣文也。」〔註6〕

是日同集者，除譚瑩外，還有樊封、徐灝、鄧大林、倪鴻、李長榮、陳
奎垣六人。〔註7〕

由譚瑩序文知，此詩作於咸豐十年。

八月上巳長壽寺半帆秋禊詩未成舟中補作

三月三日春剛半，盛集屢愁吟袂判（余春禊後，即作高涼之行）。桃花
水滿禊潭回，梅子雨晴詩境換。八月八日秋巳深，禊堂倚裝能苦吟。蓮
房乍冷粉初墮，蕙箭方生香迭侵。連年修禊聊復爾，撫時感事非今始。
無詩大似孫興公，有酒便學陶徵士。今秋禊事益相宜，節殆重陽蟹正肥。
百年哀樂供陶寫，萬里傳聞決是非（津門尚無確耗）。布帆無恙詩腸熱，
半帆樂事倘消歇。新詩遠寄羚峽雲，舊畫合補珠湄月（歲乙酉七月，邀
同人修禊珠江，笛江廣文作圖，今失去。囑六湖廉訪補作焉）

按：以上詩歌錄自李長榮、譚壽衢輯《庚申修禊集》，清代咸豐十年刻本。
詩中「笛江廣文」、「六湖廉訪」分別指嶺南著名畫家熊景星與羅天池。

譚瑩於《庚申八月上巳長壽寺半帆修禊序》中云：「主斯會者家博泉少
尹，同集者共八人。時咸豐十年庚申秋八月上巳也。越七日，中秋，序於

〔註6〕譚瑩：《樂志堂文續集》卷一，清咸豐九年刻本。
〔註7〕陳奎垣：《庚申三月三日柳堂修禊序》，清咸豐十年刻本。

羚羊峽舟次。」〔註8〕

據此可知，此詩作於咸豐十年八月十五日。

賞雨樓春禊詩（二首）

禊堂觴詠宛前宵，地果濠梁復見招。西廡異花開絕域（座供蠻花），東橋野竹上青霄。重來五載尊仍在，幽興今番路轉遙（余移寓長壽寺書局）。難得故人如雨集，撫時感舊各魂銷（謂丁巳同集，亦有四人下世者）。

冥冥氛祲易銷亡，清海懸軍越井岡。風雨來過晴亦鬧，稻粱才足旱須防。節經浴佛濃陰碧，樓對迎仙落照黃（謂粵秀山長春仙館）。多難登臨聊縱飲，永興甄識九州荒。

按：以上詩歌錄自李長榮、譚壽衢輯《庚申修禊集》，咸豐十年刻本。

據譚瑩《庚申修禊集序》載：「閏三月十三日，賞雨樓展閏上巳，主之者，亦家博泉少尹也。」〔註9〕

由此可知，此詩作於咸豐十年。

春遊次南山師韻

越臺新局仿燕臺，才浣征塵度度來（去秋八月，師招集慶春園）。賢主最難正月暇，美人原似好花開。簪纓繫戀無斯樂，嶺海升平老此才。有酒不辭連日醉，銀箏象板況相催。遊侶偏難繼竹林（會輒六人），定言山水有清音。微歌畿輔誰青眼？載酒江湖共素心。月到上元知夜永（謂十四夜，藕香孝廉之招遲，師未至），花仍二月說春深（謂花朝前二日，蘭甫同年之招）。鶯簫鼉鼓街坊鬧，歸逐塗人隔巷尋。

按：以上詩歌錄自張維屏輯《新春宴遊唱和詩》，道光二十六年刻本。該次宴遊同集者有黃培芳、陳澧、陳良玉、鄧大林、李長榮等五十餘人。

對於此次集會唱和的緣由，張維屏在《新春宴遊唱和詩序》中作了如下交代：

少壯之歲月安在哉？草草勞人，忽有老態。滔滔逝水，孰障狂瀾？知我者謂我心憂，愛我者云何不樂。於是瓊筵羽觴，召太白之煙景。青蛾皓齒，放少陵之樓船。況乎烽火雖經，夏屋無毀，海氛

〔註 8〕譚瑩：《樂志堂文續集》卷一，清咸豐九年刻本。
〔註 9〕譚瑩：《樂志堂文續集》卷一，清咸豐九年刻本。

既息，春臺可登。賞花豈待邀頭，呼酒適逢荙尾（聞鄉間詩會以「荙尾春」命題）。樂彼之園（慶春園、怡園），式歌且舞。沔彼流水（珠江），駕言出遊。風中二十四信，開到鼠姑（牡丹咸開）。水上三十六鱗，招來魚婢（謂花舫眾花）。魚龍曼衍，依然富庶規模（城內城外皆出龍燈）。簫鼓喧闐，洵屬升平景象。

　　且往觀夫，亦既觀止。今夫有張有弛，王道於此寓焉。斯詠斯陶，天機於此暢焉。何不鼓瑟，且以喜樂，風所以永日也。神之聽之，終和且平，雅所以求友也。且飲食宴樂，見於易象。藏修息遊，著於禮經。得朋有慶，既排日以宴遊。矢詩不多，遂揮毫而倡和。意興所至，何妨或速或遲。形跡胥忘，不問誰賓誰主。拋磚引玉，賤子請作前驅。連臂張弓（昔人謂作七律如挽強弓）。諸君同為後勁。存諸此日，竊比康衢擊壤之聲。傳之他時，或助里社銜杯之興。〔註10〕

由於張維屏此序作於道光丙午春社前一日，故知此詩作於道光二十六年。

黃慎之守戎紀功詩

如毛群盜榮安危，大廈居然一木支。南國干戈成重鎮，北門鎖鑰仗偏師。

萬家保障君王識，百戰成名里巷知。似說漢唐良將事，村農永憶擄橋時。

　　按：以上詩歌錄自《羊城西關紀功錄》，咸豐四年稿本。該書卷首收有樊封、張維屏、陳廷輔、何如鏡等人序文，以及梁廷枏《慎之守戎殲賊紀功月日記》。除譚瑩詩外，該書還收有同時期 200 多位詩人歌頌廣州守將黃賢彪鎮守廣州西關偉績的紀功詩。

　　對於黃賢彪擊敗紅巾軍的具體情況及成因，陳廷輔於《黃守戎紀功序》中有如下記載：「吾粵自甲寅六月賊氛騷擾，忽而各鄉各縣絡驛報聞，而省垣佛山其禍更烈。繼而北城以外，烏合尤多。大吏守禦嚴密，晝夜防虞，群凶不能蠢動。倏久，聞賊以西關為膏腴之地，旋生覬覦。遂於六月廿六日，群賊由西村直撲青龍橋，用火焚圯汎卡。斯時，正慎之守戎在草場汎鎮撫之候也，奮不顧身，親冒矢石，所帶兵勇不過百五十人，殺賊無算，奪其器械多件，眾賊寒心，莫不披靡。良以師允在和，不在眾。守戎生平以信服人，故兵勇無不用命。叱咤指揮，賊膽已破，威風赫濯，賊勢已孤。故西關一帶地

<hr>

〔註10〕張維屏編：《新春宴遊唱和詩》，清道光二十六年刻本。

方，悉資保障，固爲大吏賀得人之慶，亦皆守戎視國如家，視人猶己，其待兵勇，披肝膽同甘苦之所致也。

昔聞蓋嘉運爲右威特軍，人稱其忠而能毅，智則有謀，擬之守戎，有過之無不及。其榮秩屢遷，宜也，非幸也。耳聞其名，心爲佩服。及得親炙，言皆眞摯，品極和平，不敢以功自居，躬飼然有儒者氣象。人惟有此根器，建之功業所以大過乎人也，誠爲鄉城内外之大有倚賴者。縉紳父老繪圖製詩，以紀功績，眞足爲從戎者勸。」〔註11〕

陳廷輔《黃守戎紀功序》作於咸豐甲寅冬，故知此詩作於咸豐四年。

爲顧雨亭題謝蘭生畫册（二首）

百錢能賃釣魚船，荇渚菱汀別有天。夾岸綠陰人載酒，荔園重過淚潸然。

（時里甫已歸道山矣。又《題宋子京紅燭修史圖》云：「不知霧鬢煙鬟隊，誰是親呼小宋名。」）

朝衫換卻隱葫蘆，臥酒吞花興不孤。泉下也應重彌榾，先生原稱住西湖。

按：該詩錄自近代何藻翔編《嶺南詩存》，譚瑩、伍崇曜輯《楚庭耆舊遺詩前集》卷十二亦收錄該詩。

謝蘭生（1760～1831），字佩士，又字澧浦、里甫，別號理道人。廣東南海人。

乾隆五十七年（1792）舉人。嘉慶七年（1802）中進士，選翰林院庶吉士。先後任廣州的粵秀、越華、羊城書院和肇慶端溪書院山長，受業弟子有譚瑩、徐榮、陳澧等人。道光初，任《廣東通志》總纂，後又參與纂修《南海縣志》。著有《常惺惺齋文集》，《常惺惺齋詩集》，《北遊紀略》。

譚瑩在《楚庭耆舊遺詩》中謝蘭生條下有如下說明：庚寅四月，與先生同修縣志，條例多先生手定，未成書，先生以辛卯三月與造化者遊矣。在局時，曾爲顧雨亭常博作畫八幀，殆絕筆也。余各題其後，……並寓歎逝之意，常博極稱之。〔註12〕

據此可知，此詩當創作於道光十年與道光十一年之間。

哭沈世良（四首）

大雅淪亡日，胡爲失此人。窮官仗全福，冷署老閒身。
交誼彌思舊，才華殆絕倫。亂離無涕淚，緣汝慟霑巾。

〔註11〕《羊城西關紀功錄》，咸豐四年稿本。
〔註12〕伍崇曜、譚瑩輯校：《楚庭耆舊遺詩前集》卷十二，清道光二十五年刊本。

存心知得失，千古定誰傳。李嶠眞才子，王恭尚少年。

扶輪須健者，拔戟到諸侯。不謂哀鴻似，偏教賦鵩先。

西園寓公暫，北郭故交非。白杜鵑仍放，（亡友顏君猷以《白杜鵑花》
詩得名，余嘗謂君才筆似之，亦早逝。）黃蝴蝶亂飛。

盛名同石帚，晚况學蒲衣（王隼）。玉宇瓊樓在，何知隙少微。

生才原不易，瑣屑問生終。香界耽禪悅，騷壇痛鬼雄。

蕭條天地慣，搖落古今同。數冊祇陀集，錢郎逮放翁。

按：以上諸詩錄自沈世良《小祇陀庵詩集》卷首，同治元年刊本。卷首
除譚瑩、汪瑔、蘊璘等人題詞外，還有鄭獻甫、譚瑩、陳澧等人序文。

沈世良（1823～1860），字伯眉。先世爲浙江山陰人，因父祖久客廣東不
歸，遂入籍番禺。咸豐八年（1858）十一月任廣州學海堂學長。咸豐九年
（1859），選授廣東韶州府學訓導，未到官而卒。著有《小祇陀庵詩集》、《楞
華室詞鈔》、《倪高士年譜》等。又與許玉彬合輯《粵東詞鈔》，選錄廣東歷代
詞人詞作，有較大的文獻價值。

沈世良卒於咸豐十年（1860），而《小祇陀庵詩集》刊刻於同治元年
（1862），由此可知，以上四詩的創作時間應在咸豐十年與同治元年之間。

綜上所述，這30首譚瑩的佚詩，對於我們認識譚瑩的生平交遊、修禊活
動、愛國情懷乃至清後期文化諸方面均有一定的價值，值得研究者重視。

二、集外文輯考

金鑒錄眞僞辨

唐張九齡《千秋金鑒錄》僞本，王漁洋《皇華紀聞》稱：「隆慶
間曲江刻之。別有《金鑒錄》一冊，乃嘉靖間文獻裔孫張希祖所撰。」

《欽定四庫全書提要》云：「兩本大概略同，蓋粗識字而不通
文理者所爲，本不足存。以其出於九齡之子孫，恐惑流俗，故存而
闢之，俾無熒眾聽焉。」乃今粵中通行之本，又出於兩本之外。所
撰《僞序表》，與《南雄府志》所糾者殊也。所謂「非吾子孫不得記
錄，非其人而傳必遭刑憲」等語，今本無之也。所謂「安祿山爲野
豬之精，史思明爲翾鳥之精，楊貴妃爲白鷴之精」等語，今本無之
也。謬悠之談，空疏之論，襲制藝之陳言，沿講義之剿說，殆徒工
帖括而又略觀唐代事而僞爲之者，請言其略：

《唐書·兵志》言府兵之制最詳，曰：「起自西魏後周，而備於隋，唐興因之。」李泌曰：「隋以府兵，分隸於左右十二衛，皇朝因之。」杜牧曰：「國家始踵隋制，開十六衛。」九齡身居政府，且當府兵之廢未久，而竟未之聞耶？乃曰：「若晉至隋，法愈誤而權愈替。太宗皇帝平定海內，深思善法，建立府兵。三代以來，治兵之善，莫如我國家也。雖曰歸美本朝，亦豈容概沒其眞者？」《唐六典》，九齡等奉敕撰也，亦曰：「隋十二衛大將軍直爲武職，位省臺之下」，則十六衛之不始太宗也，明矣。至「二十衛兵，六十而免」以下，則全襲《兵志》之文，而妄爲增刪，無非矛盾者，見有「《兵志》起於井田」等語，遂衍爲「兵不可不治也，而在乎有節制爲上；制不可不修也，而在乎以井田者爲善」之文。所言「唐虞以下井田之制，無一能覈其實」者，乃唯沾沾於諸葛氏之屯田，愈有以知其出於三家村夫子之手矣。其謬妄一也。

武惠妃之譖太子瑛、鄂王瑤、光王琚也，在開元二十四年。賴九齡爭之於下，史稱「終九齡罷相，太子得無動，其上《千秋金鑒錄》也。」即以「是年秋八月，東宮雖尊，不可專政」之語，何自而來，不幾諷元宗以廢立之舉乎？且當是時，東宮固未嘗專政也。《唐書·廢太子瑛傳》謂：「瑛於內第與鄂王光等自謂『母氏失職，嘗有怨望。』」九齡即有所聞，亦匡救維持之不暇，忍作此言乎？即以二十五年，廢太子瑛等爲庶人，尋賜死。史稱「琚、瑤皆好學，有才識，死不以罪。」《本傳》亦謂：「天下之人不見其過，咸惜之。」而謂九齡爲此語，是何異於李林甫「陛下家事」之言、楊洄「潛構異謀」之譖也。其謬妄又一也。

宇文融，言利之臣也。開元中，天子見海內完治，偃然有攘卻四夷之心。融議取隱戶剩田，以中主欲。利說一開，不十年而取宰相。孟子所謂：「上下微利，而國危者」，豈不信哉！《綱目》於開元九年書：「以宇文融爲勸農使。」十二年書：「復以宇文融爲勸農使」，皆譏也，而九齡顧嘖嘖稱之耶？

《唐書·融傳》：「九齡謂張說曰：『融新用事，辯給多詐，公不可以忽。』」《九齡本傳》：「宇文融方知田戶之事，每有所奏，張說多建議違之。融以此不平。九齡復勸說爲備，說又不從其言。未

幾，說果爲融所劾，罷知政事。九齡亦改太常少卿，尋出爲冀州刺史。」九齡賢者，即未必以此介意，然其不滿融之所爲者必矣。後開元二十一年，九齡始同中書門下平章事。融已貶汝州刺史，流岩州道卒。其未嘗劾之者，或以此而更以爲勤民之美政，以長君之惡乎哉？以《綱目》於開元十三年書：「大有年，遂傳會，而爲歲時豐亨，大有連書」之語。其謬妄又一也。其他齟齬，不勝枚舉。

　　要之，《本傳》云：「九齡上《事鑒》十章，號《千秋金鑒錄》，以伸諷諭。」又云：「九齡進《金鏡錄》五卷，言前古興廢之道。」今本十章，爲事鑒邪？爲前古興廢邪？夫亦可以無辨矣。

按：該文錄自吳蘭修輯《學海堂二集》卷十四，清道光十八年啓秀山房刻本。

據張九齡《進〈千秋節金鏡錄〉表》一文知：開元二十四年秋八月，時值唐玄宗生日，群臣皆獻各種寶物，獨張九齡「上《事鑒》十章，分爲五卷，名曰：《千秋金鏡錄》」〔註13〕，對唐玄宗加以勸諫。

《千秋金鏡錄》初進時，必已盛傳，然「世遠言湮，遂難搜訪。」〔註14〕到了明清時期，《千秋金鑒錄》的眞本已是難以尋覓，而僞書卻時有出現。如明代隆慶、清代康熙年間均出現過《千秋金鑒錄》僞本，清代陸世楷與王士禛均撰文予以辨駁。後來，《四庫全書總目》也對該書作了如下說明：

　　《千秋金鑒錄》一卷（江蘇周厚堉家藏本）。舊本題唐張九齡撰，按：王士禛《皇華紀聞》曰：「隆慶間，曲江刻張文獻《千秋金鑒錄》一卷，又僞撰序表。平湖陸世楷爲南雄守，著論辨之。」「此等謬僞，凡略識之無者亦不肯爲。而粤中新刻《曲江文集》竟收入，故孝山謂：『急應火其書，碎其板』云云。今此書序中所謂：「非吾子孫不得記錄，非人而傳必遭刑憲。學則素衣之人爲上達，不學則赭衣之人爲白士。此錄一千年後，方許流佈」諸語，皆與世楷所指駁者合。士禛又言：「別有《金鑒錄》一冊，乃嘉靖間文獻裔孫張希祖所撰。康熙甲辰，曲江令凌作聖重刻。」士禛所摘謬妄不經之處，

〔註13〕張九齡著，熊飛校注：《張九齡集校注》．北京：中華書局，2008年版，第700～701頁。

〔註14〕王士禛著，袁世碩主編：《王士禛全集》，濟南：齊魯書社，2007年版，第2719頁。

如「安祿山爲野豬之精」，「史思明爲翩鳥之精」，「楊貴妃爲白鸚之精」，又「立子旦爲相王，武后太子先爲中宗。皇后廢之，又名哲宗。」又「蜀州司戶楊元琰女爲上子壽王妃。今上寵之，賜名楊貴妃。」又「宮室未委肅宗也」諸語，今亦皆在錄中，則兩本亦大概略同也。末一章預作讖語，言及狄青諸人，尤爲妖妄。〔註15〕

　　道光年間，在廣東也出現一種《千秋金鑒錄》僞書。譚瑩撰寫這篇序文，其目的就在於澄清事實。在文章中，譚瑩主要就府兵之制、太子廢立、宇文融彈劾張說三方面的內容，對這部僞書進行了批駁。由於該文論題集中，且能切中要害，故結論令人信服。

洪氏釋隸跋

　　右《釋隸》二十七卷，宋洪適撰。適字景伯，饒州鄱陽人，《宋史》有傳。

　　王明清《揮麈後錄》所稱：「應博學宏辭，以『克敵弓銘』爲題，洪惘然。有巡鋪卒曰：『我本韓世忠部卒，目見有人以神臂弓舊樣獻於韓，韓令如其式制度以進，賜名克敵者也。』」然適實博極群書，工於考證。是書專主釋隸，然於漢、魏兩朝金石文字，已十得八九，且持論尤極精確，洵談藝讀史者，必不可闕之書矣。然亦間有疏舛者，如武氏《石闕銘》，是書謂：「開明爲其兄立闕。」桂馥跋謂：「詳考闕文，乃開明兄弟四人爲父立者。若爲兄立，則始公何以稱孝子乎？」《泰山都尉孔宙碑》，是書謂：「漢儒開門受徒，其親受業則曰弟子，以次相傳授則曰門生，未冠則曰門童。」《金石存》謂：「此碑前列門生、門童，後列弟子，如果親受業爲弟子，而以次相傳授爲門生，不應弟子反列門生門童之後。」洪氏此言，雖本之歐陽氏《集古錄》，終未可深信也。《執金吾丞武榮碑》，是書謂：「漢興，魯申公爲詩訓故，齊轅固、燕韓嬰皆爲傳。又有毛氏之學，故詩分爲四。」《金石後錄》謂：「考之傳、志，而知洪說之誤也。」《藝文志》：「《詩經》二十八卷，齊、魯、韓三家」，立博士。河間大毛公傳自子夏，不得立《儒林傳》。言詩於魯，則申培公事浮丘伯爲訓故，弟子瑕邱江公盡傳之。韋賢治詩事，博士大江公（即瑕邱

〔註15〕永瑢、紀昀等撰：《四庫全書總目》，北京：中華書局，1965年版，第801頁。

江公）有《韋氏學〈毛詩正義〉序》曰：「漢氏之初，詩分為四，申公騰芳於鄒魯，毛氏光價於河間，貫長卿傳之於前，鄭康成箋之於後。」洪氏用此語，以申公轅固、韓嬰、毛萇為四，與《正義》乖矣。《高陽令楊著碑》，是書謂：「仕歷司隸，從事議郎，高陽令思善侯相，漢之王國相，則秩二千石。侯國相纔，與令長等耳。思善者，汝南之小國。碑首題以高陽者，蕞爾國，不若壯哉縣也。」《楊震碑》亦稱著為高陽爾。《金石萃編》謂：「著曾拜思善侯相，而碑額及《楊震碑》止書高陽令者，聞拜以後，即以兄優去官，故仍稱前職。如韓仁遷槐里令，而碑額稱聞憙長。」古人金石之例如此，洪以小國大縣解之，臆說甚矣。《魯相史晨祀孔子奏銘》，是書謂：「上尚書者，郡國異於朝廷，不敢直達帝所，因尚書以聞也。」《授堂金石跋》謂：「《無極山碑》載『太常臣耽、丞敏頓首上尚』後載：『尚書令忠奏洛陽宮』，是臣耽位太常，亦同郡國矣。」漢制：群臣奏事，多詣尚書，上聞亦不盡限以內外之制獨斷，所謂文多用編兩行，文少以五行，詣尚書通者也。《司隸校尉魯峻碑》，歐陽氏《集古錄》謂：「首題『司隸』二字，莫曉其義。」是書謂：「漢人碑誌，以所重之官，揭之司隸，非列校可比也。」《金石後錄》謂：「詳繹碑文，遭母憂，自乞拜議郎。服竟，還拜屯騎。校騎以病遜位，似峻持服三年。起拜屯騎而即歸，未嘗在位，故碑首敘其實歷之官也。」《百官志》：「七校尉，皆二千石。」如洪之說，以司隸為權尊而特書之，則朝廷官秩可任人去留者邪？皆未嘗不中其失。

　　《四庫全書提要》謂：「其中偶有遺漏者，百醇一駁，究不害其宏旨」，然亦可知考證之難矣。目錄不云乎《隸釋》，成書十年，再因考古，始知膠東廟門是兩碑，適殆亦上下千古，而怳然若失矣。
按：該文錄自張維屏輯《學海堂三集》卷十四，清咸豐九年啓秀山房刻本。
洪適（1117～1184），初名造，入仕後改名適，晚年自號盤洲老人，饒州鄱陽（今江西省波陽縣）人，洪皓長子。紹興壬戌中博學鴻詞科。官至尚書右僕射、同中書門下平章事兼樞密使，封魏國公，卒諡文惠。洪適與弟弟洪遵、洪邁皆以文學負盛名，有「鄱陽英氣鍾三秀」之稱。同時，他在金石學方面造詣頗深，與歐陽修、趙明誠並稱為宋代金石三大家。著有《隸釋》、《隸續》。

　　《隸釋》又名《釋隸》，該書共二十七卷，前十九卷薈萃漢魏碑碣一百八十九種，每篇依據隸字筆劃以楷書寫定，繼而進行考釋，其中包括對史實的介紹、碑碣石刻的說明、漢隸文字的考證等等。二十卷之後附錄《水經注》中的漢魏碑目、歐陽修《集古錄》、歐陽棐《集古錄目》、趙明誠《金石錄》、無名氏《天下碑目》中漢魏部分，作爲參證。

　　儘管「《隸釋》爲最早集錄漢魏石刻的文字專書，是今天研究漢字流變、石刻碑拓、漢魏歷史的重要文獻和珍貴資料」〔註16〕，但書中仍有不少錯誤之處。除《四庫全書總目提要》對此作了一些糾偏外，譚瑩也在此跋中對這部著作中的失誤進行了詳盡分析。這些辨誤，對於《隸釋》的整理具有很大的價值和意義。

<h3 style="text-align:center">黃衷海語跋</h3>

　　右《海語》二卷，明南海黃衷撰。衷，《明史》無傳，事蹟見《粵大記》。是書，《明史‧藝文志》亦不著錄，《粵大記》作一卷，各志乘因之，然實三卷。明陳繼儒《寶顏堂密笈》、國朝張海鵬《學津討源》俱刻之。今通行本則道光初元江藩攜寫本至粵中，粵人重刻之者。

　　衷自序稱：「屏居簡出，山翁海客，時復過從，有談海國之事者，則記之。客多談暹羅、滿剌加之事，然類有異於前志者，豈亦沿革習氣，與時推移耶？」按：暹羅、滿剌加，始見於《明史‧外夷傳》，前史無之，則衷所謂異，亦當時野史及各郡縣志之書耳。《明史‧外夷傳》，國朝尤侗撰（見《西堂全集》）。侗復撰《外國竹枝詞》，其自注半亦不存。其曾見是書與否？固未可知。然要必有所據而爲之者，其互有異同。要不若是書爲海賈所傳，見聞較確矣。

　　明人學問謭陋。沈德符《野獲編》謂：「倭事起時，有無賴程鵬起者，詭欲招致暹羅舉兵，搗其巢以紓朝鮮之急，其說甚誕。」「石司馬大喜，以爲奇策。」「一時過計者，又恐暹羅入境，窺我虛實，且蹂躪中華。於谷峰宗伯時在春曹，極訕笑之，以爲茫茫大海，不知暹羅在何方，所云調徵者已可笑。乃又憂其入內地，此待其來時，再議之可也。其言似是，然暹羅實與雲南徼外蠻莫、及緬甸相

〔註16〕洪適著：《隸釋‧隸續》，北京：中華書局，1985 年版，第 1 頁。

鄰。陳中丞用賓撫滇，嘗欲與協力圖緬夷，爲郡縣可得地數千里。事雖無成，然其國濱海，而可以陸路通，無疑矣。程鵬起泛海求援，固屬說夢，即於公詆議，亦未得肯綮。於久爲禮官，暹羅爲入貢恭順之國，其道理圖經，何以尚未深究？」則當時之記述，殆可知矣。

明興，外夷惟朝鮮、日本、琉球、安南、暹羅、滿剌加、占城庭實之質不絕，而貢獻道由吾粵者，暹羅、滿剌加尤恭順。黃《通志》：「正德十一年六月，佛郎機假入貢爲名，舉大銃如雷抵澳，郡城震駭。十四年，逐佛郎機出境。」《明史·佛郎機傳》：「嘉靖二年，寇新會之西草灣，官軍得其炮，即名佛郎機。副使汪鋐進之朝。」《澳門紀略》：「嘉靖十二年，番舶趨濠鏡者，言舟觸風濤，漬濕貢物，願暫借晾曬。海道副使汪柏許之。歲輸租銀五百兩，後建屋居住。今生齒日繁。」《明史·食貨志》：「萬曆時紅毛番築土庫於大澗東，佛郎機築於大澗西，歲歲互市，中國商旅亦往來不絕。」袠是書，成於嘉靖十五年，豈堅冰之漸，殆未形耶？胡獨取其尤恭順者，以襃錄成書也。其微言以託諷耶？外此皆當思患，而預防之者也。

吾粵澳夷之患，若汪鋐，若桂萼、若沈昌世、若楊博（均見《西園聞見錄》）、若姚虞（見《嶺海輿圖》），俱切言之。粵人若何鼇（見《明史·佛郎機傳》），若霍韜（見《渭厓集》），若龐尚鵬（見《百可亭摘稿》），若郭尚賓（見《郭給諫疏稿》），俱竊憂之，而抗疏言之。士君子當承平已久，鍵戶著書，固不必漫作杞人之憂。然身非當何鼇、霍韜、龐尚鵬、郭尚賓等之時與地，殆可不言。即言，亦夫誰信者。且何鼇、霍韜、龐尚鵬、郭尚賓等抗疏言之，而明之君臣以市舶之利，亦未能獨斷以從之也。袠而語海，而獨言其恭且順者，殆亦知天下事大抵如斯矣。

《粵大記》謂：「袠病足瘺乞休，不允。比改兵部右侍郎得報，即抵家。疏四上，皆不許，會有忌之者，恣爲飛語，謂『袠潛至京師，謁當路。』人皆知爲致仕侍郎王，蓋非袠也。後校尉奉旨，密查無跡。猶勒冠帶閒住。」給事中魏良弼乞治言者欺罔之罪，不報。序所以稱鐵橋病叟歟，宜其漫述海外之風土、山川、物產，間附斷詞，以寓勸誠焉已。

　　沈德符《野獲編》謂：「萬曆三十五年，番禺舉人盧廷龍，請盡逐香山澳夷，仍歸濠鏡故地。時朝議以事多窒礙，寢閣不行。蓋其時澳夷擅立城垣，聚集海外，雜沓居住，吏其土者皆莫敢詰。甚有利其寶貨，佯禁而陰許之者，時督兩廣者戴耀也。又七年爲萬曆四十二年，則督臣張鳴岡疏言澳夷近狀，謂議者謂：『濠鏡内地，不宜盤踞，今移出浪白外洋，就船貿易，以消内患。』然濠鏡地在香山，官兵環守，彼日夕所需，咸仰給於我。一懷異志，即扼其喉，不血刃而制其死命。若移出浪白大海，茫茫無涯，番船往來，何從盤詰？奸徒接濟，何從堵截？勾倭釀釁，莫可問矣。其說與盧廷龍疏鑿枘之極。」鳴岡，固郭尚賓於萬曆四十二年劾高寀疏内稱其「嚴禁饋遺，清汰耗羨，於澄清粵東吏治最爲得力者」也（見《郭給諫疏稿》），而所見已如斯矣。

　　德符且謂：「或者彼中情形，實實如此。」又謂：「今澳夷安堵，亦不聞蠢動也。」又謂：「紅毛夷迫近省會，香山澳諸貢夷皆云『彼大器即精工，又萬無加於我，誘之登岸，焚其舟，則伎倆立窮』」。又謂：「彼日習海道，而華人與貿易，亦若一家，恐終不能禁。說者以廣之香山澳夷盤踞爲戒，非通論也。」其然，豈其然乎？

　　按：此文錄自張維屏輯《學海堂三集》卷十四，清咸豐九年啓秀山房刻本。

　　黃衷（1474～1553），字子和，別號鐵橋病叟，明廣東南海（今廣州）人。弘治丙辰進士，授南京戶部主事，出爲湖州知府，歷任福建都轉運使、廣西參政、雲南右布政使、右副都御史、工部右侍郎兼僉都御史，終兵部右侍郎。嘉靖三十二年（1553）卒，年八十。著有《矩洲文集》十卷、《詩集》十卷、《奏議》十卷、《海語》三卷。

　　《四庫全書總目》對《海語》有如下評價：

　　　　是書乃其晚年致政家居，就海洋番舶，詢悉其山川風土，裒錄成編……《廣東通志》載是書，作一卷。此本實三卷，分爲四類：曰《風俗》，凡二目；曰《物產》，凡二十九目；曰《畏途》，凡五目；曰《物怪》，凡八目。所述海中荒忽奇譎之狀，極爲詳備。然皆出舟師舵卒所親見，非《山海經》、《神異經》等純構虛詞、誕幻不經者比。每條下間附論斷，詞致高簡，時寓勸誡，亦頗有可觀。書中別

有附注，乃其族子學準增加。原本所載，今並存焉。按《明史·滿
剌加傳》稱「正、嘉間爲佛郎機所滅」，而此書則稱「佛郎機破其國，
王退依陂堤裏。佛郎機整衆而去，王乃復所」云云，與史稍有不同。
此書成於嘉靖初，海賈所傳，見聞較近，似當不失其實，是尤可訂
史傳之異，不僅博物之資矣。〔註17〕

　　譚瑩此跋除對作者及《海語》的版本情況作了簡要說明以外，尤其是對
「佛郎機事件」和「澳夷之患」作了更詳細的辨析，這對研究十六世紀東南
亞史地和中國與南洋諸國的貿易關係，無疑提供了很好的參考。

丙丁高抬貴手書後

　　右《丙丁高抬貴手》五卷，宋柴望撰。《續錄》二卷，一爲元
人所撰，一爲明人所續，均未著姓名。《四庫全書提要》已著錄，謂
「後世重其節義，又立言出於忠愛之誠，故論雖不經，至今傳錄，
實則不可以爲訓」云云。案：望之說，始於邵子《皇極經世》。以元
會運世，配日月星辰，而隷以易之卦爻，謂「丙丁於易，爲夬爲姤」。
而於唐堯及夏、商歷代，丙丁之歲已約舉其災。其後洪邁《容齋五
筆》因之，謂「丙午、丁未之歲，中國遇此輒有變故，非禍生於內，
則夷狄外侮」，且謂「丁未之災，又慘於丙午。昭昭天象，見於運行，
非人力之所能爲也。」望更推廣言之，備摭事實，而各繫以論斷耳。
望以上是書得名。其後出獄歸里，士大夫至祖道湧金門外，賦詩感
慨，傾動一時。王伯厚《困學紀聞》，亦載其表語云：「今來古往，
治日少而亂日多。主聖臣賢，前車覆而後車誡」，則當時固甚重此書
矣。故俞文豹《吹劍錄》亦謂：「凡丙午、丁未，遇之必災。」明張
萱疑耀亦謂：「有丙午、丁未，而天下或無大故者，未有大故而不值
丙午、丁未者」，皆沿其說也。

　　夫古今夷狄之禍，莫慘於靖康，而適值丙午、丁未之歲。迨淳
祐六年，歲又值丙午，且正旦日食，望殆鑒於前事，特爲推衍禍福，
不嫌稍涉於穿鑿支離，而故以危言聳聽者歟。善乎陳同甫《上孝宗
皇帝書》云：「石晉失盧龍一道，以成開運之禍，蓋丙午、丁未歲也。
明年，藝祖皇帝始從郭太祖征伐，卒以平定天下。其後契丹以甲辰

〔註17〕永瑢、紀昀等撰：《四庫全書總目》，北京：中華書局，1965年版，第632頁。

敗於澶淵，而丁未、戊申之間，眞宗皇帝東封西祀，以告太平，蓋本朝極盛之時也。又六十年，而神宗皇帝實以丁未歲即位，國家之事，於是一變矣。又六十年而丙午、丁未，遂爲靖康之禍。天獨啓陛下於是年（孝宗生），而又啓陛下以北向復仇之志。今者去丙午、丁未，近在十年間耳。天道六十年一變，陛下可不有以應其變乎！此誠今日大有爲之機，不可苟安以玩歲月也。」此持平之論，亦何嘗不足以動聽歟？

夫天道遠而人道邇，術數家言，固古聖賢所不道，且其援引間出於傅會，宜爲通人所譏。然其說固非盡無因，而其心其則尤當共諒。千百世後，讀是書者猶宜採其說，以爲危明憂盛、繩愆糾謬之資，當迥異於以天變爲不足畏、人言爲不足恤者，矧其歸本於修省戒懼，以人勝天，又遠軼於諸家之說者哉。

按：此文錄自張維屏輯《學海堂三集》卷十四，清咸豐九年啓秀山房刻本。

柴望（1212～1280），字仲山，號秋堂，又號歸田，浙江江山人。嘉定、紹熙間爲太學上舍。淳祐六年（1246）元旦日食，詔求直言。柴望因上《丙丁高抬貴手》，觸忤賈似道，詔下府獄，不久放歸。景炎二年（1277），以布衣特旨授迪功郎、史館國史編校。宋亡後，不仕而終。與其從弟通判隨亨、制參元亨、察推元彪，並稱爲「柴氏四隱」。至元十七年（1280）卒，年六十九。有《道州臺衣集》一卷，《涼州鼓吹》一卷。對於《丙丁高抬貴手》的內容與主旨，《四庫全書總目》評價說：

是書大旨以丙午、丁未爲國家厄會，因歷摭秦莊襄王以後至晉天福十二年，凡值丙午、丁未者，二十有一，皆有事變應之，而歸本於修省戒懼，以人勝天。〔註18〕

跋中提及「望之說，始於邵子《皇極經世》」，此處的「邵子」，即指宋代著名哲學家邵雍。據《宋史·邵雍傳》載：

邵雍，字堯夫。其先范陽人。父古徙衡、漳，又徙共城。雍年三十，遊河南，葬其親伊水上，遂爲河南人。雍少時，自雄其才，慷慨欲樹功名。於書無所不讀，始爲學，即堅苦刻屬，寒不爐，暑不扇，夜不就席者數年。已而歎曰：「昔人尚友人於古，而

〔註18〕永瑢、紀昀等撰：《四庫全書總目》，北京：中華書局，1965年版，第948頁。

吾獨未及四方。」於是逾河、汾，涉淮、漢，周流齊、魯、宋、
鄭之墟。久之，幡然來歸，曰，「道在是矣」。遂不復出……所著
書曰《皇極經世》、《觀物內外篇》、《漁樵問對》，詩曰《伊川擊壤
集》。〔註19〕

　　譚瑩於跋文中對柴望利用《丙丁高抬貴手》光大洪邁說法的原因作了重
點分析，肯定「其說固非盡無因，而其心其則尤當共諒。」毋庸贅言，譚瑩
這種評價有助於讀者正確認識《丙丁高抬貴手》的史料價值。

第二節　譚宗浚集外詩文輯錄

　　譚宗浚的詩文主要收錄於《荔村草堂詩鈔》、《荔村草堂詩續鈔》及《希
古堂集》中。然因整理者的疏漏，故其詩文散佚甚多。本人在搜集譚宗浚材
料的過程中，共發現其集外詩 45 首，文 31 篇，現標點迻錄於此，以供研究
者參考。

一、集外詩

讀張玉笴集體樂府擬作

安期生

　　赭山山可平，射魚魚可死。祖州瑤草來不來，一石鮑魚長已矣。
吾聞安期生，抗跡松喬儔。阜亭賣藥偶遊戲，大笑世上皆蜉蝣。琅
琊臺中語三月，玉玦一留去飄瞥。銀臺金闕君無分，仙棗神芝自怡
悅。菖蒲花開吹紫茸。勞山秀色橫海東。嘉赤鳳兮驂白龍，青騾一
去西無蹤，惜哉還復千重瞳。

月支王頭杯歌

　　郅居水頭朔聲合，徑路刀腥照天濕。窮廬夜宴燈不明，切切秋燐墮空泣。
深睛凹骨高兩頤，細點碎迸如蚯脂。非金非玉非犀象，似此飲器誠絕奇。
銅龍一聲瀉秋雪，冤禽飛來怨歌發。駝酥半石渾欲凝，疑是漆函盛碧血。
虜兮痛飲勿復驕，奉約當效呼韓朝。漢家亦懸郅支首，三十六庭果知否。

擬東坡小圃五韻

人參

老年乏金丹，靈藥每儲蓄。煌煌紫團參，種之在平陸。昨宵瘴鄉雲，壓我湖上屋。灑然飛雨來，出土苗深綠。青柳垂高低，碧葉露馥郁。侵晨急涉園，灌溉助童僕。忽憶豪門兒，百金致一束。而我雖病貧，採擷供餌服。試作齊量觀，快然意殊足。況聞道經言，食此證仙籙。勿憶紫宸朝，防風賜香粥。

地黃

地黃實嘉植，羅生滿山溪。道逢峒黎婦，壓擔爭提攜。移根向荒圃，饒砌東復西。冉冉紫芽發，戢戢翠頁齊。灌以惠陽酒，和之丹灶泥。竹爐日烹煉，紫沫浮高低。香脆訝四溢，鬱烈如麝臍。我衰復窮謫，恃此同刀圭。肺肝宴芳潤，面目無枯黧。何知恭讒者，不願成鳩砒。

枸杞

吾聞青城山，靈犬每宵吠。沿村數十家，飲露皆百歲。凌風無雨翰，道遠苦難至。邇來家循陽，美種擢荒薈。連根垂曲蜷，一一縫珠綴。狀原赤櫻同，味頗決明類。嗟余本僇民，蹤跡亦蝸寄。欲求千歲根，私計恐難遂。未知後來人，誰復此間憩。摘英浮碧醪，長嘯發悲慨。

甘菊

平生邈淵明，所恨歸田晚。自從別故園，花事已幾換。每逢賞話節，對酒輒欣玩。況茲蠻瘴中，有此數業粲，離離浮紫英，曲曲引疏蔓。似緣遷客開，俾得度歲晏。平生信多幸，佳賞正何限。勿學楚湘累，臨杯發悲歎。嗟嗟籬下蛩，切切向人喚。啾喧爾何如，冰雪我殊慣。莫笑蒼顏頹，猶能倒青案。

薏苡

羅浮有薏苡，移植來北堂。素房萬千顆，的的如珠光。呼兒具籃梪，採作山日糧。朝烹佐粗糲，夕煮浮碧觴。辛勤博一飽，舉日終皇皇。不見墟市上，百錢已盈筐。貴從手親種，咀嚼彌覺良。衰年近知道，窮達天所將。獨茲農圃樂，眷眷焉可忘。惟當護根幹，免使纏風霜。

和陳後山古墨行

古來製墨誰最精，易水奚生猶擅名。江南弱國特賜姓，歲歲印造來金陵。
千年膠法尚堅韌，觸手煥發含晶瑩。後來好事頗摩仿，潘谷張遇奚足稱。
往歲琳琅貢天府，秘寶人間誰更睹。偶然頒賜及群工，拜舞瑤階各矜詡。
臨川學士天人姿，日簪紫筆來鳳池。詔書褒許荷殊賚，烏玉寸截盤雙螭。
攜歸持贈示秦九，觀者滿坐咸稱奇。君今所藏亦其亞，自言亦是先朝遺。
年深未免有黴昧，再拜捧視長嗟諮。國家百載承平日，物玩精能俱第一。
文思天子坐明堂，几暇餘閒耽著述。縹軸俱題錦水箋，紫毫勅進宣城筆。
一從弓劍霾陵山，液池黃鵠飛不還。侍臣徒步各歸直，無復舊時青瑣班。
墨乎閱歷經幾載，往日摩挲誰更在。深藏篋衍韞藉中，猶自騰芒吐光彩。
秦郎之墨今莫存，晁侯寶此洵足珍。可憐好事卻癡絕，日日拂拭除埃塵。
君不見，長安貴遊門列戟，萬貫千緡供一擲。君今愛墨苦成癖，蹋壁朝
眠未得食。萬笏松煙貯何益，只應一事煩墨卿，醉吐新詩寫胸臆。

讀李太白五律和作六首

寄淮南友人

昔年淮上住，種柳滿汀洲。弱縷毫未折，羈人方遠遊。
似聞經宿雨，已解拂江樓。君去尋春暇，應宜繫馬留。

送友人入蜀

巴東吾久住，匹馬看君行。白日雪山落，青煙鹽井生。
懸厓通漢驛，束筈接蕃城。努力酬明主，烽塵近未平。

送曲十少府

荊門飛葉後，砧杵萬家吟。況復經離別，彌令多苦心。
辭家悲白髮，結客少黃金。明發空舲峽，相望雲樹深。

秋登宣城謝眺北樓

古人已難作，遺閣尚凌空。岸側歇殘雨，樓頭低晚虹。
我來酌淥酒，酒罷陳絲桐。抗袂忽長嘯，迥然同阮公。

謝公亭

青山不可望，望極使人愁。石作羅紋膩，泉為玉珮流。
陰霞時帶雨，喬木易成秋。感事懷前代，茫茫憶勝遊。

夜泊牛渚懷古

掛席北風起，長空吹暮雲。如何今夕月，不見舊參軍。

岸闊猿啼遠，天清雁叫聞。扣舷誰共和，涼露又紛紛。

按：《晉書・袁宏傳》：謝尚爲安西將軍、豫州刺史。引鉅集參其軍事，是宏尋即爲謝尚參軍也。

偶讀西崑酬唱集和作八首

南朝

紫蓋黃旗歷幾傳，高樓百尺矗青天。南臺戲馬華筵出，北棟鳴雞列炬懸。
江樹即今長寂寞，月明從古照嬋娟。興亡不信眞如水，轉眼雷塘有墓田。

明皇

勒石封山更幾巡，宸遊暇豫愛嬉春。能容李白爲狂士，更識韓休是老臣。
鳳駕每聞遊幸遠，龜茲還喜調歌新。望京樓上休回首，誰遣驪山有戰塵。

始皇

關河百二控咸京，袖手旋看六國平。空有頌銘誇李相，終將符讖驗盧生。
雲屯西畤祠神雉，日映東溟射巨鯨。往事英風猶在否，驪山回首委榛荊。

舊將

少日登壇意氣驕，角巾歸第太無聊。偶思舊事曾屠狗，早建殊勳合珥貂。
醉說干將仍磊落，老騎款段任逍遙。祇愁珠履賓朋散，悵望閒階日寂寥。

成都

藍縷何人此啓疆，岢嵬玉壘更銅梁。微盧隸貢周王會，巴賨從軍漢樂章。
縱使蠶叢恢霸業，幾聞蛙井敵興王。蜀劉成李相隨盡，況爾區區段子璋。

分和方孚若南海百詠

禺山

舊跡禺山半已蕪，茫茫殘燭竟邱墟。別鍾王氣炎荒地，早著奇名大古初。
疑字欲翻顏籀注，遺蹤好證鄧熊書。南交舊事知多少，太息滄桑幾劫餘。

任囂墓

一抔殘跡剩蒼苔，百越江山霸跡開。寸土只今誰故姓，清時如汝也凡材。
早先佗纛興亡局，坐看嬴劉角逐哀。保障天南功不細，幾人澆酒上墳來。

花田

南來第一數奇葩，處處香風壓素霞。片土即今猶故地，美人再世尚名花。
課耕自比兒孫業，論價曾酬富貴家。一樣淒涼遺恨處，素馨斜勝玉鉤斜。

（以上諸詩錄自陳澧、金錫齡輯《學海堂四集》）

紀夢

袞袞飆輪度劫塵，忽從絮果證緣因。分明記得前身事，頭自江南老舍人。

（錄自譚宗浚《荔村隨筆》）

穆清堂詩鈔續集題詞

筱園雄於詩，士林知名早。奇氣鈹縱橫，清思寄縹緲。
法每兼韓蘇，體時窺謝鮑。造意疑天成，遣詞絕人巧。
才命偏相妨，天心苦雜曉。山林願已遠，戎馬坐成老。
我從鳳池來，見君一傾倒。秋風憶蓴羹，夢魂故山繞。
倚裝讀君詩，使我豁懷抱。滇池與羊城，異地期永好。
無慕相如榮，輕削封禪草。

（錄自朱庭珍《穆清堂詩鈔續集》）

出都口述

中歲廁承明，備官將一紀。幸蒙聖代恩，坦路騁騏驥。
雖殊揚子才，竊慕貢公喜。誓將報主知，鋪菜揚懿嫩。
下以曉顛泯，上以陳惇史。此意竟不酬，繡衣行萬里。
昔為昇天雲，今為覆階水。回首望君門，惻愴何能已。
惻愴夫如何，泣下霑襟裾。王程有期會，不得留須臾。
欽灰肆鳴叫，豺虎方睢盱。薨薨青蠅飛，況使黑白渝。
高談偶藏否，輒復攖禍樞。旭日耀扶桑，不鑒微忱愚。
良朋豈不惜，無計援淪胥。銜觴不暇語，閔默登長途。
長途何迢迢，是古滇侯國。上蟠深菁青，下�古池黑。
路經黔楚交，毒淫聚虺蜮。猨猱錯悲啼，魑魅覰行跡。
伊昔屈賈流，未嘗至斯域。而我獨何為，窮邊荷長戟。
天其使遐荒，誦讀習儒墨。升沉杳難知，起坐頻太息。
太息複重陳，初願鬱未伸。丈夫志四海，所貴宏經綸。
茲邦界緬越，習俗殊獷馴。箭弓盛蠻覦，弦誦多儒巾。

忝膺百城首，所貴宣皇仁。何必籍柔翰，然後傳千春。
況聞山水勝，蒼洱尤絕倫。籌邊日多暇，名地足吟呻。
無為坐窮困，戚戚徒傷神。傷神誠非宜，憂至輒深慨。
悠悠蒼穹高，我輩安位置。非無江海情，拂袖言歸避。
恐辜明主恩，不忍遽沈廢。去住兩蹉跎，將行勢殊礙。
所其策駑駘，敬慎隨有值。振轡從此辭，回風動酸鼻

久客

久客竟何得，棲棲殊未聞。枕邊殘夜雨，帆外異鄉山。
放逐寧論命，摧殘易損顏。忽驚長至近，青瑣記隨班。

過峽

峽轉四一號，山低浪反高。鬼神趨洞壁，日月陷波濤。
徑擬回帆返，慚無擊輯豪。遙知添白髮，覽鏡益蕭騷。

（以上諸詩錄自譚宗浚《於滇日記》）

擬庾子山連珠三十首錄五

蓋聞猛虎在山，藜藿為之不採。鷹隼秋擊，燕雀莫敢先鳴，是以范
睢來而秦重，樂毅去而燕輕。

蓋聞知人不易，曩哲所稱。鄭雅誚於耳聽，朱紫炫於目明。是以街
亭既敗，方誅馬謖。枸城已反，悔用龐萌。

蓋聞才無愚智，遇有亨屯。蒹葭盈而芳草刈，周鼎棄而康瓠珍。是
以賈誼少年既遭擯斥，馮唐垂老亦致沉淪。

蓋聞達人玩世，詭激自娛，廁身傭保，混跡屠沽，是以愛虎賁而未
妨共坐，逢驪卒而每並歡呼。

蓋聞讒夫孔多，職兢噂沓，黑白變於須臾，寒暄成於呼吸，是以五
噫既賦，辭東洛以徘徊，七序初成，弔南湘而掩泣。

讀李義山詩和作六首

南朝

離宮翠輦幾頻經，玉樹歌殘宴未停。帳外懸珠留皓月，殿前呼酒勸長星。
一從敵國漂流梓，空向危樓問故釘。舊事繁華誰解見，六堤煙柳拜飄零。

隋宮

繁華歌吹古揚州，此地眞宜玉輦遊。一任妖氛騰蛾賊，依然法曲製龍舟。
生同漢武雄心啓，死學陳煬惡諡留。今日竹西絃管盛，更誰能唱寶兒謳。

馬嵬

無端竟使乘輿西，玉鈿花鬟宛轉啼。試看逡巡留鐵騎，悔令恩寵妒金雞。
香墳已殉迷衰草，錦襪徒存污舊泥。知否他時還輦日，梧桐南內雨淒淒。

茂陵

一代雄風靖塞垣，武皇遺跡至今尊。虛煩玉匣藏經秘，終見銅仙迸淚渾。
香帳靡蕪應漸歇，離宮首宿但空蕃。羽林多少孤兒在，不用淒涼通戾園。

井絡

劍外山川似削成，極天一線塞夷庚。波濤夜撼青神廟，風雨秋懸白帝城。
累代文章多鵲起，百年形聲幾龍爭。憑誰更向啼鵑拜，淒絕忠臣萬古情。

宋玉

微詞託諷果何如，侍宴蘭臺奏賦初。文格直能開兩漢，孤忠原不讓三閭。
愁生碧蕙離披處，夢絕青楓黯慘餘。欲薦湘蘺無限恨，渚宮遺址半成墟。

和陳元孝詠塵

疑是媧皇捏土成，漫空遮蔽未分明。重重世界開何代，歷歷程途託此生。
偶藉西風還颺去，未應東海竟填平。宦遊銷盡輪蹄鐵，孤負鄉園鶴夢清。

綠陰

竹架藤棚位置宜，濛濛空翠撲離披。曉風簾幙聽鶯地，斜日陂塘浴鴨時。
十里濃陰詩境拓，一天涼意畫禪如。闌干廿四都憑遍，戲劃牆陰記影移。

讀史記小樂府

聖子生周室，嗟哉不永年。後人哀感意，只道是神仙。（王子晉）
慷慨酬知己，艱難竟殉生。莫令橋上月，照過晉陽城。（豫讓橋）

明妃詩和姜白石

　明妃北去時，悵望獨流涕。尚有漢地塵，斑斑在衣袂。
　青冢何蕭索，香魂付寂寥，莫令今夜月，照過孛陵橋。

讀杜詩絕句

一代詞壇特盛開，王岑高李共追陪。葦苕郭受何多幸，偏許青雲附驥來。

小遊仙詩

雞犬雲中羽士家，丹房日夕煮流霞。洞天自是無凡草，開遍岩前巨勝花。
玉女爭來博箭嬉，琳宮寶宇畫遲遲。昨聞要織登科記，破費龍宮百萬絲。
雲母明窗總不扃，罡風吹徹夜泠泠。偶然新譜元冰曲，便有靈妃月下聽。
躚躚蓬壺恣往還，花冠雲帔盡仙班。無端要下紅塵戲，又駐瑤旌女幾山。
天都靈藥碧毿毿，日倚長松縱劇談。修到神仙仍傲骨，不曾緋笏學朝參。
瑤池西宴會眞妃，手控蒼虯緩轡歸。戲把鉢衣向空展，人間眞訝彩霞飛。
散髮邀遊禮玉壇，花宮隨侍步珊珊。只疑十萬琅嬛軸，未必仙人解盡看。

歲暮雜詩

刈罷三沙又四沙，黃龍覆隴浩無涯。餘糧不用勤收拾，剩與灘頭飼鴨家。
約趁墟期泛小舟，買來吉貝作輕裘。阿儂愛著家機布，不道人誇順德綢。
殘冬紅紫遍朱欄，京國唐花漫較看。怪底簷牙香正透，一枝斜放賀春蘭。

（以上諸詩錄自陳澧、廖廷相輯《菊坡精舍集》）

同治十三年（1874）甲戌科會試試帖詩一首

賦得無逸圖得勤字五言八韻

無逸新圖進、唐賢舊事聞。民依懲乃諺、國本重惟勤。合借丹毫筆、
聊陳赤舄勳。繪同幽俗景、獻比壁經文。王業艱難溯、臣心啓沃殷。
保原三鑒切、寫共十聯分。賜著他時表、書屏此日欣。康田逢聖世、
寰宇務耕耘。

（錄自顧廷龍主編《清代硃卷集成》）

賦得柳陰人荷一鋤歸得歸字（七月官課）

徑欲攜鋤歸，山山夕照微。偶從松下過，遙傍柳邊歸。鴉嘴橫三尺，
蟬聲噪四圍。長鑱低隱隱，飛絮颭依依。叱犢同年少，聽鷗舊約非。
畫橋穿幾曲，白板指雙扉。曉露曾盈篛，餘暉恰滿衣。前村知不遠，
喜見麥苗肥。

賦得庾嶺探梅得先字（十月官課）

問訊梅消息，聊停庾嶺鞭。臘回千壑暝，春到一枝先。寒色雄關外，
芳蹤古驛邊。好攜烏帽客，同訪縞衣仙。的皪和煙暗，參差映圓。
影斜螺髻外，香送馬蹄前。不受紅塵涴，彌增白雪鮮。曲江祠下過，
萬點撲吟肩。

賦得春風得意馬蹄疾得風字（十月官課）

得意春官捷，千門走馬同。銅街初過雨，金埒競嘶風。御柳低濃碧，宮花踏碎紅。才辭雙闕下，倐度九衢中。地想馳京洛，人齊到閬蓬。新袍更白鵠，迅轡騁黃驄。開宴櫻廚飯，題名蕋榜工。歸程蓮炬送，稠渥拜恩隆。

　　　　　　　　（以上諸詩錄自何文綺評輯《粵秀書院課藝（癸卯）》）

二、集外文輯錄

歷代史論序

　　昔左氏作傳，動稱君子。史漢繼跡，咸標精意。繫之傳末。然皆乙部之枝流，非柱下之專守也。若賈傳過秦，嚴尤二將，叔皮王命，雖史論之權輿，而僅備一事，未遑博考矣。唯隋志載蜀諸葛亮撰《論前漢事》一卷，何常侍撰《論三國志》二卷。自是以來，載筆者多從事焉。而宋明兩代，學者每好譏彈古人。故史論之作，充棟汗牛至有未窺全史、莫識始末，空言臆說，不切情事。如錢時之責蕭何以不收六經，胡寅之譏晉元謂當復牛姓者，往往而有。故通儒常詬病焉。然學者為文，多患體弱。起衰救弊，莫前於史論，此東萊呂氏博議之所由作也。東坡為文，汪洋恣肆，論者以為熟精歷史之故。觀《東坡答李薦書》，其推服唐史論斷甚至，可知其文之所由至也。

　　明末張天如先生撰《歷史史論》十二卷，起因三家分晉，至元而止。書頗盛行，學者以春秋二百年，及有明一代，闕而弗備為憾。吉安裴氏，仿司馬補《史記・三皇本紀》之例，取高澹人、谷贗虞兩先生之作，合刻之，學者於此一編，非唯有益於文，抑以稍窺史學矣，故樂為之序。光緒五年己卯仲秋四川督學使者南海譚宗浚。

　　　　（本文錄自明代張溥論正，陶文輝、陶文錦校訂《歷代史論》，光緒八年刻本。文中提及的「高澹人、谷贗虞兩先生之作」，即指高士奇的《左傳論》與谷應泰的《明史論》二書。）

皇朝藝文志序

　　古之柱下史專掌藏書，故石渠、金匱富於名山，使海內承學之士讀書東觀，於以洽聞殫見，信今傳後，粲如也。自班志《藝文》，

本劉歆《七略》之舊，六經、諸子暨夫術數、方技，靡不悉載，歷代撰次，實維權輿。然皆旁搜往籍，卷帙徒盈，非所以彰一代著述。

我朝纂修《明史·藝文志》，惟載明人所作，而前史著錄者不與焉。揆諸史法，最稱嚴整。洪惟我國家文治之盛，超越往古。列聖懋典，上接薪傳，抉奧探微，縹緗富有，前志詳之矣。高宗純皇帝道集大成，建君師之極，堯章巍煥，經緯天地，而勒幾懋學，凡諸群籍莫不考異參同，折衷至當。御極之初，即令儒臣校勘經史，嘉惠黌宮。復詔開四庫館，訪求天下遺書，進呈乙覽。諸所排比，胥稟聖裁，並擇其尤雅者，製詩親題卷端，俾其子孫世守，以爲好古者勸。全書告成，分庋諸閣，命江浙多士願讀中秘書者，許懷鉛握槧，就近傳鈔。自此薄海內外，皆以爭先得睹爲快，非常之遇，千載一時。懿休乎！自有書契以來，未之有也。

夫謁者旁求，陳農奉使。蝌文以後，篇目多矣。然棗板摹傳，金根易誤，別風淮雨，往往有之。若乃綱羅散佚，匯千古之大觀，而宸衷獨斷，於權衡筆削間，不遺一字，俾元元本本，盡成完書，則惟我朝爲極盛焉。又況聖聖相承，先後同揆，敷言立極，垂法萬世。伏讀御纂、欽定諸書，廣大精微，直軼乎唐虞三代，而上蓋本聖人之心法、治法，發爲文章。夫是以教澤涵濡，人文蔚起，藝林著作，遠邁前朝也。爰稽秘笈，續增前志，間有異同，別見凡例，以此宣冊府，軌範來茲，固非荀勗《中經》、崇文編目諸編，所能跂及於萬一也。作藝文志。

（錄自譚宗浚著《皇朝藝文志》）

陶淵明大賢篤志論

古之論陶淵明者，類皆許其胸次之曠，節操之高，即如韓子蒼、趙泉山諸人，亦皆據其述酒、荊軻、三良數詩，謂其負有用之才思，有以自見於世。而學行之粹，則罕有言之者。惟昭明太子作集序，稱爲《大賢篤志論》，考昭明作陶淵明傳於《歸去來兮辭》、《與子儼》等疏、命子詩皆不載。（《晉書》、《宋書》、《南史》俱載《歸去來兮辭》，《宋書》、《南史》載《與子儼》等疏，《宋書》載命子詩）惟載其示周續之、祖企、謝景夷三郎詩。所云：周生述孔業，祖謝響然，臻馬隊非講肆校書亦已勤，蓋隱然見其能明周孔之絕學，而譏當時

之不能崇用儒術也。今觀其詩，如《贈羊長史》詩云：「愚生三季後，慨然念黃虞。」《與從弟敬遠》云：「歷覽千載書，時時見遺烈。」《始作鎮軍參軍經曲阿作》云：「弱齡寄事外，委懷在琴書。」《飲酒》詩云：「少年罕人事，遊好在六經。」則其學之宗旨可知也。《榮木》詩云：「匪道曷依，匪善奚敦。」《和劉柴桑》云：「耕織稱時用，過此奚所須。」《癸卯始春懷古田舍》云：「先師有遺訓，憂道不憂貧。」《雜詩》云：「猛志逸四海，騫翮思遠翥。」則其行之趨向可知也。竊謂陶公之不可及處，尤在其卓然自守，而不爲異說所惑。當典午之末，莊老之元風久煽，浮屠之奧旨又興，餘焰爭倡，狂瀾已極，而陶公集中，並無一字及於梵夾釋典。又如釋慧遠等，亦不聞有投贈之篇，勝謝靈運輩多矣。按《蓮社高賢傳》列靖節於不入社諸賢傳中。《考集注》云：「靖節與遠公、雅素寧爲方外交，而不願齒列。遠公遂作詩慱酒，鄭重招致，竟不能詘。一日，謁遠公，甫及寺外，聞鐘聲不覺顰容，遽命還駕。」夫以靖節之遊心物外，寄跡塵表，視軒冕若浮雲，狎漁樵爲伴侶。其所與遊覽之輩，要不必大有過人者。彼遠公之妙晰名理，特負盛名，宜無不引爲同類而顧去焉，若浼何哉？蓋其心欲奉聖道爲依歸。一時之異說遊談，概無所容其漸染，此其耿介之操，略可想見也。或疑儒者必貴通經，而淵明不聞有所師法。考《隋書・經籍志》《宋徵士陶潛集》九卷，今僅存一卷，其中遺逸，當正不少。然如所著《群輔錄》，援據精博，必非空疏者可比（說本洪稚存《北江詩話》）。又其詩沖漠自然，深得理趣，皆由子書中薈萃而成。昔賈誼《鵩鳥賦》，其語多本道家言，人或疑其出鶡冠子。今觀陶詩，正同此例，如《形影神》諸詩，則淮南子魄問於魂，列子力問於命之意。《時運》諸詩，則尸佼得分王充逢遇之意。「功在不捨」句，語出《荀子》；「遽而求火」句，語出莊子。推此言之，則謂陶詩無一字無來歷也可（《野客叢書》謂：「『風飄飄而吹衣』，出於曹孟德。『泉涓涓而始流』，出於潘安仁。」）倘能廣搜子書，以博證之未始，非讀陶詩者之一助。顧陳後山譏其不文，嚴滄浪疑其太質，亦可謂下士之嗤言矣。要之，陶公學行，自有足卓絕古今者，豈徒爲隱逸之宗也哉。

擬蔡中郎釋誨

有假是先生誨於履道公子曰：蓋聞先哲有訓，行藏惟時，世治則贊其務，世亂則拯其衰。士君子之致用，惟其宜也。今皇澤沛九垓，治光八紀。朱草茁而賓連生，銀甕出而山車起。丹丹有重譯之使，盤盤協同文之軌。德無遠不宣，化靡而不治。樵夫解笑於危冠，羽林悉通乎經史。聖天子猶復乾乾日稷，蜜蜜不遑，貢輪帛於山藪，委貴珪贄於岩廊。壁水有於論之頌，河濱無伐檀之章。公卿端委而論道，喆士矯奮而思翔。如應龍之騰雲，翼處風，沛渼霖，不崇朝而四嶽也。如良駿之驤首，驀長澗，下絕谷，不瞬息而四方也。今夫子輬輵百氏，喉衿六經，曠流覽於文籍，窮幽探於遠冥，曾不能涉丹地，升紫庭，𨥟紹頌，扇芳馨，拘挈已之小節。昧觀變之權衡，甘淡薄於藜藋，恥援引與簪纓，時覰齒齰以相責，乃拘愁而屢形，是猶南轅而入代，北去以適荊。臨穴疾呼而欲其響遠，坐井遙矚而欲求眠明也，徒自困耳，何足語於昔人之所稱也哉！盍亦蓬累而行，與時偃仰，振奇謨於朱唇，運神策於玉掌，方揚芬以飛文，詎枯槁於沈壤。

客言未已，公子憮然有間，乃軒渠而笑曰：「烏若是乎？若子者，所謂憑攣胊之觀，忘自修之實，譬熒末與醯雞，曾不觀夫天日者也。居，吾將語汝：『粵若鴻濛甫闢，太素絪縕，瞑瞑植植，莫莫紜紜。帝紀爰設，王綱乃陳，俗無琱飾，世無繁文。三五以降，漓樸肇分。詐偽滋彰，德政周聞。或鳳跂而佐治，或龍逸而隱淪，或朱紱而膺務，或卉服而全真。故牧效能於帝世，赤松超舉乎埃塵，皋陶贊謨於玉陛，許由柯巢於潁濱，莘媵進身於鼎俎，務光服餌於鉛銀，尼父妄行於菡萏，石門司職於晨昏，此數子者，豈不欲同軌而共趨哉？固夫顯晦殊致，而夷險異遵也。方今明明在朝，穆穆在位，家擅名議，人懷笇計，英謀雨集，軼材雲萃，邐迤璘彬，迴翔客裔。搜瑜瑾於剛林，採芝蘭於荒穢，凌天矞而高舉，總雲衢而引轡，累魁父不益其崇，捐瀾汋不增其勢。倘徼倖以希榮，豈余心之所貴？且夫麴房隧貌，貊非必勝於窒衡也。像白鳳丸，非必旨於藜羹也。車軨馬軒，非必於徐行也，徒豐其屋，徒困其形，勞悴爾躬，害積爾生。熙熙攘攘，惟利是營。媛媛妹妹，惟利是爭。勢移則渙，

勢合則並。媚行煙視，絢權死名。憂或來於無端，患或伏於未萌。進而不已則蹶，高而不已則傾。嗟厚味之釀毒，防安逸之，縱情，慮蠱之爲患，爲嶢嶢之足矜。抑又聞之，雞羽焚而清風興，蘆灰暈而太陰闕，不周匿而耀靈徂，寒谷沍而元水冽，盛衰何常，循環靡絕。過剛者摧，過健者拔，蓋瓊珞而自將。奉奇謀於先哲，戒直木之先戕。恐甘泉之易竭，秉絕篇而是安。詎或輕乎割節，方當弋獵乎詩書之圃，消搖乎道義之場。齊內外於張單，一壽夭於彭殤。貴恬裕直自足，超希微而自忘。辯貞亮而結佩，播秋蘭而振芳。榮老子之知止，悅南國之徜徉。喻被褐而懷玉，奚外物之足傷？夫天地之間，物各有定。小人尺寸而計功，君子安常而守正，顧不宜哉！苑枯榮悴，囂然在天。林林萃萃，孰知其然，走貊嗜鐵，飛鼬甘煙。夔一足而用，蛇兩頭而全。鈴爲小而鍾爲大，軾取方而轂取圓，彼物性之同異，尚難事乎變遷。駿婷直而致累，固昔人之所傳。詐痼疾而莫解，詎韁鎖而足舉。奚誇毗之可慕，奚竇乏之足憐。今吾子植德靡聞，貧賤是恥，徇騖利於庸流，求改節於狷士，是猶割脣而補瘡，削足而適履。索干莫於刈葵，冀棟樑於別齒，洵管窺筐舉之爲，不自知其弇鄙者也。若乃婁敬進說於輓輅，陳平獻策於陰謀，酈生馳辨於相背，陸賈奉使於蠻陬，長沙騁論於宣室，釋之爭議於繫囚，主父慨懷於鼎食，公孫致位於通侯，壽王待詔於格五，東方取寵於俳優，翰伯矜奇於市販，郭解著稱於俠遊。吾誠不能爭長於數子，故無暇比擬而推求。』」客乃惢然失色而退。

　　公子援琴而歌曰：「反余身兮太虛，導虎綏兮鶩輿。偕佺喬兮故侶，訪彭咸兮故居。等天地兮糊米，譬朝夕兮蓬廬。窮探索兮九乾，曠汗漫兮八區。家抱璞而遊處兮，吾焉知夫眾變之所如。」

重修學海堂碑記

　　夫使翹材館設，造士廬開。山名大小之黌，縣建東西之塾。笙詩是奏，雅歌合比於劉昆。磐石宏搜，風化遠同於范甯。闡揚景業，祓師前謨，豈不甚善？若乃煙塵屢告，鋒鏑頻驚，嗟古道之榛蕪，歎人文之闃寂。染藍有藉，方冀成功。剖璞方殷，何能發採？慨佹離之是習，尤演迪之宜先。企洪化以聿臻，炳大文而彌耀。此則移風易俗，合循虞溥之書；疊矩重規，待兼乙瑛之舍。修廢舉墜，存乎其人。

　　粵東學海堂者，蓋道光間阮文達公所建，以課多士之所也。爾其按試蔡嚴，章條具列。樂巴訓士，廣購詩書；陶侃居官，了開黨塾。極皋牢於百氏，通變貫於九知，固鑒別以無差，並甄陶而共籍。借倪思之帙，咸許縱觀；給顏斐之薪，並加獎賚，乃有十題競發，萬卷分儲。杜正倫夙詡奇才，趙元叔咸推偉器，文才俶詭，擅撐霆裂月之觀；經學湛深，兼漢聖儒梟之譽。許及時而並了，原接踵以爭來。喜汲綆之還深，陋雕脂之浪費。湛爾蘭變質，終自化於芬芳。美竹呈材，彌自加乎括羽；固已喁於共仰；屬屢爭趨，欣呴沫於龍門，企搜羅於馬肆矣。

　　丁未之歲，夷氛不靖，劫灰已化，舊址全非。問綿蕝以難開，想堂基而已廢。酉陽書帙，半委參篇。單父絃歌，將虞輟學，時也。金精掩耀，玉弩乘芒。蜀中則白虎潛驚，洛下則蒼鵝競裂。隤禧遠適，負擔空隨。魏應潛居，嘯歌或輟。拾羽陵而已缺，問雞次以何存。《國策》或借於李權，《說文》多求於江總。陳奇《論語》，已半付乎薪樵，謝僑《漢書》，或但供乎質庫。往往支離共誚，弇鄙徒嘲。搜求於覆醬補袍，考訂於蟫紅蠹綠。名書剝落，徒藏王虔之衣；斷簡銷沉，任秘戚方之笈。恃只制閫而自固，肩絕緒以誰承。徒譏博士之衣，莫識侍中之珮。南箕北斗，邢子才業誚空文；西舍東家，邴根矩誰當受學。比下車之著作，同倚席之生徒，此顏之推所以致嗟，翟子超因而興歎者也。

　　於是重開墇塾，更闢精廬。或梁易鄰房，或符融共捨。楊春館裏，時奏鼓於三通；伏勝室中，合窮繩於百結。執《尚書》而代版，効皮弁以修容。疑接界於檀橋，恍移居於柳市。鏗鏘絃管，似來大夏之州；充盈縹緗，何止頻斯之藏。每至浮嵐倒影，密蔭分條，疏櫱引而煙青。空庭明而水白。三山霧雨，迥接簷端。萬里帆檣，平涵鏡裏。或問奇而客至，時選勝而賓來。月樹風臺，琴亭書庫。堂殊韋孟，無俟蔦茅。宅豈張融，翻迴讓木。白麈訓擾，來貽辛繽之居；黃鳥翶翔，或伴陳弇之讀。洵遊觀之勝躅，亦登眺之餘閒者矣。且夫搜材鄧植，庵木兼須。採瑤剛林，小璣勿棄。若此者，豈徒以虛存典則，剔拔單寒已哉。蓋將使士氣彪騰，文風鵲起。王通門下，半皆房薛之才；向詡堂中，不乏賜回之選。材業徵乎貢銑，俗乃恥

於危冠。欣裕積以爭呈，譬龍鸞而兢奮。西京學士，不議驪歌；東關名儒，咸知艇對。則他日者，化成鄒魯，文奮揚班。上以儲華國之資，下以重藏山之業。尹珍受學，夙推遠裔之才。劉蛻登科，足壯偏隅之色。庶文風之蔚起，尤夙願所深期也。於是士眾騰歡，竟縫交忭。因茲盛事，屬余撰文。業看陽嶠以開堂，試為潘乾而作頌。佇見月書季考，比宋時太學之規，願同勒碣刊碑，附漢代題名之記。

（錄自陳澧、金錫齡輯《學海堂四集》）

樂志堂文略詩略跋

先君子《樂志堂詩集》十二卷，《文集》十八卷，咸豐十年刻於長壽寺書局中。其續集三卷，則同治十二年。先君子沒後，浚所校刊者也。

先君子嘗自言，存稿太多，欲加刪削。去歲，浚乞假南歸，因合前後集鈔為詩二卷，文四卷，呈陳蘭甫夫子評定，付之剞劂，亦猶漁洋老人《精華錄》、朱竹垞先生《文類》之意云爾。至先君子所著書，尚有《豫庵隨筆》、《校書箚記》二種，因編次未成，容俟異時，再當校刊，以就正於海內同好焉。

光緒元年六月男宗浚謹識。

（錄自譚宗浚輯《樂志堂文略詩略》）

蕭望之論

蕭望之非純臣也，跡其在宣帝時，以言事進用，歲中三遷至二千石，其任遇不可謂不專。及元帝時，以師傅之尊屢蒙拔擢，其寵待不可謂不厚。然望之生平，獨不附恭顯一節，為足稱耳。其餘行事多悻悻自矜，少大臣之度。古者乘田委吏，雖聖人亦親為之，而望之於為太守則不悅，為馮翊則不悅，快快不已。至於上書自明，此其識之卑也。古大臣立朝，同寅協恭，以期共濟，而望之於丙吉則劾之，於張敞則抑之。凡名望出己之前，皆不欲其進用，此其量之褊也。古大臣為國薦賢受上賞，韓延壽之在三輔，教民禮樂，政化大行，可謂循吏矣。望之忌其聲名，遂因一青之愬，陷以大辟，此其心之刻也。古大臣博採輿論，不棄芻蕘，耿壽昌之請建常平倉，誠萬世不易之良法，而望之因其議非己出，遂抑以為非，此其見之

－133－

拘也。且古者朝廷用人，必當問其可否。彼浮薄謟媚之鄭朋，輒使之待詔金馬門，始則受其愚，繼則受其累，此其智之昏也。古者人臣有罪累，皆閉門謝過，自省厥愆，彼蕭伋上書訟冤之時，既不能逆止於前，復不能引咎於後，此其行之謬也。其餘違典制、犯贓污，其一二小過，為御史繁延壽所劾奏者，又無論矣。卒至抱不貲之躬而見陷小人，自羅文法，悲夫！

且當恭顯用事之時，望之之可以有為者有二：始元帝之詔，望之與史高同任事也，其時，史高不過以外戚進用，未有邪僻之心，觀其薦用匡衡，亦尚能知重經術者，正宜同心協力，共黜奸回，而望之乃與為仇，得無以其貴戚而存輕，視之心乎？及其被逮之後，望之既知非天子意，即宜上書告變，如狄仁傑之於武后者，庶幾於己身有濟，而於國體無傷。顧乃聽朱雲之一言，慷慨捐生，自明節烈，此與自經溝瀆何異。

夫漢自宣元以後，若張禹、孔光輩，類皆阿附取容，苟求固位。以望之視之，誠有間矣。然語勁節則有餘，語器局則不足，求所謂休休之量，與夫練達之才者，概未有聞焉。班氏傳論稱為近古社稷之臣，吾未之敢信也。

問後漢書儒林傳序謂安帝順帝之後儒者之風益衰然許叔重鄭康成何邵公趙邠卿諸賢著書傳至今日者皆出於安順之後者也何謂衰歟試論之

自古經學之盛，莫大過於東漢者也。考范書列傳所載，凡數百人，而通經者十居其八，一時文學嬪雅可以概見，獨其於《儒林傳序》中云：「安帝順帝之後，儒者之風益衰。」其言若自相背謬者。蓋嘗反覆思之，而知其有由然矣。

漢自明章之際，風俗最醇。迨至嬖孽盈朝，則時政日乖，而風俗亦因之漸靡。今觀其士習之厚實，有不逮於前者，如《載良傳》云：「良少誕節，母喜驢鳴。良嘗學之以娛樂焉。及母卒，食肉飲酒，哀至乃哭。」此則杜預短喪、阮籍廢禮之先聲也。《陶謙傳》云：「同郡笮融大起浮屠寺，堂閣周回可容三千許人。作黃金塗像，衣以錦綵。每浴佛，輒多設飲飯布度於路。」此則僧虔懺悔、靈運解髻之作俑也。《臧洪傳》云：「前刺史焦和好立虛譽，能清談。時黃巾群盜處處飆起，和不理戎警，但坐列巫史，縈禱群神，眾遂潰散。」

此蕭繹老子、牛輔兵符之先導也。《向栩傳》云：「性卓詭不倫，恒讀《老子》，狀如學道，又似狂生好被髮、著絳帩頭，不好語言而喜長嘯。賓客從就，輒伏而不視。」此則張融任誕、彥國酣呼之初祖也。《黃瓊傳》云：「李固以書逆遺之曰：『自頃徵聘之士，胡元安、薛孟嘗、朱仲昭、顏李鴻等，其功業皆無可採，是故俗論皆言處士純盜虛聲。』」此則鄧颺浮誕、王衍虛名之託始也。《崔寔傳》云：「寔從兄烈有盛名於北州，因傅母入錢五百萬，得爲司徒，於是聲譽衰減。」此則王戎鑽核、祖約好財之權輿也。而皆起於安順以後，蓋其時主昏於上，臣罔於下。如陳蕃、竇武等身任宰衡，汲汲於激濁揚清，無暇以儒術爲事，故其時習俗遂至於如此矣。至其學問之廢弛，則又有可考者，如《樊準傳》云：「今學者益少，遠方尤甚。博士倚席，不講儒者，兢論浮麗，忘謇謇之忠，習譾譾之辭」，此一證也。《徐防傳》云：「伏見太學試博士，弟子皆以意說，不修家法，私相容隱，開生奸路」，此二證也。《楊鍾傳》云：「方今天下少事，學者得成其業，而章句之徒破壞大體，宜如石渠故事，永爲後世則」，此三證也。《蔡邕傳》云：「邕以經籍去聖救援，文學多謬，俗儒穿鑿，疑誤後學，奏求正定六經文字」，此四證也。或疑許叔重、鄭康成、何邵公、趙邠卿類皆崛起於漢末，范史所論，何以云然。蓋此四家之書流傳至今，固爲烜赫，然在當時，則許何趙三君，但自成其學，猶未盛行於世。鄭君則年七十後，袁紹乃舉以茂才，表爲左中郎將，公車徵爲大司農，皆不就。未幾而卒矣。范書於《賈逵傳》論云：「鄭賈之學，行乎數百年中，遂爲諸儒宗。」而不爲帝所重，是亦可爲儒術衰之一徵矣。卒之，人心日壞，世道愈非。迨至當塗崛興，典午繼起，一變爲詞章之學，再變爲莊列之風，邪焰相矜，狂瀾莫挽，由來者漸。蓋非一朝一夕之故也。吾得斷之曰：「安順以前，經術之士萃於上，而經術盛。安順以後，經術之士散於下，而經術衰。」

崔清獻公論

易曰：「君子之道，或出或處，或默或語，故當其出也，必有所以肩大任者，而非惟是邀寵榮焉。當其處也，必有所以繫綱常者，而非惟是高淡泊焉。」至於時爲不可高蹈之時，而又不欲處昏亂之

朝以自貶其志節，則與其靦然而受之也，不若怒然而辭之。然當時不敢明其心，後人不能諒其隱，而意旨所在，蓋有不盡得傳者矣。愚觀崔清獻公，當南宋之時，戎馬倉皇，疆宇日蹙。公帥淮蜀，威望赫然，使其柄任均衡，必將大有所設施者。乃自理宗而後，公即以乞假爲辭，朝廷徵召，卒不肯起。至十三疏而後巳。嗚呼！此何故哉？

蓋理宗者，史彌遠所立者也。理宗既擠皇子竑而奪其位，又誣其構逆而害之。三綱淪，五常斁矣。雖復日御經筵，修明理學，何補於篡竊之罪耶？公於是時，既不能訟言其非，而名教所關，不容或壞，故決然捨去。若無志於功名者，此其微意所存，與李燔、陳宓諸人亦何異乎？

嗟夫！士君子出處之際，蓋如是其不苟也。春秋時，急於用世者，莫如孔子。然於衛出，公輒之亂曰：「必也正名乎？」蓋事之似緩而實急者，莫過於是，後世邪妄之輩乃倡爲逆取順守之說，以文飾之其幸也，則爲胡廣、金幼孜之流進退委蛇，苟全祿位其不幸也。則爲張華、裴頠等厠身昏嬖，受天下之詬罵而不辭，身沒名殘，爲後世笑。嗚呼，其亦未聞君子之大道也哉。

顧吾獨思宋時若眞西山文信國等皆以公爲一代名臣，推挹甚至。而陳白沙生後公數百年，獨於公最所欽敬，然於其出處之際，概未有論焉，此公之志所以終於淹沒不彰也。愚特表而出之，俾後之論古者有所考見。若其勳名之炳煥，學問之深純，不復贅論云。

陸賈論

在昔暴秦之世，九州幅裂，六幕塵驚，圖籍委於塵灰，鋒刃遍於原野。連騎之彥，各騁其遊談；雕龍之儒，互矜其辯説。逮乎漢代，此風未衰。邪惑煽而禮教淪。詐力興而仁義絀問委裘於河上，空著微言。尋斷簡於壁中，孰知奧旨？求其抗心聖學，究涉典墳。能知趨向之方，不蹈浮誇之習者，則陸生爲不可及巳。

夫其功存使越，績茂安劉，史策所稱，侈爲盛事。以余竊考，殆不盡然。

趙佗鋌鹿本窮，井蛙自擅。藉龍編爲屏障，倚□逕爲奧援。承史祿之遺墟，襲任囂之後武，縱不等實融納土，願爲歸義之藩。要秪同莊蹻居滇，妄竊稱尊之號。雖無陸生，未嘗不能折其氣也。若

乃隆準既凶而後，雞晨方煽之朝，極雕散於宗臣，侈崇封於嬖孽。
幾奪斬虵之祚，遽渝刑馬之盟。然而內有灌尉之連兵，外有齊王之
倡義。大橫之兆，久著靈龜。非種之鋤，欲誅害莠。陸生當此時不
過往來游說，因時建功巳耳，何足以言勳烈哉？惟其尊尚詩書，學
因而肇始，乘龍令主，折於謇諤之談。屠狗功臣，屈於恢宏之論。
觀其《新論》一書，屬詞純粹，託喻深微。其戒浮侈也，則同於賈
山之至言。其論政體也，則等於賈生之奏疏。其斥方術之妄也，則
媲於王褒之諷喻。其陳仁義之說也，則類於董相之深醇。而且言綜
務則尚精勤，論治獄則務寬恕，慎微忽則務求正本，明鑒戒則顯示
指歸。不爲枝蔓之詞，不尚詭奇之說，偉矣哉！四百年之學業，此
爲獨開。七十子之遺聞，由斯不墜矣。或疑其語至德則近於清淨，
言無爲則尚於虛無，似乎學涉分歧，論多偏駁，則豈知韓非合傳，
本非同儕。莊叟寓言，第區別派。觀其崇沖默解，煩苛雖有異於中
庸，要足禪乎化理，文景既師其舊法，談遷亦守其舊聞。汲闇府中，
臥理自徵其整暇。曹參舍外，酣乎無患其宣闛。成效所沿，彰彰可
睹，豈與夫碧姬難駿辯，白馬談元，徒事虛誇，無關體要者也。

　　嗟乎！晁錯傳經，或轉滋其謅脫。張蒼治律，徒兢習乎深文。
曲臺之考訂未精，綿蕝之蒐羅易誤。倡明正學，獨賈爲先。今者景
仰高風，翹瞻遺範。蘭臺舊史，欽著述之可稽。穗石高祠，頌馨香
之不沫。然則賈之績固獨偉於當時，賈之名亦永傳於來禩矣。

　　　　　　　　　　　　　　　（以上諸文錄自《菊坡精舍集》）

贈通奉大夫前河南鹿邑縣典史陳南軒先生傳

　　先生諱昌圖，字南軒，姓陳氏。始祖鑣，在明成化間由九江邊
祁，世業農賈。八傳至彩，有隱德，夢神授緋衣兒。生子大受，由
翰林起家。高宗朝，屢任督撫，不十年，登協揆，入樞密。子諡文
肅。陳氏由是始大，實爲先生王考。文肅生四子：長輝祖，繼世爲
總督。次繩祖，官廣東糧道，生七子，先生其六也。年五歲，糧道
公捐館舍，生母顧太孺人撫之，厚重異群兒。既長，工書能文。赴
京兆試，聞母病，踉蹌南歸，親嘗湯藥，衣不解帶者旬餘，刲左肱，
合藥以進。母病得瘳，人以爲誠孝所感。自是淡榮利，跬步不敢離。
先代門生故吏半天下，有招之者，輒以母老辭。

　　年既壯，太孺人棄養。先生泣血悲號，喪葬服闋，遭家多故。不能安居，乃輸貲爲典史，分河南。當道皆世交，勸改官。先生曰：「一命之榮，易盡職守。某何人，斯敢躁進。」聞者敬之。嘉慶己卯，補鹿邑典史，治當皖省亳穎之交，盜賊淵藪。先生以身有捕盜責，遍歷四境，嚴保甲，懸金購獲其酋，盜風頓戢。舊事捕快，月納貲若干，爲捕署柴米。先生曰：「此盜泉也，亟革之。」縣境故多命盜，囹圄常滿。先生矜恤獄囚，汎掃薰滌，躬自檢料。晨夕收放，必親眂，雖風雨無間。因病，醫藥弗吝。赭衣者，皆感泣守法。終先生任，數十年無逃逸事。

　　永城縣民甲妻某氏，爲奸人誘至柘城。邏者得之，縣官刑訊。氏稱與所私，謀殺甲，棄屍鹿邑高家河，因同逃柘城。令具牒解犯過境。檢驗時，鹿邑令方赴鄉搜教匪，檄先生複審。先生檢卷閱之，愀然曰：「情詞多遁，殆非信讞，殺二人，非其罪，以悅同郡長官，吾不爲也。」乃遣善泅者，沒高家河，得朽骨二具，無傷痕。先生益信其冤，反覆研詢，稱「前供出刑求，甲故在家無恙也。」乃白縣令，提甲至案。得昭雪，人皆服其神明。嗣是，每有疑難，必延先生訊。先生裁決如流，一無枉縱。

　　河決銅瓦廂，部議開豫工捐。有藉重貲爲先生加官知縣者，先生曰：「州縣非常才所能爲，吾安吾拙，敢辱高位，以速官謗。」先生既廉，於取用常不繼，而周恤親朋，援植後進，不遺餘力。商丘宋牧仲裔孫淵巍、錢塘黃文僖公孫盧，皆以貧廢學，先生重其家世，察其品概，出薪膏，招之來學。後宋舉於鄉，黃補弟子員，爲名諸生。故家中落族人來投者，無親疏，悉如其願以去。同母弟昌言早世，先生撫其兩孤，與子同居，人不知爲猶子。既成，悉爲納貲，至今成盛族。

　　先生在官三十八年，咸豐丙辰，年七十五，引疾，貧不能歸。子謨以府經歷仕河南，是年帶團剿撚於亳州，陣亡。先生益貧。然詩酒蕭然，無求於人。庚申卒於汴，年七十九。原配長沙翰林院侍讀劉校之公女孫，繼配信陽州牧天津查彬公女。子一，孫四。次文驣，爲吾同年友，由翰林官浙江杭州府加鹽運使銜。先生以文祿貴，贈通奉大夫。

前史官譚宗浚曰：「自朝廷以文章取士，而士之行誼弗深考。即有篤誠明達、能治其職者，非文章進人，亦弗之稱究之。一命之士，苟有濟物之誠，無不可禪於時而宏其用，然非薄祿位、絕聲援，門閥不矜，抑抑然以道義自守，鮮有終始無所渝者。先生席兩代勳華，屢卻梯榮之徑，卑秩自安，數十年如一日，其誠謹在官，無忝所事，實基於爲子思孝之初。蓋性情之地，早判純疵。以視世之矜科目、重聲勢，卒不能自保。榮名者，其相去幾何哉？厥後子以大節終，孫以詞林顯，積厚之流，殆其驗與。」

（錄自陳文騄輯《清芬錄》）

題許君星湖諱德烜像

淵乎其沖，懿乎其純。嗚呼！許君行樸而言訥，中且無愧於人，宜其子、能文章、立功業、又澤及於斯民，吾是以知如修德之獲報，而福應之不必在在其身也。南海譚宗浚題

（錄自《遷錫許氏宗譜》）

奏謝奉旨補授糧儲道員折

新授雲南糧儲道臣譚宗浚跪奏：爲恭謝天恩，仰祈聖鑒，本月初六日內閣奉上諭：雲南糧儲道員缺，著譚宗浚補授，欽此。竊臣粵東下士，知識庸愚，詞館備員，濫廁上考。涓埃未報，兢惕方深。茲復渥荷溫倫，補授今職，自天聞命，倍切悚惶。伏念滇省爲邊要之區，道員有監司之責，如臣檮昧，懼弗克勝，惟有籲求宸訓，敬謹遵循。俾到任後，於一切應辦事宜，矢慎矢勤，以冀仰答高厚鴻慈於萬一，所有微臣感激下忱，謹繕摺叩謝天恩，伏乞皇太后、皇上聖鑒。謹奏。　　　　　　光緒十一年五月初七日

（錄自《宮中檔光緒朝奏摺》第二冊）

唐駢體文鈔跋

海昌陳受笙孝廉，道光初曾作粵遊，寓阮文達公節署中最久。嘗自刻所輯《唐駢體文鈔》共十七卷，攜歸浙中。比年武林兵燹，其板不知尚存否也。竊謂駢儷之文，自以沈任徐庾爲樞則，善學沈任徐庾者，莫若唐人，雖蹊徑稍殊，而波瀾莫二。即至尋常率意之作，其氣體淵雅，自非北宋以後人所能。

我朝《欽定全唐文》，鴻篇巨製，裒集大成。然卷帙浩繁，下里寒儒難於一購覓。是編選擇精審，中如四傑溫李，採摭較多。要歸麗則，窺豹一斑，拾鷺片羽。學者而欲由唐人以進，窺沈任徐庾閫奧，則此為嚆矢矣。

陳文古樵重鋟是書，因囑浚讎校。魯魚亥豕，芟削遂繁。其中有原本缺誤者，據《全唐文》、《英華》、《文粹》諸書及原集原碑補正，非敢肆意臆改。後有讀者，諒無訾焉。同治癸酉四月既望南海譚宗浚識。

（錄自陳璞輯《唐駢體文鈔》）

重建譚氏宏帙公祖祠碑記

裔孫宗浚謹撰　國恩謹書　啟賢篆額

吾譚氏之先，系出姬姓。其入粵東者，則自宏帙公始謹按家譜云公為江西虔州西俊村人。有二子，曰洪，曰瀚。洪於宋時登進士第，為廣州儒學提舉，遂占籍焉。瀚子伯倉，慶曆中任刑部尚書，亦由江西遷仁化。故凡吾粵譚姓者，咸祖宏帙公。公故有祠在廣州城內司後街，明初所建。國朝康熙乾隆間屢修之。迄今百數十年，又將傾圮。於是裔孫內江知縣海觀等，聚眾言曰：合祠之制，古蓋未有也。然古者卿士大夫，各祀其始封之祖。今士民家不能盡有封爵，則祀始遷之祖，而遞以其下祔之，亦所云禮以義起者。惟毋蹈古人牽附之非，毋效近人龐雜之弊，斯可矣。吾粵之為祠堂者，以宏麗相尚，獨至斯地，風磨雨齧，隊剝傾朽，嚻穢蕪累，先靈弗欽。在昔道光咸豐之間，屢議葺修，海氛迭興，迄用弗果。今聖上敷化於上，群黎沾服於下，區寓晏諡，烝烝熙熙，胡老髫童，不復見兵革。然則鳩上庀材，以為崇祀之所者，奚可或緩歟。若夫登是堂者，溯宗支之綿邈，則知其德之遐遠，覯族姓之繁衍，則知前烈之混耀。念營造之非易，則思所以紹休嫩，觀享祀之勿忒，則思所以隆親睦。斯又敬宗收族之念，所為油然以生也。僉曰：敬諾。

是役也，經始於辛末八月丁丑日，落成於壬申十二月庚申日，又用形家言，改建文昌方閣上。其前壁之未正者拓之，其正殿之稍庳者增之，其祠旁之渠舊由祠東去者，疏匯而瀦蓄之。並建試館數十間，俾子孫應試者，咸有所集處。先後糜白金二萬餘兩，倡建者：

裔孫海觀、伯筠、國恩、若珠、時珍，錫鵬、汝舟。董役者：裔孫訓誥、紹勳、啓賢、國恩、曦光、耀墊、繼楨、秩然、灼文、錫齡、炳章、蓬坤、澤南、湛瀛、仁定、衡汝、信世、然樹、聲金、釗以、忠瀚、文信。其尤出力者：訓誥、紹勳、啓賢、澤南也。

宗浚愚憨不能文，謹述其緣起，以紹來者。銘曰：

水流以涓，木壯以栟。厥勢孔長，歲祀綿曖。

圖籍散佚，罔知厥綱。末俗寢薄，各驚而散。

近識遠忘，厥有祠祀。追孝敦睦，古誼用彰。

狥我先祖，清爽欲忽。肇安斯堂，新之營之。

棟宇葦炳，蒞然有章。春秋吉日，酒旨殽脂。

嘉穀苾薌，靈兮來下。周覽慰懌，攡彎捲裳。

凡在裔姓，仰瞻在上。屑若在旁，自今以始。

滂福溶祉，俾蕃且昌。各恭爾事，無作神恫。

以迄吉羊，敢銘豐碑。昭告來禩，壽之靡疆。

同治十一年歲次壬申十二月辛丑初十日建

（錄自譚耀華主編《譚氏志》）

書內閣擬駁請開藝學科奏稿後

此內閣某君所擬駁同年潘嶧琴前輩請開藝學科奏稿。近世士大夫溺於時文科，只以科名自尊，不肯究心時事，故持論如此。

夫政治爲本，技藝爲末，是說也，余往年亦篤信之，後始知其空言無實也。今試問所爲本者，不過曰明政刑、曰練軍實、曰振士氣、曰固民心而已，方今朝政清明，各省刑案亦皆詳愼，政刑豈有不明乎？自平髮撚以來，悍卒勁兵，所在多有，軍實豈有不練乎？國家二百年來，厚澤深仁，淪肌浹髓，雖閭里小民，無不激昂忠義，敵愾同仇，士氣豈有不振，人心豈有不固乎？然將卒怯懦，甘受外人之要求恫喝不敢輕戰者，何也？船炮未精故也。或又謂，宜用計謀破敵，不專恃船炮者，此說較爲近理。然狹徑深林，可用計謀之地少，巨川曠野，不能用計謀之地多，且沿海口岸數十區員弁將官，豈能人人皆有奇策。即使計謀已定，將遂徒手搏之耶？抑仍有藉於船炮耶？至開科一節，輒以「背聖學，更祖制」爲言，尤非事實。

　　夫文事必有武備，尼山之言也。膺狄懲荊，子輿之論也。使孔
孟復生，睹夷狄之橫恣，亦必思所以制之，不徒以帖括自詡而已。
余見原折，但比照翻譯科之文字，果足於聖學並尊乎？如謂人心見
異思遷，恐藝學興而聖學遂廢，則吾未聞。武科之一談，亦深文巧
詆矣。

　　又恭查國初造船於吉林，至今地名船廠，又嘗鑄紅衣大炮？煌
煌祖制，原無不許造船明文，第非如西洋式樣耳。然精益求精，何
妨集思廣益。議者又謂藝學科爲列聖所未設，不宜妄增。不知從前
海內又安，西洋未嘗爲患，奚必置此科，以滋紛擾哉？今強鄰狁寇，
近在戶庭，豈可不因時制宜，以精製造者，爲練兵之用。

　　考武科，始於唐，推廣於明，國朝特因其舊制。若翻譯科，則
從古所未有，國朝始創行之。當時用兵西陲，恐文報往來，廷臣不
能盡識，故不特創爲科目，兵詞臣之聰雋者，亦必令肄習之，蓋大
聖人之視軍務如此其重也。今西洋之患，劇於西陲，船炮之致用，
急於文報。然則仿照武科、翻譯科，特開藝學科，正所以善法祖謨，
並非變更祖制也。至近時同文館、機器局、船政局、出洋大臣、全
權大臣，亦皆祖制所未有，奚獨於藝學科之有裨軍政者，而必痛詆
之哉？

　　至疏末謂責成同文館考試，可無遺才，試思考於南北洋，尚無
善法，考於同文館有善法耶？亦相率爲敷衍而已矣。

　　總之，以政治禦敵者，此探本之論也，然空言也，非實事也。
以技藝禦敵者，此逐末之論也，然實事也，非空言也。禦敵不徒恃
船炮，然禦敵亦斷未有捨船炮者也。時宿雨初晴，又聞南洋議欵，
齟齬未定，慨然感歎，爰雜書鄙見於後，以俟識者折衷焉。光緒甲
申六月既望，荔村農後識於槐市寓齋。

奏請開藝學科折（代潘衍桐）

光緒十年（1884）五月

　　臣愚謂求才不若儲才：求才者但供一日之需，儲才者可備數世
之用。近世士大夫操守廉潔、材略開敏者尚不乏人，所難者邊才耳。
夫邊才莫要於知兵，而知兵莫先於製器。自泰西各國專以船堅炮利
爲長雄，於是談兵者，苟炮不利，船不堅，雖韓白之才亦不能折衝

禦侮。邇來各直省之機器局、船政局、出洋局、同文館、實學館，
皆欲講求製造，然費帑千百萬，卒無成功。一旦有緩急，輒曰製炮
者無人，駕船者無人。議者咸咎疆臣之虛縻無實，要亦非盡疆臣之
咎也。各省地方官曉製造者寥寥無幾，所雇請之洋教習，未必盡工
製造之人。此其無成效者一。立局之始，原取資質聰穎者試之；無
如世俗騖於科名，凡子弟聰穎者必使攻時文、習帖括，其肯送入機
器局者第中下頑劣之資耳。此其無成效者二。又各局經費務求節省，
光學化學等書，學徒未必盡藏棄也。且如多試炮則費火藥，多駕船
則費煤炭，彼工夫未到之學徒誰肯令其輕試哉？此其無成效者三。
至於挑選時有情面之弊，考校時有敷衍之弊，做工時有偷減之弊，
尚其後焉者耳。

　　大抵機器船政等局，與書院義學同。今天下書院義學有名無實
者十居八九，且即教導得人，亦必擇其文理可造者送入院學，方能
砥礪切磋。若束髮受書，略資以膏火，便欲其皆有成就，臣知其斷
不能也。苟循此弗變，雖再更數十年，亦只玩愒因循，日甚一日，
安望其有人才哉？爲今之計，莫如仿照翻譯例，另開一藝學科：凡
精工製造、通知算學、熟悉輿圖者，均准與考。至粗習外國語言文
字者，市儈皆能之，不得收錄。如此乃足得異才而收實用。或
謂中國文物之邦，不宜以外洋爲法。臣竊以爲不然。夫任昧侏偶，
古人尚採其樂曲；我朝設立欽天監，一切測算兼用西法。且乾隆中
用兵金川，以彼恃碉之險，攻久未克，高宗純皇帝因命於西山之陽
設爲石碉，簡佽飛之士習之。然則謂中國不宜傚外洋者，此迂論也。
或又謂用洋人之長技以敵洋人，必於事無濟。臣又以爲不然。中國
人智慧不減泰西，特無人爲之鼓勵耳。誠使故動之以科名，羈縻之
以仕宦，安見二三十年後無超群軼類之才乎？或又謂機器船政等
局，已虛縻無用，今另設一科，其弊亦相等。臣又以爲不然。機器
船政等局所以無用者，爲其費由官出，力不能繼耳。若既有科名，
則人人各出其私財以講求製造，其技必精，亦猶讀書者各出其私財
以購書，不盡恃官頒書籍，其理一也。且設爲鄉會試，則合各省相
比較，人皆有求勝之心，必不敢如近時之甘於朽窳矣。或又謂此科
一開，則群習鑄炮駕船，恐此輩聚眾滋事；故往年有奏請武科改試

槍炮者，部臣慮及此弊，因而議駁。臣又以爲不然。夫船炮笨重之物，與刀劍易攜帶者不同，且非赤貧者所能購買也。今宜設一令：凡願投考者，取縣該鄉正途紳耆甘結，聲稱係志切觀光，不敢藉端滋事。且的係諳悉製造駕駛者，方准送考。如此則豐柑之圖，所留不多。若考算學輿圖者，宜與考文藝相同，更不慮其滋事矣。或又謂此科一開，則名器太濫？仕途將有壅滯之虞。臣以爲不然。蓋立法貴在因時，而執技亦堪事上第；使收其實效，何必靳此虛名。計仿照翻譯例，三年內中式進士，多則六七人，少則四五人，而又中分文武；然則進士每年所佔不及兩缺，計舉人照教習銓選，所佔不及叫五缺。現在停捐以後，仕路疏通；即增此一途，每年不過共佔六七缺而已，何得云壅滯哉。臣不揣固陋，謹擬章程十二條，應請敕下總理衙門及南北洋大臣，妥議覆奏，再由部臣核定章程以爲經制久遠之計，庶眞才可望奮興，而邊務亦資得力矣。

一、宜分途取進也。此科之設，宜略分數場，以製造爲主，而算學輿圖次之。其能製造而兼通文字者，作爲東學；其但能製造而不嫺文字者，作爲西學。考校時不分東西學，怛以製器精良爲上。將來由東學者用文職，由西學者用武職，庶有裨實際。

一、宜分地錄取也。現在十八省萬不能處處開科，謂宜分南北洋：北洋開科在天津，南洋開科分三處：一在江蘇，一在福建，一在廣東。每處各取錄一等二名或三名爲舉人，二等十名爲生員，其鄰近各省願投考者，准由本縣起文投南北洋赴考；或流寓不能回本籍起文者，准由所考之省或正途或實缺官出具文書投考，均要注明身家清白、無刑喪頂名字樣。各省俱於武鄉試後十月二十前後舉行，以杜跨考重名等弊。

一、宜擇人襄校也。南北洋大臣不盡通曉製造，應各招請襄校二人。如北洋開科，不准用天津機器局內人襄校；福建開科，不准用船政局內人襄校：庶免請託情面之嫌。俟十年後，即可參用藝學科之進士舉人充當襄校，准其照鄉會試同考官例給予紀錄。

一、宜酌定試期也。現在需才孔亟，而製船鑄炮，又非可曠久停工：擬請會試三年一舉行，鄉試一年一舉行，庶練習益臻純熟。

　　一、宜酌定階級也。既有鄉試，即有會試。其會試中式進士者，請分別等第量予官職，惟中式後均要在各省機器局充當教習，或督飭製造，或管駕輪船。如滿三年，應准奏留。其材能出眾著有成效者，由南北洋大臣切實奏保，從優陞用。次則諸部按班銓選。其舉人則在局充當幫教習，五年期滿，如果教導有方，由南北洋大臣保奏，略仿官學教習例分別選用。余則捐職遊募入營，悉聽自便。諸生則錄取後須在機器局肄業三年，其三科不中式者，捐職、遊募、入營聽便，無庸拘以科歲兩考，概准告頂；如有仍欲入場者，亦准準錄取。惟局內不給膏火，以節糜費而勵眞才。

　　一、宜酌定事宜也。京師離水太遠，其會試擬請於王公大臣中簡派一二員，前赴天津會同北洋大臣爲考官，仍准其招請襄校。場事既畢，擬出數人開具事實，封遞進呈，恭候欽定；仍請旨派大員復試，或作算經論，或擇地演試槍炮以昭核實。其殿試及太和殿傳臚，可否與武進士同日舉行。所有一切儀節，請敕下部臣酌量辦理。

　　一、宜廣其仕進也。凡內而總署司員，外而出洋使臣及船政關道各水師提鎮，均時有中外交涉事件。如藝學科之進士舉人有堪膺此選者，應飭各省督撫隨時留心察看，登之薦牘以備記名錄用。至吏部選缺，亦宜專選有洋務省分，庶不至用違其才。

　　一、宜覈其課程也。進士舉人之當教習、諸生之肄業，均須設薪水膏火以示獎勵。現在直省各局本有經費，盡數撥給，一轉移間，而從前之虛糜者皆歸實用矣。倘教習怠於訓導，借工漁利；及肄業生滋事逞习者？務必參劾斥革不貸，以肅學規。

　　一、宜查訪認眞也。鄉會試場原不准士子投遞書籍，惟此係初設之科？意徵求才，未遽嚴爲防弊。如有平時潛心測算，著有成書，及製造有儀器者，均准隨文投遞。其或向在各局當差出色者，考官亦可查訪共平日名譽孰劣孰憂；較之徒憑一日之短長以爲高下者，似轉勝之。倘所投遞之書籍機器，係剽竊前人，毫無心得，抑或不適於用者，亦宜嚴加駁斥，勿爲所欺。

　　一、宜寬嚴並用也。人才由磨練而成，若爲時促而責效奢，此必不得之數也。即如明初以時文取士，其體如疏解，如語錄，並無大勝人處。直至成化後始有以時文名家者，其故可想矣。竊謂鄉試

宜寬，會試宜嚴。此次初設鄉科，諒未必遽有奇才異士，宜稍寬其途：凡略知製造者即予錄取。若會試則因共人材酌定中額：其技藝平常者不得濫竽。

一、宜廣示招徠也口凡各省之文生武生願應此科者，均准投考；共考而未錄取者準歸原學。又如學臣巡試所錄之考算學生，各提鎮隨營員弁，確知共明算學、曉機器者，均准諮送。並各直省官員紳士、有通知藝學者，亦准與考。其未得科名者給予科名，已得科名者奏加階級；庶旁搜博採，小善不遺。

一、宜破格收取也。藝學科既開，凡中國人材固皆入彀，即外國人流寓中華、歆羨科名仕宦者，亦准收考。如在天津考則准附天津籍，在江蘇考則准附上海籍，均一體錄取。考古來若漢之金日磾、唐之契苾何力、李光顏、姜公輔，皆以遠人立功建績。苟駕馭得宜，何嘗不爲中國用哉。國初西洋人南懷仁、湯若望等，皆位躋卿貳。立賢無方，具有成憲。但既人中國籍，即爲中國人，並當辦中國事；彼國及別國皆不得阻撓。庶登進廣而才傑益多矣。

以上十二條，皆就臣管見所及言之。但事屬創舉，章程條例必多不備不完，應請飭下總理衙門大臣等察看變通，務斟酌盡善。竊謂此科一開，初時所得雖只中才，異日所收必多奇士。要在宸衷獨斷，俾諸臣實力奉行而已。光緒十年（1884）閏五月十七日。

（以上諸文錄自《嶺學報》第二冊）

致繆荃孫書（七通）

（一）

篠珊仁兄大人閣下：

日前承擾郇廚，謝謝。茲有懇者，敝同鄉康常素上舍，人素博雅，志行甚高，爲朱子襄京卿高弟子，久欽道範，欲得見紫芝眉宇久矣。茲特爲之先容，乞俯俞所請，幸甚。專此布懇，即頌開安，不具。小弟宗浚頓首。

（二）

篠翁仁兄大人閣下：

昨日得領教言爲慰。送上吳子序編修傳一篇，乞察入。《初月

樓聞見錄》乞擲下。再，吳縠人傳擬附劉芙初，尊處有常州志否？
乞檢劉嗣綰傳見示爲禱。另呈上王介山書籍兩種，其自撰年譜，語
多鄙俗；爲其妻作行狀，而稱實錄，語太不檢。豈亦仿孫樵之《皇
祖實錄》耶？其《易翼述信》係住錄四庫者，然不見有大過人處，
意紀文達公但見其有與朱子牴牾處，遽稱許之耳。文達偏處，往往
如此。但此君應入儒林，其可採與否，望大法眼卓奪。手此，即頌
開安，不具。小弟宗浚頓首。

（三）

　　筱翁仁兄大人閣下：

　　頃讀來諭，匆匆未及詳覆。敝省著述自遠不及大江南北，然一
二篤行樸學之士，亦有其人，得大君子表彰而甄錄之，幸幸。茲謹
擬數人，此皆鄉評極確，列入儒林而無愧者。其稍遜者，弟不敢濫
列也。可否仍候卓裁。如大稿既成，希見示爲幸。手此，即頌開安，
不具。小弟宗浚頓首。

　　謹擬粵中先達應列儒林者五人，附算學一人。

　　胡方，新會人。

　　馮成修、勞潼俱南海人。

　　右宋學家。胡方，《文獻微存錄》原有傳，不知原單據《微
存錄》，何以漏此一名。如嫌宋學人多，則馮、老二君附胡方傳亦
合。

　　陳昌齊海康人。

　　曾釗南海人。或附侯康亦可。侯君謨亦可列文苑。

　　右漢學家。陳氏遺書七種，阮文達公極推重之。惜行篋未帶來，
然嶺外人多知其名者，非弟一人之阿私也。至勉士學博，經術湛深，
然已刻者只十分之二三耳。

　　陳澧番禺人。

　　右兼採漢宋家。

　　附鄒伯奇南海人。

　　右算學家。如嫌算學人太多，則鄒君名字不收亦可，或附陳蘭
甫傳亦合。

（四）

筱翁仁兄大人閣下：

昨從史館歸，忽患腹痛，捧讀手書，竟不能裁答，今晨已稍痊可矣。史館分辦各節，即遵守尊諭，弟專辦文苑，閣下專辦遺逸便是。至儒林傳既須各辦，鄙意亦欲畫分。大約大江南北，暨兩浙江右諸傳，必仰仗大手筆。若北直及邊省各傳，則弟任之。如此辦法，於學問源流既能洞悉，且應刪應補應附，不致棼如亂絲，未審尊意以爲然否？大作諸傳，典核精博，具良史才，曷勝欽佩。中有貢疑數處，條列於另紙，然終是管測之見，未能以涓滴增益禪瀛也。余容晤罄。此請開安，不具。小弟宗浚頓首。

儒林傳分辦之說，不過弟等私議如此，若送史館，署名覆輯，則可不拘。如足下吳人，則吳中先達各傳，送館或用弟名。弟粵人，則粵中先達各傳，送館時擬借尊銜。此則臨時變通，似無不可，仍望卓裁爲要。弟浚再拜。

（五）

手示祗悉。任東澗宜入儒林，至潘四農亦談理學，然似不及其詩文之佳，且嘉道間文苑亦無幾人，若再抽去，則更寥落矣。劉椒雲究以儒林爲正，邵位西亦然。弟處未見邵傳，未審館中已有人命筆否？謹此布覆，祗請筱翁仁兄大人開安。小弟宗浚頓首。

戴鈞衡弟處亦見有傳，如在尊處，希付下。

（六）

《居易錄》三條：

張仁熙，楚之廣濟人，隱居著書，與竟陵胡承諾君信、吳騏阮閒，蘄州顧景星黃公，皆前代逸民。卷十三

竟陵胡承諾，字君信，博學工詩，尤長五言。予牧廣陵日，君信以集見寄，三十年矣。著有《繹志》數十篇、《讀書說》若干卷。卷十四

胡石莊，名承諾，博雅工詩，尤於五言古選。予編《感舊集》，取石莊五言頗多。

許宗彥傳

《學說》一篇，兼主漢宋，在近人集屢有之，似可不必採。

李兆洛傳

敘蒙城劫盜事，包傳似稍繁，能刪作百餘字尤妙，仍望卓裁。

舊言集誤作？言。

胡承諾傳

胡石莊，兼工詩，漁洋《居易錄》屢稱之，似當補入。

（七）

筱翁仁兄大人閣下：

送覆劉彥清、王眉叔、高伯平諸集，乞察入。劉、王兩家駢文，成就甚小；伯平《東軒集》亦不見有獨到處，此公似宜入翰林，或，逕擬刪歸下篇，統候卓裁也。昨有同鄉來都，見贈新刻《春明夢餘錄》甚多，謹轉一部奉餉，希哂納。再，此公翻刻是書，意在廣銷，如有人慫購買者，希示知為禱。每部價四兩。手此奉上，即請開安，不具。弟宗浚頓首。

（以上書信錄自繆荃孫《藝風堂友朋書札》，信中標點為編者所加）

致崔牧

侶翁仁兄大人閣下，敬啟者：滬浦題襟，匆匆錄別。昨接都門友人信，志文旌已安抵京華，敬想道履增宜為慰。近又傳閣下俟明春二月始回粵者，未審確否？不知何以遷延若是也。弟此次南歸，本欲為閉門著書之計，無如省城紳士風氣日漓，傾軋鑽營，觸目皆是。弟秉情孤介，勢不能以一刻居，擬明年仍入都供職，俾所云進退無據者耶！每夙夜靜思，既自笑亦自悼也。前希代分致北城捐局暨任卿前輩處之項，已交去否？其餘銀數百金，希即匯寄粵中，俾得應用，幸幸！弟非敢以此瑣事屢擾清神，實緣還粵以來，既乏買山之錢，兼稀問字之酒，而戚友中丐潤者累累，不得不藉茲挹注。倘文駕決於明年還粵東，則此項務祈於今年內（臘月）匯交弟處，是所切禱！不情之請，尚希宥之。容俟把晤時，再當肅謝耳！都中近事有所聞否？希示一二，餘不多及，此請近安。不具。小弟宗浚頓首。十月廿四日。

（錄自《小蒼莨莨齋清代學者書札》）

同治十三年（1874）甲戌科會試硃卷三道
子曰君子坦蕩蕩

觀君子處境之心、有實見其蕩蕩焉。蓋惟循理無欲、故能坦然蕩蕩也。是可以驗君子、且蕩蕩難名者、天而已矣。惟君子循乎天理、葆乎天心、遂足以法乎天體、非矜言曠達也。理足養心、天德全焉。心常宅理、天機暢焉。斯無一非寬平之域、自無一非舒泰之懷。有擬議焉、而莫罄者。不然、亨屯者遇也、通塞者時也、憂樂者情也、榮悴者運也。君子處此獨能坦然自足者、何哉。夫子曰、吾有以觀君子處境之心矣。蓋平就君子之修爲而論、則憂勤者其志、惕厲者其功。雖處境果屬安亨、而兢業自持、一息無寬閒之候、彌暇豫彌悚皇也、固無所爲安逸也。而就君子之氣象而觀、則恬適者其神、寬宏者其量。雖處境偶當困厄、而從容自得、寸衷無愧怍之虞、愈艱危愈鎮定也，又何在不見其恬愉也。是其宅心渾厚、早預泯乎戲險之萌、因而入世安閒、自常著乎寬容之象。其坦然者果何如乎、殆蕩蕩乎。蕩蕩以言乎寬也。凡物之急者多迫、而寬者多舒、坦然者故舒而不迫也。即迫焉、仍不害其舒也。至並忘乎爲迫爲舒、而君子之心只泰然自任而已矣。蕩蕩以言乎廣也。凡物之隘者多險、而廣者多平、坦然者故平而非險也。即險焉、仍不害其平也。至並忘乎或平或險、而君子之心只安然自適而已矣。且夫君子之坦蕩蕩非矯情也、非任運也、又非由於貌襲也、是有出於性情者焉。莫患乎嗜欲未清、而歆羨之動於中者、易滋其紛擾。夫吾心本寂然耳。惟識足以察乎理之眞、斯得失窮通、入諸淡泊之性情而悉化。迨至優游泮奐自適天懷、陶詠嘯歌、彌徵樂趣、皆其坦蕩蕩之志所積而形焉者也。所謂無欲常惺者、其殆如此也夫。是有出於學問者焉、莫患乎功修未至、而艱險之嘗於外者、易擾其神明。夫吾心又本淡然耳。惟力足以守乎理之正、斯艱難險阻，熔以安貞之學問而胥恬。迨至晬盎之容矜持悉化、肶淵之量、上下同流、又皆其坦蕩蕩之功所推而廣焉者也。所謂內省不疚者、其殆如此也夫。靜則養和平之福、動則消悔吝之乘、常則守淡定之天、變則矢安敦之素。此君子處境之心也、要其功則以循理爲本。

自誠明謂之性

由誠生明、全乎性者也。夫性未有不誠者也。自誠而明、則其性全矣、不謂之性得乎。且吾言天命之謂性、是性固人所共有也。不知有是性而稍漓之、不得謂之性、即有是性而始復之、仍不得謂之性。夫惟至誠具徇齊之質、擅彰察之能。其聰睿者特稟於生初、其穎悟者非資乎後起。斯人人共有之性、不啻一人獨有之性、而性之名乃有專屬焉。誠者天道、於何見之、試即誠之所發驗之。原一元未判之先、而誠之渾然內含者、固充周而周滯。誠有所覆、而誰與為覆。誠有所通、而誰與為通。從蘊蓄本極淵深、猶是端倪之未露也、則寂然不動者誠也。迨萬感既形之際、而誠之瑩然坐照者、乃洞察而無遺。誠於存善、而善量早完。誠於去邪、而邪緣早絕。縱事物非無繁、依然照燭以如神也、則感而遂通者非獨誠也。所謂明也、至誠固自誠而明也、而要非原於性者不及此。天下偽者不能燭物、而真者始能燭物、誠固至真者也。以至真者裕至靈之用、而明生焉。惟誠無私、以之去私則最決。惟誠無欲、以之辨欲則最精。夫合天下之蕃變紛紜、本參差而互進。自誠明者以一誠為因應、而機緘所啟、乃洞徹已咸周。此非原於天亶者、不能若斯之明悟矣、謂之性可矣。天下盧者不能察物、而實者始能察物、誠又至實者也。以至實者運至神之識、而明生焉。惟誠不貳、而貳者無得而參。惟誠不欺、而欺者無由而遁。夫合天下之經權委曲、本清列而互陳。自誠明者以一誠為貫通、而奧突所開、乃昭融而若揭。此非原於天賦者、不能若斯之明睿矣、謂之性可矣。世有天姿聰敏、而適近浮誇者、此明而不本於誠者也。自誠明者非於誠之外別有增加、實於誠之中互為存發、明其所謂而知至誠之得天者厚焉。世又有寂滅為高、而自矜慧悟者、此未誠而欲求其明者也。自誠明者非於誠之外別擅神奇之質、實於誠之內克完純備之修、明其所謂而知至誠之全天者備焉。此天道也、試進觀誠之者。

孟子曰君仁莫不仁君義莫不義

揭仁義之效、為時君告也。夫仁義者治之本也、君仁義斯莫不仁義矣、圖治者審之。昔孟子言格君心之非、必首告之以仁義、所以為大臣勉者至矣。而復恐人君之冥然罔悟也、因重舉以告曰、治

有由起、始於宸修、化有由基、先於主極。君人者毋徒責效於臣與民也、但使播厥慈祥、審其裁制、吾知上行下效、自有不介而孚者。今天下仁義之說不明、而刻薄殘忍之風、幾莫能驟挽矣。試觀峻刑罰、重征徭、則不仁甚。務智力、尚詐諼、則不義甚。此而欲一道同風、汪汪乎豐茂世之規、揚駿厖之業、以蘄至乎古昔盛時漸仁摩義之俗、奚可得哉。乃其效亦正非難致也。今夫下之於上也、恒若蓄其機以相待、而顒頊蒙之視聽、常默伺乎君公。固而思上之於下也、必先作其則以爲倡、而宮寢之修型、自遍孚於眾庶。則毋遽責人之不仁也、果其君仁而帥天下以仁、將布政者寬慈、存心者愷悌、幾見厚澤深恩之代、而人尚有惰偷乎。恬熙而共樂也、固已感乎仁而莫不仁矣。則毋遽責人之不義也、果其君義而勵天下以義、將修明者國政、振作者民風、幾見整綱飭紀之朝、而人尚懷虞詐乎。道路而共遵也、固已戴乎義而莫不義矣。且夫論仁義於今日、更有要焉者。以掊仁擊義者之日事爭陵也、攻地攻城之術、擅背乎仁而兢肆併吞、作盟作會之事、煩薛乎義而相矜詭詐、世運伊胡底乎。誠使仁以宏教育、三物可興、義以肅綱常、四維益振。際此十二國兵爭未息、而整躬率物獨奉仁義以爲楷模、吾知戴仁者就日殷懷、慕義者聞風興感。邅流雖甚、薄俗猶可回也。所願宰世字民者、鄭重思之。以熙仁矛義者之矜言智術也、讀高山乘馬之書、假乎仁者徒安小補、擅炙輠雕龍之說、託乎義者競騁遊談、人心可復問乎。誠使仁以播休和、恫瘝是切、義以嚴制事、軌物咸遵、際此數百年侮亂相仍、而立政陳規獨本仁義爲表率、吾知歸仁者化行風草、向義者好洽星芸。熙嗥雖遙、古風無難再睹也。所願經世宰物者、從容布之。

同治十三年（1874）甲戌科殿試對策卷

臣對：臣聞古帝王之治天下也，必先典學以敕幾，亮工以熙績，帛財以裕國、度地以居民。若堯舜禹湯文武之隆、邈哉尚已。三代而後、賢君令闢史不絕書、類能勵慎修、勤察吏、豐儲積、辨土宜。至於側席求才、臨軒選士、亦皆塵求上理、軫念民依。如漢之策董仲舒、則試以天下之學也。晉之策欲詵、則試以擇人之任也。宋之策蘇軾、則試以蓄之法也。唐之策張九齡、則試以懷遠之經也。莫

不當鉅典之宏開、冀嘉謀之入告。所由化成而俗美者、特此道耳。
欽惟皇帝陛下、中興啓運、下武承基。固已一德孚而劫逶嚴、百度
貞而紀綱肅、六府修而藏積富、九圍式而風俗齊也已。今者親裁大
政、首舉制科、不遺菲菲之微、倍切芻蕘之採。進臣等於廷、而策
以勵躬修、崇吏治、足財用、審輿圖諸大政。如臣愚昧、何知體要。
然牛涔之細或資潤於禆瀛、螢燭之微冀增光於日月、敢不勉述素所
誦習者、以爲拜獻之先資乎。伏讀制策有曰、執中一言、堯以諮舜、
舜以授禹、而因推廣乎中之爲義。此誠聖學之旨歸也。臣惟唐虞授
受、始言執中。其實三代哲王心法相傳、無不以中爲準的。考湯誥
言降衷、孔氏訓衷爲善、朱子則云衷祇是中。洪範言皇極、漢儒訓
極爲大中、朱子又以極爲在中之準的。可知湯之克寬克仁、武之無
偏無黨、要不外乎執中之旨也。至於以德行言則曰中正、以性情言
則曰中和、本是中以制禮而教之中者、五禮以修。本是中以製刑而
協於中者、五刑以措此。又執中之爲用、實可見諸施行者矣。竊謂
古來論執中者、其說綦詳、要必以治心爲本。夫大學始終一敬、主
敬者此心也。中庸樞紐一誠、存誠者此心也。觀於程子之講經筵、
則以心之擴充者爲王。朱子之陳時事、則以心之誠正者爲言。以及
張栻之告其君也、則言乎心之發見。羅從彥之告其君也、則言乎心
之幾微。眞德秀之告其君也、則言乎心之主宰、無他心也者。萬理
之匯歸、百爲之管鑰、誠能虛是心而廣求言之路、清是新而絕嗜欲
之萌、則源潔者清、形端者表正、將見極由是、存而執中之統亦以
備矣。皇上聖學高深、朝乾夕惕、不已蒸蒸然治化、日趨於上理也
哉。制策又以考績始自唐虞、而因詳考乎歷代官人之法。臣惟古無
銓選之名也。考虞書云、詢事考言、乃言底可績。此爲後世銓選所
自始。厥後三風儆吏、商書嚴貪墨之防、六計弊廉。周禮重能明之、
選良規善、法粲然具陳。漢法以六條察二千石、歲終奏課殿最、故
一時循吏最多。如龔遂菡官爰著買牛之化、魯恭變俗因徵馴雉之祥、
杜詩到而濬陂池、任延來而稼穡。鞭蒲示惠、滯獄無冤、秀麥興歌、
編詆共樂。或則一錢表潔、或則五拷騰謠。懿兩漢之循良、冠千秋
而獨絕矣。唐之考課掌於吏部、敘以四善、分以二是七最・差以九
等。當時若柳公綽之威嚴、陸象先之寬間、爲於之曲共樂、仁慈棠

棣之碑、遍刊政績。此唐之循吏有可考者也。宋之考課分爲三等、略因唐之四扇而分之。當時如吳潛以子惠愛民、包拯以剛方嫉俗。程櫛之一馬一僕、自表清規。趙抃之一鶴一琴、絕無長物。此宋之循吏有可考者也。夫官吏之貪廉、夫民生之休戚。誠使任銓衡者如毛玠之清忠、如左雄之明達、如山濤之諳練、如高鍇之勤能、則內外大小臣工、孰不著鷺潔之容、而表羔羊之節也哉。聖朝澄敘官方、明明在朝、穆穆布列、所由隨車雨沛、惠普麥郊、判牘風清、陰濃棠舍。生斯世者、無不共沐乎太和之澤也。制策又以民爲邦本、食乃民天、而因欲使小民咸沾乎實惠。此尤子惠元元之至意也。臣常讀詩幽風及大田良耜諸篇、敘述農事、至詳且悉、是何風之厚歟。漢時力田之科與孝悌並稱、文帝親耤田以勸天下、武帝世復用趙過法爲代田教民耕種、田多墾闢、故能戶多素儉、倉有紅陳。拜爵則稱富民之侯、置官則號宜禾之蔚者、職是故耳。唐貞觀初、太宗銳意於治、官司應授田而不授、應課農桑而不課者有禁。貞元朝宰相李泌請於中和節進農書、司農獻穜稑之種、其於農政亦有裨益。要而論之、食者民之司命也。與其事後而綢繆、不如事前而經畫。設一旦春田或歉、秋稼未登、則必講求乎發弛徵之宜、輸粟貸種之政。有開倉賑民者如漢之汲黯是也、有貸粟便民者如魏之李士謙是也、有以工代賑者如范仲淹之在杭州是也、有勸民出粟者如富弼之在青州是也、亦在乎經理之得人而已。聖世重農貴粟、凡薄海內外罔不詠綏豐而歌洽比、豈不懿歟。制策又曰、讀史之要首辨方輿、而因詳究夫歷代州郡之沿革。臣惟軒皇畫野爰傳白阜之圖、嬀後巡河肇啓蒼牙之籙、其或分爲九州、或分爲十二州。皇甫謐帝王世紀、孔安國尚書傳、久已詳言之矣。秦並六國、分天下爲三十六郡。後南平百越、復增置南海桂林諸郡、後人稱爲四十郡者。或並其後所增置約舉之歟。漢分天下爲十三郡、晉分天下爲十九州。唐都關內、分天下爲十道、明皇增爲十五道。宋分天下爲十五路、至天聖而爲十八路、至元豐而爲二十三路。元力中書省一、行中書省十有一、爲百八十五路。其異同分合、固班班可考也。夫讀史不可不明地理、古來若漢之朱贛、晉之裴秀、唐之賈耽、最稱賅洽。其餘李吉甫元和郡縣志、王存元豐九域志等書、又當旁徵博參者矣。聖天子威烈

遠揚、仁恩覃洽、流沙蟠木悉隸帡幪，烏弋黃支並輸琛賚。一時版
圖式廓、不已駕周漢唐宋而上之也哉。夫澡身浴德治之符也、念勤
簡能治之要也、足民務農治之則也、體國經野治之方也。千聖百王
之道、恒必由之。況皇上親政之初、紀綱治忽所由關、即意兆觀瞻
所由繫。誠能建極以綏猷，量才以授職。劭弄以務本，訓俗以型方。
懷持盈保泰之心，成累洽重熙之治。行見龐禠桄被，協氣薀敷。恢
帝者之上儀、揚丕天之大律。熙春泳化，函夏歸仁、斯則我國家億
萬年有道之基此矣。

　　臣末學新進、周識忌諱、干冒宸嚴、不勝戰慄隕越之至。臣謹
對。

（錄自仲光軍、尚玉恒、冀南生等編《歷代金殿殿試鼎甲朱卷》，以
上硃標籤點為編者所加）

平秩南訛賦　以日永星火以正仲夏為韻

　　粵若唐室初興，群工輔弼。塵念典於民依，懷授時於政術。值
南土之回溫，際南薰之協律。務長養而得宜，俾主機而洋溢。蓋動者
植者、飛者潛者，咸當化育之期。而暄之潤之，散之勤之，合趁長嬴
之日。時則暖暑初移，陽明已炳。祝融按御以躩跜，炎帝扶輪而驟騁。
和風則南陌浮暄，赫日則南簷麗景。固已育物殷懷，巡方遠省。然而
南臺觀物，雖更節序於炎溫。南正司權，未布規條於久永。

　　今夫芸芸者易稟，總總者珍形。被函三而負質，資吹萬以含靈。
或生於申而生於子，或壯於酉而壯於丁。擢秀曾抽，記叱春郊之犢。
句萌易窒，妨滋秋野之暝。藉非順五行之運，調四野之經，何以能
使桐生者畢達，芌圻者莫停。時雨時暘，協三百旬之轉運。宜禾宜
黍，辨十二野之分星。故當其物之南訛也。

　　生意昭蘇，生機婀娜，或為種植之夭喬，或為蚍蟒之細瑣。咸
資暖氣以薀敷，實俾群生而眾夥。波恬南穴，則魚青岩中。風靜南
畦，則雉馴隴左。河湄雜草，藉澆南郭之田。藪裏儲材，早富南山
之笋。際氤氳於南陸，合乘暖氣以頒冰。睹披拂於南柯，定趁陽時
而改火。若夫其平秩之也，則示以條章，定其綱紀。按五方而宣節
咸宜，坊百花而陰陽以理。椹者於焉抽萌，朽者於焉振起。翩翾者
懷煦育之恩，蠕動者荷吹噓之喜。

其秩之也，若千絲之錯雜，而次序不淆。其平之也，若九軌之同遵，而康莊共履。定見課耕南畝，扶犁則保介頻語。懸知布令南門，徇鐸則迺人是以。由是萬類涵恩，群倫遂性。樵柔無處，棟通共慶。咸蒙茂對之仁，並樂由儀之詠。故能詳飈效順，南交則瑞雉呈珍。豐霈流甘，南紀則應龍受令。獻八蠶於南裔，共殷顧杼以辛勤。趣九扈於南郊，無俟命官而董正也。

若夫諸說紛淆，群疑互貢。平作蘋而古訓攸通，秩作甐而異文特眾。訛之形，或轉為偏陸德明之訓釋堪稽。訛之解，或變作為司馬遷之遺篇可諷。要以說雖互歧，義原各中，並皆總萬匯以昭宣，含群倫而怦懞。豈比際盛夏而雩祈是肅，徵遺說於蔡邕。值炎夏而政令是頒，考遺文於管仲。

方今聖天子出震宣猷，乘乾御駕。懸抱蜀於唇居，塵求衣於乙夜。南離正位，握圖籙以承基。南極趨風，來輪裳而受化。所由物產盛而共樂繁昌，民俗和而各安耕稼。士有就日瞻余，凌雲賦罷。沐帝德之汪洋，侍晨遊之餘暇。幸被涵濡之澤，奚殊飲露於三春。藉明潔白之忱，願矢懷冰乎九夏。

平回論

論回疆之事於道光以前，則回部與回部交爭，貴綏靖之，以彌其變。論回疆之事於道光以後，則回民與漢民構隙，貴剿洗之，以振其威。何則？

回疆為漢時三十六國地，其俗有白帽回，有黑帽回，咸奉天方教，亦名天主教。而陝、甘、滇、蜀，回民之雜處內地者，又不下十數萬人。然康熙中，噶爾丹之變。乾隆二十年，阿睦撒爾納之變。二十三年，霍集古之變。道光六年，張格爾之變，類皆其名王種落，獸竄狐嗥，侵擾邊疆，驛騷鄰近。而內地之回民，其食毛踐土者，固自晏然無事也。

迨道光末年，滇中始有回患。而陝西、甘肅等處漢回仇殺之案，層見迭出，莫可抵禦，馴至據城池、屠村落。於是回患之棘，不在外藩，而轉在近境矣。

揆其起釁，約有兩端。大抵回民雖陰鷙勇悍，然性情戇直，其狡譎終不及漢民，故漢民每欺回，而回思仇漢，加以猾胥墨吏齮齕

其間，怨積憤生，鬱而思亂，此則末事之始，官吏之縱漢民以欺回民也。既而逆萌蠢動，地方官不能防患於未然，專欲招降回民，以為粉飾彌縫之術。而回民因得以其間恣淫掠、逞兇疆，跋扈俵張，無敢過問，此則既事之後，官吏之庇回民以戕漢民也。

夫以其始事言之，則其尋仇聚黨，未必漢民皆是，回民皆非。以其後事言之，則漢民之侵陵攘奪者，其罪尚有可寬。而回民之叛逆疆梁者，其罪必無可逭。為今之計，欲如漢賈捐之罷珠厓之議，則凶徒嘯聚，近在腹心，其事固有所不可也。欲如晉江統徙戎之謀，則種類繁多，不樂移易其勢，又有所不行也。竊謂回民雖不可盡誅，然非痛剿而創懲之，終不能綏安而藏事也。大抵犬羊之性，豢之則驕，震之則懾。自來防邊禦敵，未有不能剿而能撫者。若乃姑息養奸，冀回民之就款乞降，以為得計，則適足以貽患而已耳。或疑乾隆中開拓新疆，故回民叛服靡常，迄難勘靖，此則不然。夫中國之與新疆，猶室廬之有戶庭，城郭之有都鄙也。觀康熙、雍正中，狡寇未平，邊警頻報，至屢煩列朝宵旰之憂。迨西極底平，韜鋒柙刃。惟道光中，始有回變。而總計乾隆二十四年後，邊隅之吏，不見兵革者，幾及百年，夫孰非高宗純皇帝之遺澤哉？況新疆之西與痕都斯坦接界，亦名五印度國，其地為漢之身毒、梁之天竺。今俄羅斯、英吉利已分據其地而有之。設非重兵置戍，拊其背而扼其吭。萬一強敵窺伺，已足以憤吾藩籬，而掣吾肘腋，此尤近日籌邊者所當熟慮而深謀也。

且夫一消一息者，天之道。一治一亂，事之常。今酒泉以外，群盜如毛。東剿西征，似難措手。不知天下事必極於凋殘困敝之後，眾人束手而莫敢為。有聖人出，起而乘之，遂足以掃定埏垓，驅除醜類。故康熙中，準夷之役，或以為邊事不足以介懷矣。聖祖仁皇帝親降六飛，而疆圉以靖。乾隆中，新疆之役，或以外中國不勤遠略矣。高宗純皇帝拓疆萬里，而亭障以安。今聖天子威武遠揚，八荒奠定，近且西寧克復，大理蕩平，軍聲所加，無遠不屆。蓋天心人事，所為遞推遞轉，以俟聖人奠定而廓清者，此其時也。彼天山月崤，安有不望風降服、感化而歸仁者哉？

（錄自南海何文綺評輯《粵秀書院課藝（癸卯）》）